Die Krise als Chance

Christa Duden ***...und das Leben tanzt sich selbst...***

für Laura
und meine Jungs

Herstellung und Verlag: Books on Demand GmbH, Norderstedt
Umschlagbild: Hannelore Regini
ISBN: 9783837055634
BOD Verlag

Bibliografische Information der Deutschen Nationalbibliothek
Die Deutsche Nationalbibliothek verzeichnet diese Publikation in der Deutschen Nationalbibliografie; detaillierte bibliografische Daten sind im Internet über http://dnb.d-nb.de abrufbar.

Als sie ihre Schuhe auszog, fühlte sie das weiche, frische Gras unter ihren Füßen. Lachend und mit weit ausgebreiteten Armen lief sie, wie zu einer imaginären Musik tanzend, durch den Park. Der Frühling hatte Einzug gehalten, und das nicht nur hier, sondern ganz besonders in ihrem Herzen.
Wie traurig und deprimiert war sie noch vor nicht einmal einem Jahr gewesen. Jeden einzelnen Tag hatte sie damals verflucht, hatte sich verkrochen wie eine kleine graue Maus. Und wie sehr genoss sie heute jede Stunde, jede Minute ihres Lebens.
Sie blieb stehen, sah in den strahlend blauen Himmel und ihre Augen leuchteten voller Lebensfreude. Ja, sie hatte ihn gelernt, den Tanz ihres Lebens. Zaghaft und ängstlich am Anfang, aber mit der Zeit waren ihre Schritte immer besser, standfester und ausdrucksstärker geworden. Sie würde mit viel Spaß und Freude weiter an der Perfektionierung arbeiten, bis er am Ende ihres Lebens die Vollkommenheit erreichte, wie es dem Anspruch eines temperamentvollen, leichtfüßigen und selbstbewussten Lebenstanzes gerecht wurde.
Diesen Sinneswandel verdankte sie ihrer wichtigsten Weggefährtin, wo immer sie heute sein mochte. Eleonora war zum richtigen Zeitpunkt in ihr Leben getreten. Hier musste sie lachen, als sie Eleonora widersprechen hörte: „Sara, den richtigen Zeitpunkt gibt es nicht, der richtige Zeitpunkt ist immer jetzt und hier. ”
Richtig, Eleonora, dachte sie und lächelte, dann war meine Begegnung mit dir sicher eine Schicksalsfügung, die mein Leben auf so wundersame Weise positiv verändert hat.
Sara setzte sich ins Gras, schaute über die grünen Wiesen mit ihren zarten, gerade frühlingshaft aufsteigenden Gänseblümchen. Der dazwischen hervorschauende gelbe Löwenzahn rundete das Bild ab. Es sah aus wie ein großer Teppich, der durch die verschiedenen Farbtupfer seine ganz eigene Präsenz zum Ausdruck brachte.

Sie legte sich hin, schloss die Augen, genoss die leichte Brise, die sie in ihren kurzen, dunklen Haaren spürte, und dachte zurück. Es war so viel geschehen in den zurückliegenden Monaten. Sie war damals gerade 35 Jahre alt geworden und ihre vierjährige Beziehung mit Jörg war den Bach hinuntergegangen. Er hatte sich in eine andere Frau verliebt und ihr das nach anfänglichem Zögern auch ohne Umschweife mitgeteilt. Jörg und Sara arbeiteten damals zusammen in einer Werbefirma, in der sie sich auch kennen gelernt hatten. Die Arbeit machte viel Spaß, erforderte aber auch sehr viel Engagement, sodass für die gemeinsame Freizeit nur wenig Zeit zur Verfügung stand. Sara störte dieser Faktor nicht einmal besonders, sahen sie sich doch dafür genügend während des Tages. Jörg war der Kreativ-Direktor, auf dessen Tisch alle neu entwickelten Werbestrategien landeten. Die Zusammenarbeit klappte hervorragend, und deshalb wäre Sara nie auf die Idee gekommen, dass die „Neue" in der Firma so viel Eindruck auf ihn machte.
Sicher, die Neue – Sara wollte sie bewusst nicht beim Namen nennen – war schon ein Typ, dem die Kollegen schmachtend hinterhersahen. Mit ihren wohl proportionierten Rundungen, dem Angelina-Jolie-Schmollmund und den langen blonden Haaren stellte sie zugegebenermaßen eine echte Erscheinung dar. Sara hatte dem aber keine Bedeutung beigemessen, da sie bis dahin die Meinung vertreten hatte, dass Jörg eher auf den burschikosen, knabenhaften Typ stünde, wie sie einer war.
Obwohl hinter ihrem Rücken getuschelt worden war, hatte sie es nicht einmal ansatzweise bemerkt. Es war erniedrigend gewesen, als sie die Wahrheit mit voller Wucht aus ihrer Naivität schleuderte. Sie fühlte sich mit diesem Schlag plötzlich nicht nur unattraktiv und in ihrem Stolz zutiefst verletzt, sondern um Jahre gealtert. Der Neuen blieben noch ganze fünf Jahre, bis sie dreißig wurde, und dieser Altersunterschied von

zehn Jahren hinterließ bei Sara eine noch größere Demütigung.
Bis zu diesem Zeitpunkt hatte Sara geglaubt, alles sei in bester Ordnung und die häufigen Meinungskontroversen ein Ausdruck moderner Kommunikation. Aber wie sie heute wusste, hatten ihre Betrachtungsweisen viel zu weit auseinandergelegen. Jörg und sie waren einfach von Anfang an viel zu verschieden. Jörg hatte nach seinem unausweichlichen Eingeständnis sehr schnell Nägel mit Köpfen gemacht. Nur drei Tage später war er mit all seinen Sachen ausgezogen und hatte sich bei der Neuen eingenistet. Ja, in dieser Beziehung war Jörg schon immer ein bequemer Mensch gewesen. „Wenn es geht, so einfach wie möglich", hatte er diverse Male in den verschiedensten Situationen zum Besten gegeben und sie jedes Mal mit diesen Äußerungen tierisch auf die Palme gebracht. Auch darin waren sie vollkommen gegensätzlich.
Sie erlebte diese Tage damals teilweise wie in Trance, realisierte diesen veränderten Zustand erst nach und nach. Zu abrupt war dann das Ende gekommen. Doch damit nicht genug, ihre Position in der Firma, die sich schließlich unter der von Jörg bewegte, begann sich zusehends zu verschlechtern. Zwar verhielt er sich ihr gegenüber immer höflich, aber das schrieb sie eher seinem noch anhaltenden schlechten Gewissen zu. Auf Dauer, das wurde Sara sehr schnell klar, konnte sie diesen Zustand jedoch nicht aufrechterhalten. Doch weil in dieser Branche ein Arbeitsplatzwechsel nicht so einfach möglich war, musste sie wohl oder übel erst einmal bleiben.
Jörg beim wöchentlichen Meeting zu sehen, ihm auf dem Flur zu begegnen oder ihn in der Kantine anzutreffen, bereitete Sara fast körperliche Schmerzen. Wenn sie die beiden Turteltäubchen lachend miteinander flirten sah, musste sie jedes Mal auf die Toilette, um sich zu übergeben. Die Blicke der Kollegen reichten von mitfühlend bis schadenfroh. Nur weni-

ge verhielten sich zurückhaltend und freundlich. Ihre Konzentration nahm von Tag zu Tag ab und ihr Chaos im Kopf ständig zu. Sie konnte an nichts anderes mehr denken. Da ihre Nahrungsaufnahme nur zum bloßen Überleben reichte, sah sie in kurzer Zeit wie ein magersüchtiges Model aus, dessen beste Zeit längst hinter ihr lag. Steffen, ein sehr netter Kollege, mit dem Sara häufiger zusammenarbeitete, riet ihr einen Arzt aufzusuchen. Er vertrat die Meinung, sie solle sich erst einmal krankschreiben lassen, die psychische Belastung, der sie ausgesetzt war, rechtfertige das. Außerdem sei ja schließlich Jörg der Agitator dieses Spiels gewesen, also wäre es nur recht und billig, wenn Sara sich eine kurze Verschnaufpause verschaffen würde.
Dieser Argumentation konnte und wollte Sara nicht widersprechen, daher suchte sie sogleich ihre Hausärztin auf. Diese erkannte nach dem Hören einer Kurzversion der Geschichte und dem darauf folgenden krampfartigen Heulanfall, dass es wohl besser wäre, sie erst einmal zuhause zu lassen. Das Rezept mit den leichten Beruhigungspillen nahm Sara dankend an. So konnte sie jedenfalls für den Moment dem ständigen Geschwätz der Kollegen und auch dem neu verliebten Paar für die nächsten vierzehn Tage entkommen.

Die ersten Tage verbrachte sie ausschließlich im Bett. Wenn sie doch einmal aufstand, dann nur um etwas zu trinken oder die Toilette aufzusuchen. Ein Blick in den Spiegel vermied sie, wusste sie doch ohnehin, wie beschissen sie aussah. Außerdem würde das nur eine erneute Tränenattacke auf den Plan rufen und sie flennte nun wahrlich schon genug. Inzwischen glichen ihre sonst so großen braunen Augen denen von Asiatinnen. Sie stellte die Klingel und das Telefon ab, wollte niemanden hören oder sehen. Ihre Art der Bewältigung, sie war zu stolz, um Hilfe in Anspruch nehmen zu wollen. Ihre

beste Freundin Bettina informierte sie über die Geschehnisse, und das musste im Moment reichen. So richtete sie sich in ihrer vor Selbstmitleid überquellenden Rolle häuslich ein.
Nachdem am vierten Tag alle Getränke sowie die lebensnotwendigen Essensvorräte verbraucht waren, musste sie sich, da sie niemanden bitten wollte, selbst aus dem Haus begeben. Dieser Tag sollte ihr Leben verändern, auch wenn sie damals noch nicht wusste, wie grundlegend.
Das Haus verließ sie ungeschminkt; zwar sah sie in ihrer verschlissenen Jogginghose und dem verwaschenen Sweatshirt ein wenig schlampig aus, aber das war ihr vollkommen scheißegal. Wegen der verheulten Schlitzaugen setzte sie obendrein die erstbeste Sonnenbrille auf, die sie in dem Chaos finden konnte. Gottlob lag der Laden nur um die Ecke. Schnell verstaute sie alle Teile in ihrem Einkaufswagen und wollte gerade zur Kasse gehen, als eine Dame mittleren Alters sie ansprach.
„Junge Frau, könnten Sie mir wohl behilflich sein? Ich bin ein wenig zu klein geraten, um meine heiß geliebte Ostfriesenmischung aus dem Regal zu bekommen. "
Wortlos reichte Sara ihr die Packung und wollte ihren Weg fortsetzen, da fragte die Dame lächelnd. „Sie machen aber ein trauriges Gesicht. Was kann einer schönen, jungen Frau wie Ihnen nur passiert sein, dass sie so ernst durchs Leben läuft? "
Saras Zustand in diesem Moment schön zu nennen, das schien ihr bei ihrem Outfit nun wirklich mehr als übertrieben zu sein. Sie antwortete daher ein wenig sarkastisch, ohne auch nur das Geringste an ihrem bärbeißigen Gesichtsausdruck zu ändern: „Es wäre zu lang, um Ihnen das zwischen Kaffee, Tee und Kartoffeln erklären zu können."
„Ich habe Zeit. Obendrein bin ich sehr gespannt, was einen Menschen dazu veranlasst, so missmutig zu reagieren. "

Autsch, das saß – die klare Sprache, der nicht zu überhörende Rüffel und der angriffslustige offene Blick ließen Sara innerlich zucken.
Was fragt die auch so blöd, dachte sie verärgert und wollte in ironischem Ton wissen: „Soll ich Ihnen etwa hier meine momentane beschissene Lebenskrise erzählen, nur damit Sie Ihre Neugierde befriedigen können? "
„Wenn Sie Neugierde mit Interesse an Menschen verwechseln, dann scheinen sich nicht sehr viele für Sie zu interessieren. Allerdings verwundert mich das nach Ihrer gerade vollbrachten Glanzleistung an Unfreundlichkeit auch nicht sehr. Ich wünsche Ihnen noch einen schönen Tag – denn das ist er trotz alledem, auch wenn Sie das vielleicht gerade übersehen. Schauen Sie sich doch nur diesen herrlichen Sonnenschein an ", antwortete sie mit lächelnder Miene und blickte Sara ruhig an.
Diese fühlte die symbolische Ohrfeige, die sie gerade verabreicht bekommen hatte, mitten im Gesicht und starrte die Frau mit hochrotem Kopf an … Unverschämt, was bildet die sich ein. Die hat doch 'ne totale Macke, ist wahrscheinlich nicht ganz dicht, dachte Sara und wollte gerade etwas erwidern, als die Dame ihr zuvorkam.
„Vielleicht gefallen Sie sich ja auch in dieser Rolle. Dann täte es mir aufrichtig leid, Sie überhaupt angesprochen zu haben. "
Damit wandte sie sich um und ging.
Sara blieb wie vom Donner gerührt an derselben Stelle stehen und verstand überhaupt nicht, was ihr gerade widerfahren war. Wie kam diese Person dazu, ihr solche Dinge an den Kopf zu werfen. Sie drehte sich um und sah ihr hinterher. Zunächst musste Sara sich innerlich sammeln, sosehr verwirrte sie der eben erlebte Frontalzusammenstoß. Ist mal wieder typisch, das kann nur mir passieren. Da ist man freundlich und reicht dem zu klein geratenen Zwerg den Tee an, und der

bedankt sich, indem er beleidigend wird. Frechheit …, dachte Sara und suchte die nächstgelegene Kasse auf. Während sie ihre Siebensachen auf das Band legte, gingen ihr die Worte der Frau immer wieder durch den Kopf. Ich mir in der Rolle gefallen, bin doch kein Masochist. Als ob ich mir das freiwillig ausgesucht hätte, blöde Kuh.
Wütend kramte sie in der Tasche nach ihrem Portemonnaie. Na prima, sie musste es in der Eile wohl vergessen haben. Gerade als sie anhob, es der Verkäuferin zu erklären, sah sie den Zwerg ausgerechnet auf diese Kasse zurollen. Scheiße, schlimmer geht's heute wirklich nicht mehr, schoss ihr durch den Kopf. Ich hätte mit meinem Arsch zu- hause bleiben und lieber das Risiko eingehen sollen, zu verhungern und zu verdursten, als die zu erwartende Schadenfreude zu ertragen.
„Wie viel macht es denn? ", wurde eine völlig verdatterte Sara stattdessen freundlich gefragt. „Ist mir auch schon passiert. "
Die Verkäuferin, die offensichtlich nur daran interessiert war, dass es an ihrer Kasse zügig weiterging, sagte einsilbig, ehe Sara antworten konnte: „25,70 €! "
Verdammt, dachte Sara, weshalb mischt die sich jetzt ein? Dabei blickte sie in das freundliche Gesicht des Winzlings, die gerade der Kassiererin das Geld gab. Jetzt muss ich mich auch noch bedanken … Mist, nützt ja nichts. Sie nahm ihre Tasche und wartete nervös.
„Vielen Dank, es wäre wirklich nicht nötig gewesen, ich hätte das Geld auch schnell holen können ", gab sie trotzig von sich. Sie wollte nicht, dass man auch noch den Eindruck gewinnen konnte, sie würde aus lauter Dankbarkeit auf Knien rutschen.
„Ich weiß, dass es nicht nötig gewesen wäre. Ich habe aber kein Problem damit, hilfsbereit zu sein ", antwortete die Angesprochene mit einem nicht zu übersehenden zynischen Lächeln.

Oh Mann, ich scheine dieser Alten in meiner derzeitigen Verfassung echt nicht gewachsen zu sein, dachte Sara säuerlich und zwang sich, einen gemäßigteren Ton anzuschlagen. „Wo wohnen Sie? Ich bringe Ihnen das Geld dann sofort vorbei. "
„Das hat keine Eile, ich vertraue Ihnen. Ich wohne in der Grünbergstraße 25. Werfen Sie es einfach bei Helmers in den Briefkasten ", antwortete sie freundlich, ließ Sara stehen und ging an ihr vorbei.
Au Backe, die hat es mir aber richtig besorgt, dachte Sara, während sie ihr nachsah, und dann wohnt die auch noch direkt gegenüber. Schöne Scheiße, hoffentlich läuft die mir nicht öfter über den Weg. Die Erinnerung an diese peinliche Situation wollte sie nämlich so schnell wie möglich ad acta legen. Sie drehte sich auf dem Absatz um und beschoss, besser einen Schleichweg nachhause zu nehmen. Heute wollte sie ihr jedenfalls nicht noch einmal begegnen. Im Zeitlupentempo schlurfte sie die Straßen entlang, weil sie dem Knirps einen größtmöglichen Vorsprung geben wollte, nur für alle Fälle.
Trotz aller Mühe, die sie sich gab, konnte sie den Vorfall gedanklich einfach nicht so ohne Weiteres abschütteln. Bin ich vielleicht doch zu zickig gewesen?, fragte sie sich. Ich hab sie jedenfalls nicht darum gebeten, mir Geld zu leihen. Das hätte ich auch allein regeln können. Sie versuchte mit aller Gewalt, ihr schlechtes Gewissen zu beruhigen, aber es wollte ihr einfach nicht gelingen. Instinktiv hörte sie das kleine Männchen in ihrem linken Ohr, das ihr lautstark mitteilte, dass sie es gewesen sei, die sich schlecht benommen hätte. Die Frau hat sich bloß bemüht, freundlich zu sein, und du gehst darauf los, wie von einer Tarantel gestochen. Dich hat ja nur gestört, dass sie dir so direkt und knallhart Paroli geboten hat.
An diesem Tag brauchte sie für die Strecke fünfzehn Minuten statt der üblichen fünf. Sie bog um die Ecke und lugte vor-

sichtig in die Grünbergstraße. Nichts zu sehen, na dann ab nachhause. Für heute reichte es ihr vollkommen.
In der Wohnung schlug ihr das blanke Chaos entgegen, das sie in den vergangenen Tagen produziert hatte. Es gab jetzt keine Ausreden mehr, sie musste die Ordnung einigermaßen wiederherstellen, zumal sie es für gewöhnlich hasste, in Unordnung zu leben. Sie packte ihre Einkaufstasche aus und räumte alles ein, bevor sie sich ans Werk machte. Es sah wirklich grauenvoll aus. Überall verschnupfte Taschentücher. Getränkekartons und Flaschen verteilten sich auf alle Zimmer. Ganz zu schweigen vom Abwasch, der sich in der Küche türmte. Sie sah sich um und seufzte. Da sie diesem Chaos aber ein Ende bereiten musste, nahm sie sich eines nach dem anderen vor. Anfangs fiel ihr die systematische Ordnung noch schwer, die sonst ihre Stärke war. Doch als das Schlafzimmer langsam wieder behaglich aussah, nahmen ihre Geschwindigkeit und Konzentration zu. Dummerweise fielen ihr dabei leider immer wieder irgendwelche Teile in die Hände, die sie an die gemeinsame Zeit mit Jörg erinnerten. Jedes Mal hielt sie einen Moment inne, während ihre Gedanken in jammernder Wehmut zurückschweiften. Daher dauerte es länger als gedacht, aber als sie mit allem fertig war, schaute sie sich um und konnte mehr als zufrieden sein. Der Mensch braucht halt eine gewisse Ordnung, um sich wohlzufühlen, dachte Sara, als sie bemerkte, wie die Katerstimmung, die sie noch vor ein paar Stunden ganz massiv empfunden hatte, gewichen war. Auch wenn sie natürlich immer noch nicht vor Enthusiasmus sprühte, eine leichte Besserung war zumindest schon einmal in Sicht.
Sara sah aus dem Fenster. Sie wohnte gerne so hoch oben, es gab ihr ein Gefühl von Freiheit. Die Sonne und der Himmel waren von hier aus einfach näher, wenn auch nur ein klitzekleines Stück. Sie setzte sich auf die Fensterbank und blickte auf die Straße. Ein junger Mann kam gerade aus dem Haus

von gegenüber, ihm folgte – oh nein – die Alte. Wie elektrisiert hüpfte Sara von der Bank, da sie auf keinen Fall entdeckt werden wollte. Man sollte nicht auch noch wissen, welche Wohnung sie ihr Eigen nannte. Nichtsdestotrotz späte sie neugierig aus einiger Entfernung und sah, wie die beiden sich lachend unterhielten. Vielleicht ihr Sohn, dachte Sara. Mit den langen dunklen Haaren, die zu einem Zopf gebunden waren, wirkte er wie ein Südländer und sah sehr gut aus. Braun gebrannt, groß und sehr gut durchtrainiert. Na ja, deinen Blick für schöne Männer hast du gottlob noch nicht verloren, dachte sie. Die beiden umarmten sich zum Abschied, und Sara sah, wie er ihr einen Kuss auf die Wange drückte. Süß, das musste sie zugeben. Sie scheinen ein inniges Verhältnis zu haben.
In diesem Moment fiel ihr siedend heiß wieder das Geld ein. Ich muss es so schnell wie möglich in den Briefkasten werfen, dachte sie und suchte eilig nach ihrem Portemonnaie. Nachdem sie es gefunden hatte, nahm sie 30 Euro heraus, die sie gerade in einen Umschlag stecken wollte, da hielt sie inne. Das kannst du doch nicht machen. Willst du ihr etwa 4,30 Euro Trinkgeld geben. Beleidigender kann es ja kaum sein. Nein, das ist nicht drin. Deine gute Kinderstube kann sich doch nicht einfach in Luft aufgelöst haben, bloß weil dieser Arsch dich verlassen hat. Obwohl es ihr absolut gegen den Strich ging, musste sie einen Blumenstrauß besorgen und das geliehene Geld selbst abgeben. Auch wenn es dir schwerfällt, so einfach kannst du es dir nicht machen. Die Bequemlichkeit hat dich an anderen immer gestört, und jetzt, wo es an dir ist, möchtest du am liebsten deinen Kopf so einfach wie möglich aus der Schlinge ziehen … Nein, damit lasse ich dich nicht durchkommen, schalt sie sich … Okay, okay, dachte sie geschlagen, hast gewonnen. Da der Blumenladen direkt um die Ecke lag, war es kein großer Aufwand, die Angelegenheit

sofort zu erledigen. Sie nahm Schlüssel und Geld, ehe sie die Wohnung verließ. Beim Blumenhändler angekommen entschied sie sich für einen kleinen, weißen, rundgebundenen Strauß. Zu üppig wäre übertrieben gewesen und Weiß war wunderbar neutral. Sie lief zurück und steuerte direkt auf das Haus Nr. 25 zu. Verschiebe es erst gar nicht, dachte sie, während sie das Geld passend in den Umschlag der Grußkarte legte. Sie atmete zweimal tief durch, schaute auf die Klingelknöpfe, drückte bei E. Helmers und trat ein, nachdem der Summer ertönt war.

Im Flur hörte sie kurze Zeit später eine Stimme vom Treppenabsatz rufen. „Hier oben im dritten Stock. ”

Auch das noch, ging Sara durch den Kopf, während sie die Treppe hochstieg, sie wohnt in derselben Etage, wahrscheinlich können wir uns gegenseitig in die Fenster sehen. Sie sah die Tür einen Spalt aufstehen, blieb stehen und vernahm erneut die Stimme. „Kommen Sie rein.“

Zögernd folgte Sara der Aufforderung. Wusste die Alte, dass sie es war? Im Flur, dem ihren absolut identisch, blieb sie stehen. „Hallo, ich wollte Ihnen nur das geliehene Geld zurückgeben ”, rief Sara in die Richtung, in der sie die Küche vermutete.

Der Kopf von Frau Helmers lugte aus der Tür. „Hallo, dachte ich‘s mir doch, dass Sie es sind. Kommen Sie in die Küche. ” Und schon war sie wieder verschwunden.

Sara folgte der Aufforderung, zaghaft und mit mulmigem Gefühl im Bauch.

Ihre Nachbarin wandte ihr beim Eintreten den Rücken zu und hantierte am Herd. Ohne sich umzudrehen, fragte sie: „Mögen Sie auch eine Tasse Tee, er ist gerade fertig? ”

„Ja, gerne ”, antwortete Sara, obwohl das eine glatte Lüge war. Ihr wäre es am liebsten gewesen, wenn sie die Blumen und das Geld einfach schnell an der Tür hätte abgegeben kön-

nen, aber instinktiv war ihr klar gewesen, dass die Alte ihr diesen Gefallen nicht tun würde.
„Setzen Sie sich ", sagte sie freundlich und wies auf einen der Stühle, die um den wirklich schönen, großen Holztisch herumstanden.
Sara nahm Platz und sah sich, während Frau Helmers eine Tasse aus dem Bord holte, in der Küche um. Diese war sehr gemütlich eingerichtet. Nicht so modern wie Saras, aber sie musste zugeben, nicht ohne Charme. Die an der Wand aufgehängten glänzenden Kupfertöpfe erinnerten sie an Fotos, die sie in einer Hochglanzzeitung gesehen hatte, in der es um Landhäuser in Frankreich ging. Ja, die ganze Küche ähnelte diesem Stil, wenngleich natürlich in viel kleinerer Ausführung. Alle Möbel waren aus dunklem Holz. Die Anrichte schien antik zu sein und der auf alt getrimmte Parkettfußboden passte wunderbar ins Bild. Der große rechteckige Spiegel mit dem alten goldfarbenen Rahmen und das gegenüberhängende großformatige Buddhabild rundeten alles perfekt ab. Doch, musste Sara sich bewundernd eingestehen, sehr geschmackvoll, das hätte ich ihr gar nicht zugetraut.
„Na, gefällt Ihnen, was Sie sehen?", erkundigte sie sich, als könnte sie Saras Gedanken erraten, und stellte im gleichen Augenblick das Tablett auf den Tisch.
„Ja, sogar sehr, es entspricht so gar nicht der Norm des Gewöhnlichen", entgegnete Sara mit echter Bewunderung in der Stimme.
„Ich liebe das Ungewöhnliche, in jedem Bereich meines Lebens. Es macht das Leben so spannend ", kam zur Antwort, wobei sie vollkommen überzeugend lachte. „Greifen Sie zu ", forderte sie Sara auf und nahm sich selbst eines von den kleinen Kuchenstücken. „Sind die für mich ", fragte sie anschließend, und erst jetzt bemerkte Sara, dass sie sich noch immer krampfhaft an dem Strauß festhielt.

„Ja, selbstverständlich. Ich wollte mich damit bei Ihnen bedanken, und hier haben Sie auch das geliehene Geld zurück. "
Verlegen und etwas unbeholfen übergab sie den Strauß und den Umschlag.
„Das ist aber sehr lieb von Ihnen. Ich brauche Ihnen sicherlich nicht zu sagen, dass es nicht notwendig gewesen wäre. Es bereitet mir aber nicht nur wegen der Blumen eine große Freude, sondern eher aus dem Aspekt heraus, dass ich mich doch nicht so in Ihnen getäuscht habe wie anfangs angenommen. Ich freue mich immer darüber, wenn mein Instinkt sich wieder einmal bewahrheitet. Sie sind gar nicht so garstig, wie Sie sich dargeboten haben ", sagte sie und blickte Sara fragend an.
„I-ich ... ja, nein ... oh Mann, jetzt fang ich auch noch an zu stottern. Entschuldigen Sie, es ist mir wirklich unangenehm, dass ich so unhöflich war. Ich stehe nur im Moment eine schlechte Zeit durch, und deshalb bin ich manchmal, so ..., na ja, ich weiß auch nicht? ", versuchte Sara zu erklären.
„Zickig? ", schlug Frau Helmers fragend vor und lächelte sie an.
Sara musste unwillkürlich lachen. „Ja, ich glaube, das ist das richtige Wort."
„Wenn man erst mal begriffen hat, wie man gerade drauf ist und weshalb, dann ist es meistens schon wieder zum Lachen, finden Sie nicht auch? "
„Ja, damit haben Sie vermutlich gar nicht so Unrecht ", antwortete Sara und wunderte sich selbst über diese befreiende Erkenntnis. Vor allem wenn einem das erste Lächeln nach langer Zeit wieder gelingt, ohne dass man sich hätte dafür anstrengen müssen.
„Na, und nun sagen Sie mal, wie schmeckt Ihnen mein Tee? Ich liebe ihn so stark, aber ich weiß, es ist nicht jedermanns Sache. "

Sara war dankbar für diesen schnellen Themenwechsel. Obwohl sie sich des Eindrucks nicht erwehren konnte, dass ihr Gegenüber genau wusste, was sie tat. „Doch, er ist wirklich sehr lecker, eigentlich bin ich eine richtige Kaffeenase, aber so habe ich den Tee auch noch nie getrunken."
„Wunderbar ", rief Frau Helmers entzückt aus, „jemand, der einen richtig guten Ostfriesentee zu schätzen weiß, muss in seinem Innersten ein Genussmensch sein, sag ich immer. "
Sie lehnte sich zurück, nippte genüsslich an der heißen Tasse und blickte Sara freundlich an. Nach einer Weile sagte sie: „So, nachdem das nun geklärt ist, können wir uns doch auch duzen. Mein Name ist Eleonora. Ich weiß, es klingt wie der Name aus einer anderen Zeit, aber irgendetwas werden sich meine Leute schon dabei gedacht haben; zumindest ist er nicht gewöhnlich. Wenn ich dich so ansehe, dann gehe ich davon aus, dass du einen kurzen Namen trägst, wie etwa Laura, Gina oder so? "
„Stimmt, ich heiße Sara ", erwiderte sie, ein wenig überrascht über diese doch sehr schnelle Duz-Aktion.
„Sara… Hebräisch und bedeutet Fürstin. Ja, der Name passt zu dir … Weißt du, Sara, ich bin ein Mensch, der gerne sehr schnell alle Menschen duzt. Es verringert die Distanz. In den meisten Ländern ist das auch üblich, nur die Deutschen tun sich schwer damit. Was sich allerdings auch auf ihre Nähe zu anderen auswirkt. Sie brauchen scheinbar die Distanz. Vermutlich dient er ihnen als eine Art Schutzschild. Wovor sie sich dabei schützen, ist allerdings nicht klar erkennbar. Wie ist das bei dir? Ist es dir auch ein Bedürfnis, dich zu schützen? "

Sara erstaunte diese Frage, sie hatte bisher noch nie darüber nachgedacht. Aber da auch sie zu denen gehörte, die lieber sehr lange bei dem „Sie" blieben, antwortete sie: „Ich glaube

nicht, dass ich mich schütze, nur weil mir das Sie anfangs lieber ist ", gab sie trotziger zurück, als sie beabsichtigt hatte.
„Weshalb ist es dir lieber? ", wollte Eleonora wissen, wobei sie Saras barschen Tonfall ignorierte.
„Weil ich es nicht mag, wenn man gleich so vertraut miteinander umgeht. Man kennt sein Gegenüber kaum, und es bedarf meiner Meinung nach schon eine Art des ..., na sagen wir Vertrauens ", entgegnete Sara voller Überzeugung.
„Ist es dir unangenehm, mich zu duzen? "
„Wenn ich ehrlich sein soll ... ja! Ich kenne Sie nicht, und es fällt mir schwer, jemanden zu duzen, der mir fremd ist ", rechtfertigte sie sich, insgeheim froh darüber, mit dieser Erklärung einfach wieder auf das „Sie" einsteigen zu können.
„Oh! ", sagte Eleonora Helmers mit erstauntem Gesichtsausdruck. „Das werde ich selbstverständlich respektieren, aber ich nehme an, es ist in Ordnung, wenn wir uns beim Vornamen nennen. " Ohne Saras Antwort abzuwarten, fuhr sie fort: „Ab wann beginnt für Sie Vertrauen, Sara? Wie viel Zeit muss vergehen? Mich interessiert das sehr, damit ich lernen kann, die Menschen besser zu verstehen. Es ist mir ein inneres Bedürfnis und fördert automatisch die Kommunikationsfähigkeit."
„Das ist unterschiedlich und lässt sich nicht auf eine Zeit eingrenzen. Es kommt darauf an, ob mir ein Mensch in der Zeit, in der ich mit ihm zu tun habe, sympathisch ist", antwortete Sara, fühlte sich jedoch bei diesem Frage-und-Antwort-Spiel ein wenig unbehaglich.
„Woran machen Sie das fest? ", folgte prompt die nächste Frage.
Sara kam sich langsam bescheuert vor, hier bei einer vollkommen fremden Frau zu sitzen und dieses Spielchen mitzumachen. Eleonora Helmers war ihr behilflich gewesen, sie hatte sich bedankt – und damit musste es nun auch gut sein. Sie hegte keine Ambitionen, diese Bekanntschaft weiter aus-

zubauen, und so sagte sie, ohne darauf einzugehen: „Hören Sie, Frau Helmers, nichts für ungut, ich danke Ihnen für den Tee, aber ich fühle mich deshalb noch lange nicht verpflichtet, Ihnen erklären zu müssen, warum ich manche Menschen eher duze als andere. ”
„Ah, da ist sie wieder, die Zicke in Ihnen. Ich scheine Sie durcheinanderzubringen, und das lag auch ein wenig in meiner Absicht, muss ich Ihnen gestehen. – Sehen Sie, Sara, ich halte nichts davon, Small Talk im Sinne von Höflichkeitsfloskeln auszutauschen. Ich möchte eigentlich immer sehr schnell wissen, wie mein Gegenüber gestrickt ist. Es erspart eine Menge Zeit, und jeder kann, wenn es nicht passt, sehr schnell wieder seine eigenen Wege gehen. Zeit ist zu kostbar, als dass man sie vergeuden sollte. Mich interessierten einfach nur Ihre Beweggründe – Sie möchten sie nicht preisgeben, das ist Ihr gutes Recht ”, sagte Eleonora. Sie machte eine kurze Pause, ehe sie weitersprach. „Sie sind in meinen Augen eine junge, gut aussehende, intelligente Frau, von der ich instinktiv annehme, dass in Ihnen eine positive Persönlichkeit steckt, die nur momentan nicht in der Lage ist, so zu leben, aus welchen Gründen auch immer. Ich bin sehr direkt, das scheint Sie aber eher zu verunsichern, und das mag auch der Grund sein, weshalb Sie jetzt gehen möchten, nicht wahr? ”
Sara fühlte sich komplett überrannt. Die Gradlinigkeit dieser Frau irritierte sie vollkommen. Sie empfand in ihrer Nähe eine extreme Verunsicherung und konnte sich beim besten Willen nicht erklären, woran das lag. Deshalb erhob sie sich und sagte: „Ja, ich möchte jetzt gehen. Vielen Dank noch mal. ” Sie reichte ihr die Hand, drehte sich um und lief fast fluchtartig zum Ausgang.
Eleonora folgte ihr wortlos.
Als Sara die Tür öffnete, war sie innerlich froh, endlich aus dieser Wohnung zu kommen. In diesem Moment kam der

junge Mann auf sie zu, den Sara aus dem Fenster beobachtet hatte. Nein, nicht auch noch das, hoffentlich sieht er mir nicht an, wie durcheinander ich gerade bin, dachte sie und lächelte ihn etwas unbeholfen an.
„Hey ", rief dieser freundlich aus. Dann ging sein Blick hinter Sara, wo sie Eleonora Helmers vermutete. „Ich wusste nicht, dass du Besuch hast; ich hoffe, ich störe nicht, Eleonora. " Grinsend sah er Sara daraufhin an. „Ich bin Carlos. " Er reichte ihr die Hand und erklärte: „Ich bin ein guter Freund von Ela. Ist sie nicht einfach umwerfend? Ich habe bis jetzt noch nie jemanden wie sie getroffen. Ohne sie würde ich heute noch vor lauter Selbstmitleid in meiner Bude hocken", meinte er lachend und wirkte dabei wie ein Lausbub. „Kennt ihr euch schon lange? Ich habe dich hier noch nie gesehen. "
Sara wusste überhaupt nicht, wie ihr geschah. Die spontane Fröhlichkeit und die offene Art brachten sie in ihrer derzeitigen Lage noch mehr aus dem Gleichgewicht. Sie wusste nicht, was sie antworten sollte.
Und als ob es nicht schon schlimm genug wäre, antwortete Eleonora stattdessen freundlich für sie: „Nein, Carlos, wir haben uns heute erst kennen gelernt und Sara wollte gerade gehen. "
„Schade ", sagte Carlos und setzte wieder dieses spitzbübische Lachen auf. „Gehörst du auch zu einer dieser unglücklichen Seelen, die Eleonora auf der Straße aufgelesen hat. Bei mir ist es jetzt schon fast vier Jahre her, dass sie mein Retter wurde – und ich kann dir sagen, wenn dem so ist, konnte dir nichts Besseres passieren."
„Nein, sie war nur so freundlich, mir beim Supermarkt an der Kasse mit Geld auszuhelfen, das ich leider zuhause vergessen hatte ", entgegnete Sara viel zu schnell, aber sie wollte nicht das Risiko eingehen, das Eleonora nochmals für sie einsprang. Sie sah in dieser Situation ohnehin schon aus wie ein

kleines Schulmädchen und sie wollte diesen ersten Eindruck nicht noch verstärken.
„Ja, so beginnen ihre Freundschaften immer. Danach kommt man einfach nicht wieder los. Sie hat nicht nur ein wahnsinnig großes Herz, sondern ist zusätzlich eine wahre Magierin der positiven Kräfte ", verriet der junge Mann voller Inbrunst.
„Nun hör aber auf, Carlos. Sara wollte sich wirklich nur bedanken." Und an Sara gewandt: „Hat mich gefreut, Sara. Machen Sie es gut, und sollten Sie einmal Lust verspüren, sich in die Höhle des Löwen zu wagen, meine Tür steht den Mutigen immer offen. "
Sara blickte in ihr Gesicht und bemerkte sogleich die dort zu lesende Ironie. Sie nickte kurz, lächelte zum Gruß auch Carlos an und eilte die Treppe hinunter. Sie war erleichtert, als sie endlich die Tür ihrer Wohnung hinter sich zuschließen konnte. Mit einem Glas Wasser in der Hand ließ sie sich auf einen der Stühle in der Küche fallen. An ihr haftete das Gefühl, sich irgendwie komplett blamiert zu haben, und die Begegnung mit Carlos gab ihr den Rest. Was soll der nur von mir denken. Sonst habe ich 'ne Klappe für zehn und vorhin stand ich da wie eine Spätpubertierende. Der muss glauben, ich sei total naiv, dachte sie und wäre bei der Erinnerung am liebsten im Boden versunken.
Und dann noch Eleonoras merkwürdige Bemerkung. Den Mutigen stände ihre Tür immer offen – was wollte sie denn damit sagen? Hegt sie etwa die Meinung, ich sei ein Schisser, nur weil ich mich geweigert habe, sie sofort zu duzen? Wie kommt die dazu? Das ist doch jedermanns eigene Sache. Ich brauch dafür nun einmal länger … Scheiße, jetzt rechtfertige ich mich schon vor mir selbst, dachte sie und legte den Kopf ermattet auf den Küchentisch.
Im nächsten Moment fielen ihr die Worte des jungen Mannes wieder ein. „Bist du auch eine von den unglücklichen Seelen,

die sie aufgelesen hat. " Aufgelesen? Totaler Quatsch, im Moment unglücklich, ja zugegeben, aber der Rest war doch wohl reiner Zufall, oder etwa nicht? Könnte es sein, das Eleonora sie bewusst ausgesucht hatte, um sich den Tee herunterreichen zu lassen. Hatte sie vielleicht instinktiv gemerkt, dass es ihr schlecht ging? War sie so eine Art Guru, die anderen deren Leid von der Stirn ablesen konnte? Und wenn ja, warum? Nun hör aber auf, empörte sich Sara, rede dir doch nichts ein. Am besten du vergisst die ganze Angelegenheit so schnell wie möglich.
Nachdem sie sich innerlich zur Räson gerufen hatte, ging sie daran, endlich Bettina anzurufen, die sich bestimmt schon Sorgen machte. Sie nahm den schnurlosen Hörer, setzte sich auf die Fensterbank und sah hinaus.
Nach zweimaligem Klingeln nahm ihre Freundin ab. Es schien, als hätte sie neben dem Telefon gesessen.
„Hallo, Süße, ich bin's ", sagte Sara kleinlaut in dem Wissen, wie sehr es Bettina hasste, wenn sie sich tagelang nicht meldete. Vor allem dann nicht, wenn sie wusste, dass es ihr schlecht ging.
„Na endlich, das wird aber auch Zeit. Hättest du dich heute nicht gemeldet, wäre ich bei dir reingeschneit, ob es dir nun gepasst hätte oder nicht. Ich kenne dich nun schon so lange, Sara, aber an deine Einigelungsstrategie in Krisenzeiten werde ich mich nie gewöhnen", keifte Bettina, nicht ohne hörbare Wut im Bauch.
„Ich weiß ", bekannte Sara schuldbewusst, „aber du weißt doch mittlerweile, wie ich ticke. Ich löse meine Katastrophen eben auf meine Weise. "
„Ist ja jetzt auch egal ", entgegnete Bettina, bemüht, einen herzlichen Ton anzuschlagen, „aber sag, wie geht es dir? "
„Na ja, wie soll's schon gehen. Ich habe das immer noch nicht so richtig kapiert", gestand Sara ehrlich. „Alles ist so unwirklich. Er hat mich ausgetauscht wie ein Paar unmodern gewor-

dener Schuhe. Einfach so! Es ist erniedrigend." Saras Stimme zitterte, und sie musste ein Weilchen innehalten, da sie kurz davor war, erneut loszuheulen.
„Ich weiß, Süße, dieser Drecksack war ohnehin nicht gut genug für dich. Ich für meinen Teil konnte diesen Flickenfranz noch nie so richtig leiden. Sein teilweise arrogantes Gehabe und sein ‚MÖCHTE GERNE EIN GANZ GROSSER SEIN' Getue, ging mir manchmal so was von auf die Nerven. Sei froh, dass du diese eitle, egoistische Primadonna endlich los bist. Ich sage dir, Süße. Die besten Männer kommen erst mit Mitte dreißig, die vorher laufen dir nur zur Übung über den Weg. "
Sara musste lachen. „Vier Jahre nur zum Üben, ist aber eine verdammt lange Zeit. "
„Na ja, das liegt nun mal in deiner Natur, du bist und bleibst einfach ein Spätzünder. Sieh mich an, meine längste Übungsbegegnung liegt bei zweieinhalb Jahren und meine jetzige wird sicher die Jahresmarke nicht übersteigen."
„Wieso, stimmt mit dir und Mark etwas nicht? ", wollte Sara erstaunt wissen.
„Na weißt du, das Gelbe vom Ei ist er nicht gerade und die völlig unterschiedlichen Interessen tragen auch nicht gerade zur Belebung bei. Das Einzige, was mich noch nicht zum Abbruch bewogen hat, ist der gnadenlos gute Sex mit ihm. Er ist so wunderbar versaut ", antwortete Bettina lachend.
„Denkst du außer Sex hin und wieder auch mal an etwas anderes. Das ist doch nicht alles ? ", gab Sara ebenso belustigt zurück.
„Nein, natürlich nicht. Aber wenn ich schon den einen oder anderen Mann in seiner Unzulänglichkeit ertragen muss, dann sollte der Sex wenigstens richtig gut sein. Du kennst mich doch – guter Sex ist der einzige Grund, weshalb ich Kompromisse überhaupt eingehe … Ich glaube, für mich und die

Menschheit wäre es besser gewesen, wenn ich als Mann auf die Welt gekommen wäre. "
„Ja, das glaube ich manchmal auch", pflichtete Sara ihr bei und sah dabei unmittelbar in das Gesicht von Carlos, der direkt gegenüber am Fenster stand und ihr zuwinkte. Wie einem Reflex folgend erhob sie ebenfalls die Hand, drehte sich dann jedoch abrupt um und entfernte sich rasch vom Fenster.
„Sara, bist du noch da? ", unterbrach Bettina ihre aufkommende Unruhe.
„Ja, ja, ich bin noch dran, aber ich muss jetzt langsam Schluss machen. Bettina, ich glaube, es wird Zeit, hier mal ein bisschen das Chaos der vergangenen Tage zu beseitigen ", log sie. „Sei nicht böse. Ich melde mich morgen wieder bei dir, versprochen. "
„Na ja, das will ich mal gelten lassen, zeigt es doch wenigstens die erste kleine Aktivität, und das ist ja schon ein Fortschritt. Okay, Süße, dann hau rein, und denk darüber nach, wann wir zwei uns das nächste Mal treffen können. Mit deinem Dornröschenschlaf ist jetzt Schluss. "
„Ja, mach ich, bis bald, Süße. " Sara war insgeheim froh, dass sie die peinliche Situation mit Carlos im Treppenhaus ihrer Freundin Bettina verheimlichen konnte. Und dass er ihr jetzt so zwanglos herüberwinkte, machte es auch nicht besser. Sie würde ihr sicher noch von der Begegnung erzählen, aber im Augenblick hatte sie genug mit sich selbst zu tun.
Nichtsdestotrotz ist es schön, einander zu haben, dachte Sara und spürte die aufkommende Wärme, wenn sie an Bettina dachte. Seit vielen Jahren war sie ihre beste Freundin, die, anders als die meisten Frauen, etwas ganz anderes verkörperte. Immer schien sie eine Aura zu umgeben, die etwas Rebellisches, Revolutionäres an sich hatte. Die beiden Frauen kannten sich schon aus ihrer Jugend und mittlerweile verstand eine die andere auch ohne viele Worte. Im Prinzip waren sie grundverschieden, und dennoch irgendwie gleich. Ihre Freun-

din konnte ständig reden, wobei ihr gnadenlos guter Humor einfach wunderbar ansteckend war. In dieser kleinen Person, sie reichte Sara gerade einmal bis zur Schulter, steckten unglaublich viel Power und Dynamik.

Sara musste unwillkürlich lächeln. Dann fiel ihr Carlos wieder ein. Sie ging vorsichtig zum Fenster, um versteckt aus einem Winkel hinüberzusehen. Sie wollte auf keinen Fall entdeckt werden. Wirklich zu albern, dachte sie. Trotzdem folgte sie ihrer aufsteigenden Neugierde.

Er stand dort mit dem Rücken am Fensterbrett gelehnt und schien sich mit Eleonora zu unterhalten, denn seine Körpersprache gestikulierte unentwegt, und es sah aus, als würde er lachen. Ein komisches Paar. Was faszinierte ihn wohl an Eleonora? Merkwürdig, jetzt nannte sie sie auch schon so. Sie hat ihn gerettet, aber wovor? Hatte er auch die Beendigung einer Beziehung verdauen müssen, oder was sonst? Und inwiefern hatte sie ihm, so wie er sagte, helfen können? Welcher junge Mann wendet sich in Krisenzeiten einer älteren Dame zu?

Gut, gestand Sara sich ein, es gibt ja den Ödipuskomplex. Vielleicht … Aber nein, danach sieht Carlos nun auch wieder nicht aus. Wie alt mag Eleonora wohl sein?, fragte sie sich. So Mitte, Ende fünfzig. Sie war klein, das fiel aber durch ihre schlanke aufrechte Haltung nicht sofort auf. Zudem besaß sie einen guten Geschmack, das musste Sara zugeben. Sie kleidete sich sehr sportlich, und doch irgendwie anders. Wahrscheinlich würde das Wort flippig den Modestil am ehesten beschreiben. Es erinnerte sie ein bisschen an die Flower-Power-Zeit der Achtundsechziger. Jeans, Zehenteiler und die weiße Tunika waren zwar im Moment wieder in, aber bei Eleonora machte es den Eindruck, als würde sie sich dem ohnehin nicht unterwerfen. Ihre rotblonden Haare waren frech nach oben gezwirbelt und die seitlich langen Strähnen hingen

wie zufällig verrutscht hinunter. Kastanienbraune Augen verliehen ihrem Gesicht ein jugendliches Strahlen, das selbst dann nicht verloren ging, wenn sie, wie Sara es erlebt hatte, sehr ernst und direkt wurde.
O ja, Eleonora war eine attraktive Frau mittleren Alters. Was sie wohl beruflich machte? Oder war sie vielleicht schon in Rente?
Und dann Carlos. Sara schätzte ihn auf Anfang dreißig, auch wenn es sich aufgrund seiner jungenhaften Art nur schwer sagen ließ. Aber ungeachtet dessen, zwanzig Jahre lagen zumindest zwischen den beiden.
Tja, bemerkte sie achselzuckend, das wirst du wohl nun nicht mehr herausbekommen, hast dich schließlich wie eine dumme Gans benommen. Was ist schon schlimm daran, sich zu duzen? Du musstest ja aus einer Mücke gleich wieder einen Elefanten machen. Das passt zu dir. Ganz typisch! Hättest du dich nicht so angestellt, würde Carlos dir bestimmt häufiger über den Weg laufen.
Halt, halt – was soll das denn? Was beschäftigst du dich mit Sachen, die fernab jeder Realität liegen, und überhaupt, heute Morgen noch das heulende Elend und nun das. Du spinnst doch, ermahnte sie sich. Sie hatte keine Lust auf eine weitere Konfrontation mit Eleonora, und dabei wollte sie es belassen. Instinktiv aber spürte sie, dass es nicht die letzte Begegnung mit ihr sein würde.
Als sie spät am Abend im Bett lag, fiel ihr auf, dass sie fast während des gesamten Tages kaum einen Gedanken an Jörg und ihre beschissene Lebenskrise verschwendet hatte. Zum ersten Mal seit Wochen fühlte sie sich nicht mehr ganz so elendig. Woran das wohl liegen mochte? War die heutige Begegnung die Ursache? Lag Carlos richtig damit, dass Eleonora eine Magierin war?
Quatsch, jetzt fang nicht auch noch an zu spinnen, schalt sie sich.

Wie dem auch sei, es war eine zumindest kleine Befreiung in Sicht, und damit wollte sie für heute zufrieden sein. Sie rollte sich genüsslich auf die Seite und schlief sofort ein.
Als sie am nächsten Morgen erwachte, schaute Sara auf die Uhr. Es war zehn Uhr, und sie zeigte sich sehr erstaunt, dass sie durchgeschlafen hatte. In den vergangenen Wochen war sie pausenlos wach geworden. Jedes Mal hatte sie sich im Bett gewälzt, und es dauerte immer eine ganze Weile, bis sie wieder einschlafen konnte. Deshalb kam sie sich auch morgens vor wie durch den Fleischwolf gedreht. Heute fühlte sie sich dagegen zum ersten Mal wesentlich besser.

Sara stand motiviert auf. Ein Blick in den Badezimmerspiegel verriet ihr, dass die Zeit für eine Dauerdusche gekommen war. Hatte ihr doch in den letzten Wochen nur der Sinn nach einer Katzenwäsche gestanden. Das heiße Wasser tat unglaublich gut. Es fühlte sich an, als helfe es, den gedanklichen Schmutz von ihrem Körper zu spülen. Sie fühlte sich gedemütigt, ihren Stolz so sehr verletzt, dass sie noch eine Extraportion Duschgel nachlegte. Nachdem sie sich sehr stark damit abgeschrubbt hatte, sah sie aus, als habe sie die ganze Nacht auf einer Sonnenbank gelegen und vergessen, den Apparat auszustellen. Auf der anderen Seite gab ihr die dadurch erzeugte Durchblutung das Gefühl, dass ihr Körper wieder zum Leben erwachte. Sie hatte ihn in letzter Zeit überhaupt nicht mehr wahrgenommen, er funktionierte nur mechanisch. Trinken, eine Kleinigkeit essen, tagsüber wie ein Geist herumschleichen, schlafen, aufstehen, Toilette, trinken, schlafen und so weiter. Nach einem kräftigen Abtrocknen und dem Eincremen kämmte sie ihre kurzen, dunklen Haare und zog sich an. Dann machte sie sich an den Kaffee, worauf sie sich riesig freute. Es ist schön, wenn man wieder einmal das Gefühl für Normalität verspürt, dachte Sara. In den letzten vierundzwan-

zig Stunden war etwas geschehen, das spürte sie. Worauf das zurückzuführen war, konnte sie sich allerdings nicht erklären. Die nächsten Tage kümmerte sie sich um die liegen gebliebene Wäsche, bevor sie sich dann mit Bettina traf. Es tat richtig gut. Sie saßen bei ihrem Lieblingsitaliener und aßen ihre Lieblingsspaghetti. Natürlich, wie kann es anders sein, wurde ihre ganze Tragödie nochmals von allen Seiten durchgehechelt. Selbstverständlich – auch das war klar – ohne weitere Erkenntnisse. Bettina nahm Jörg, wie immer, nach allen ihr zur Verfügung stehenden Verbalinjurien auseinander und zerquetschte ihn wie eine lästige Küchenschabe. Sara tat er in diesem Moment schon fast wieder leid. Aber auch das war ganz Sara. Anstatt ihr beizupflichten und sich ebenfalls auf ihn zu stürzen, verteidigte sie ihn noch. Was allerdings ihre feministische Freundin erneut zum Angriff aufrief, indem sie Sara zur selbstkasteienden Masochistin abgestempelte. Nichtsdestotrotz lachten sie viel, was Sara als unheimlich wohltuend empfand, und zum Abschied wurde ein schnellstmögliches Wiedersehen vereinbart.
Nun blieben noch genau fünf Tage, dann musste Sara zurück in die Firma. Allein bei dem Gedanken bemerkte Sara richtige Panikattacken in sich aufsteigen. Wie sollte sie diese Konfrontation einigermaßen heil überleben und dabei noch gute Arbeit abliefern? Sie wusste es nicht. Sollte sie sich erneut einen gelben Schein besorgen?
Aber was bringt das? Du zögerst es doch nur heraus, dachte sie. Außerdem war sie nicht der Typ, der eine Firma in dieser Hinsicht übergebührend strapazierte. Also, ermahnte sie sich, es gibt keinen anderen Weg. In fünf Tagen ist deine Schonfrist vorbei, ob es dir nun passt oder nicht.
Sie musste sich ablenken, durfte nicht so viel darüber nachdenken. Also zog sie ihre Laufschuhe an und machte sich auf den Weg in den nahe gelegenen Park. Es wird mir guttun, wieder Sport zu treiben, dachte sie, um sich selbst aufzurich-

ten. Sie wollte traditionell ihre zehn Runden drehen, aber sie merkte sehr schnell, dass es heute unmöglich war. Sie war durch das viele Liegen kraftlos geworden und sah ein, es langsamer angehen zu lassen. Nach der fünften Runde gab sie völlig erschöpft auf und wollte sich gerade zum Ausruhen auf ihre Lieblingsbank setzen, als sie stutzte. Da saß Eleonora und lächelte sie an. Das gibt es doch gar nicht! Ich hab sie hier noch nie sitzen sehen. Wieso begegnet sie mir jetzt ständig?
Bevor Sara sich die Frage beantworten konnte, rief Eleonora freundlich herüber: „Hallo, Sara, das finde ich aber wirklich sehr gut, dass Sie Ihren Körper mit Bewegung und frischer Luft verwöhnen. Machen Sie das oft? "
„Ja, sooft ich die Zeit dazu finde", antwortete Sara kurzatmig. Immer noch irritiert blieb sie vor der Bank stehen und wusste nicht, ob sie sich setzen oder gleich weitergehen sollte.
Noch ehe sie zu einem Entschluss kommen konnte, zeigte Eleonora auf den Platz neben sich und sagte: „Kommen Sie, gönnen Sie sich eine kurze Verschnaufpause."
Sara setzte sich, wenngleich sie eigentlich nicht wusste, weshalb. Irgendetwas ging von dieser Frau aus, doch sie konnte sich beim besten Willen nicht erklären, was dahintersteckte!
„Die Natur ist doch wirklich einzigartig“, begann Eleonora das Gespräch, „leider bemerken es die meisten Menschen kaum. Sie sind zu sehr damit beschäftigt, sich Sorgen um alles Mögliche zu machen, und übersehen dabei die Schönheiten des Lebens. Geht es Ihnen auch so, oder gehören Sie zu denjenigen, die bewusst durchs Leben gehen?"
„Ehrlich gesagt, ich weiß es im Moment nicht ", entgegnete Sara und musste selbst über diese ehrliche Antwort staunen.
„Würden Sie es denn gerne wissen? "
Sara überlegte kurz. Eleonora schien vollkommen anders zu sein als die Menschen, die sie kannte. Bei ihr klangen die Fragen irgendwie ehrlich. Sie war ihr einerseits fremd, doch

andererseits auf unerklärliche Weise vertraut, und so fragte sie nach einer Weile: „Es interessiert Sie wirklich, nicht wahr? – Warum? “

„Weil es mir Freude macht. Es ist meiner Meinung nach sehr wichtig, unterschiedliche Menschen in seinem Leben bewusst kennen zu lernen. Nicht den üblichen Small Talk, sondern intensiv. Nur dann begegnen wir einander wirklich. Aber die meisten fürchten sich vor dieser Nähe, vermutlich haben sie Angst davor, sich zu sehr zu offenbaren. Dabei verweigern sie sich nur selbst. Und die Nähe, die sie nicht einmal für sich selbst aufbringen können, gewähren sie erst recht nicht anderen Dass es das Leben nur unnötig erschwert, ist ihnen sicher nicht klar. Außerdem bringen sie sich um die wunderbare Erfahrung, herauszufinden, wer ihr Gegenüber wirklich ist. ”

Sara schaute in Eleonoras warme, gute Augen und fühlte sich instinktiv davon angesprochen. Sie hatte auch geglaubt, Jörg nach vier Jahren gut zu kennen, und heute sah sie einen Fremden in ihm.

„Sehe ich da in Ihrem Blick, dass Sie gerade an jemanden denken, bei dem es Ihnen ähnlich erging? ”, erkundigte sich Eleonora.

„Ja, ich habe schon einmal gedacht, jemanden gut zu kennen, und stelle gerade fest, dass dem überhaupt nicht so war!”, antwortete Sara, immer noch über diese Erkenntnis grübelnd.

„Er stand Ihnen wohl sehr nahe? ”

„Ja sehr, wir waren vier Jahre lang ein Paar, und ich habe bis vor Kurzem geglaubt, wir würden es bis an unser Lebensende bleiben ”, gestand Sara voller Wehmut, selbst erstaunt über ihre Offenheit.

„Manchmal geht unser Unterbewusstsein Wege, die wir im ersten Moment nicht verstehen. Betrachten wir es nach einer gewissen Zeit genauer, bemerken wir, dass jenes Ereignis geschehen musste, damit wir dort ankommen konnten, wo wir

heute sind ", meinte Eleonora in sanftem Ton, als spürte sie, was gerade in ihrem Herzen vorging.
„Wie meinen Sie das? "
„Ich möchte versuchen, es Ihnen anhand eines Beispiels zu erklären: Wenn Sie in diesem Moment auch glauben, Ihre gescheiterte Beziehung sei die Liebe Ihres Lebens gewesen, so werden Sie sich doch früher oder später Ihrer Unterschiedlichkeiten bewusst werden. Denn sonst wären Sie ja immer noch ein Paar. Die eigenen Werte und die eigene Gefühlswelt fanden auf verschiedenen Ebenen statt. Sie betrachten das Leben anders als er. Das musste früher oder später das ‚Aus' bedeuten ... Man kann eine Weile gewisse Gegensätze überbrücken, aber auf Dauer wird einer von beiden unzufrieden sein und gehen. In Ihrem Falle gehe ich davon aus, dass er es war, denn ich sehe Ihnen an, wie verletzt Sie sich fühlen. "
Eleonora machte eine kurze Pause, aber nur um das vage Nicken von Sara als Bestätigung entgegenzunehmen. „Wenn Sie es jetzt schaffen – und ich sage nicht, dass es einfach ist –, es als Mut von ihm zu betrachten, diese Beziehung zu beenden. Und dabei möchte ich Sie bitten, die Mittel, die er anwandte, einmal außen vor zu lassen. Sein Handeln zwingt Sie automatisch, Ihr Leben neu zu ordnen. Es gibt Ihnen zwangsläufig die Gelegenheit, Veränderungen vorzunehmen. Und vielleicht werden Sie schon in Kürze einem Mann begegnen, der all die wichtigen Werte mit Ihnen teilt und Interessen hat, die den Ihren gleichen. Unter Umständen begegnen Sie Ihrer wirklich großen Liebe. Das alles wäre dann aber nur möglich, weil Ihr vorheriger Partner Sie verlassen hat.
Also was ich Ihnen damit sagen will: Manchmal muss etwas scheinbar Verletzendes passieren, damit es eine Veränderung in unserem Leben geben kann. "
Sara hatte Eleonora aufmerksam zugehört und die Worte klangen in ihr nach. Obwohl es ihr schwerfiel, in ihrer mo-

mentanen Verfassung diese Betrachtung in Erwägung zu ziehen, spürte sie instinktiv, dass Eleonora gar nicht so sehr danebenlag. Es hatte schon länger in ihrer Beziehung gekriselt, aber Sara hatte sich mit Händen und Füßen geweigert, es sehen zu wollen.
Immer wieder gab es Krach, zwar nur um Kleinigkeiten, aber sie häuften sich. Im Bett lief es schon lange nicht mehr so wie zu Anfang, was Sara dem Stress in der Firma zuschrieb. Aber wenn sie ehrlich war, dann hatte sie sich öfter schlafend gestellt, wenn Jörg sexuelle Bedürfnisse an den Tag legen wollte. Er beschwerte sich nie und sie verloren auch kein Wort darüber, aber in Wirklichkeit war es für beide Seiten frustrierend gewesen. Zu allem Übel lagen ihre Interessen sehr weit auseinander. Sie liebte lange Spaziergänge in der Natur. Jörg ging, nachdem Sara mit Engelszungen auf ihn eingewirkt hatte, gerade einmal um den Block. Sie liebte Kinofilme auf der Großleinwand, Jörg mit seiner Bequemlichkeit natürlich DVD-Filme, die man zu- hause sehen konnte. Für sie verkörperte der Süden Europas das Paradies, die Sonne, das Meer und das Temperament dieser Menschen. Jörgs Flugangst hinderte ihn, und somit blieben sie fast ausschließlich in Ländern, die bequem in ein paar Stunden Autofahrt zu erreichen waren.
Sara musste unwillkürlich schmunzeln, als ihr die Verschiedenartigkeit so schlagartig bewusst wurde.
„Sie lächeln. Bravo, das ist ein gutes Zeichen. Es zeigt, dass Sie es in Erwägung ziehen “, sagte Eleonora, nachdem sie die ganze Zeit geschwiegen hatte.
Sara sah sie nachdenklich an. Sie ist sehr klug, sie wollte mir die Zeit geben, das Gesagte wirken zu lassen, dachte Sara und fragte dann laut: „Sie wussten schon im Supermarkt, das ich eine Krise in puncto Liebe habe. Woher? Sieht man es mir so deutlich an? Steht es tatsächlich in meinem Gesicht geschrie-

ben, dass ich mich erniedrigt und verletzt fühle? " Sie glaubte, die Antwort zu kennen.
„Nein, Sara, keine Sorge. Die meisten sehen die Menschen im Vorbeieilen nicht, und schon gar nicht ihren inneren Zustand. Dafür sind die meisten zu sehr mit sich und ihren eigenen Problemen beschäftigt. Sie wollen nicht mit den Schwierigkeiten der anderen konfrontiert werden. Ich selbst bin aber in der glücklichen Lage, keine Sorgen zu haben, und somit sind meine Aufmerksamkeit und meine Sensibilität natürlich geschärft. Ich sah Sie dort im Supermarkt, und meine Instinkte verrieten mir, dass es Ihnen im Moment nicht so gut ging. Daher war es mir ein Bedürfnis, Sie für einen Augenblick aus Ihrer Lethargie zu reißen. Weil in Ihnen eine starke Persönlichkeit steckt, traf mich Ihre kratzbürstige Reaktion nicht unvorbereitet ", erklärte Eleonora lächelnd und sah Sara verschmitzt mit liebevollen Augen an.
Jetzt musste auch Sara lachen, als sie an ihre erste Begegnung dachte. Kratzbürstig, war wohl der richtige Ausdruck.
„Sprechen Sie immer irgendwelche Leute an, von denen Sie glauben, sie könnten eine Aufmunterung gebrauchen?"
„Es kommt vor. Aber ich verlasse mich dabei ganz auf mein Bauchgefühl, das mir sagt, diese oder jene Person könnte ein wenig Aufmerksamkeit gebrauchen oder ist vielleicht auf der Suche nach neuen Möglichkeiten. Bei Ihnen knurrte mein Bauch ganz deutlich, und ich wusste, es würde lustig werden ", erläuterte sie augenzwinkernd. „Ich kann es nicht erklären, ich fühle es einfach, und dabei habe ich schon viele interessante Menschen kennengelernt, alle ganz unterschiedlicher Couleur. "
„Aber so wie Sie mich erlebt haben, kratzbürstig und unhöflich, das muss doch eher frustrierend sein. "
„Ich habe doch dementsprechend reagiert, und somit hinterlässt es bei mir keine negativen Spuren. Ich bin ein Men-

schenfreund, kein -feind, und ich entscheide, wie ich damit umgehen will. Es schärft außerdem den Verstand, und aus achtzig Prozent der Begegnungen sind mit den Jahren wundervolle Freundschaften geworden. "

„So wie mit Carlos ", konnte sich Sara nicht verkneifen zu sagen.

„Ja, unter anderem. Er ist ein wunderbarer Freund. Lebensbejahend, offen, tolerant und sein Humor ist ansteckend. Wenn wir zusammen sind, gibt es immer etwas zu lachen ", schwärmte Eleonora, und Sara bemerkte die warme, ehrliche Stimme, mit der sie über ihn sprach.

„Er hat gesagt, dass Sie ihn von seinen Leiden errettet haben. Woran litt er denn? ", wollte Sara neugierig wissen.

„Oh, Sara, nichts für ungut. Es steht mir nicht zu, Ihnen davon zu erzählen. Da müssen Sie ihn schon selber fragen, aber wie ich ihn kenne, dürfte es ihm heute überhaupt nicht mehr schwerfallen, es Ihnen zu offenbaren. Fragen Sie ihn doch bei Gelegenheit einfach. "

„Natürlich, Sie haben Recht, es geht mich gar nichts an, entschuldigen Sie bitte ", beeilte sich Sara zu sagen und fühlte sich bei ihrer Neugierde ertappt.

„Ich sagte nicht, es gehe Sie nichts an, sondern lediglich, dass es nicht an mir ist, Ihnen seine Geschichte zu erzählen. Aber wenn es sie wirklich interessiert, dann sollten Sie auch den Mut aufbringen, ihn danach zu fragen. Das ist doch das große Problem der Menschen. Vieles an anderen finden sie interessant, sie trauen sich aber nicht, mit ihnen auf normaler Ebene zu kommunizieren. Alles bleibt nur an der Oberfläche. Wie der Mensch wirklich denkt und fühlt, bleibt im Verborgenen, und das ist doch sehr schade. Glauben Sie mir, Carlos würde es freuen, wenn Sie an seiner Geschichte teilhaben wollen. "

„Ja, mal sehen, bei Gelegenheit ", antwortete Sara und kam sich immer noch wie ein Eindringling vor.

„Schön, Sara. Ich mache mich jetzt wieder auf den Heimweg und will Sie nicht länger von Ihrem Training abhalten. Bewegung ist in Krisenzeiten immer etwas sehr Sinnvolles. Rennen Sie sich frei und lassen Sie Ihre negativen Gedanken dabei einfach los. ”
„Ich werde es versuchen ”, versprach Sara, glaubte aber nicht so recht, dass es ihr gelingen würde, „aber es ist leichter gesagt als getan. ”
„Leicht ist es anfangs nie, aber es geht, wenn Sie es wirklich wollen. Sie haben die Freiheit, sich zwischen positiven und negativen Gedanken zu entscheiden. Welche Seite Sie wählen, liegt allein bei Ihnen. Überlassen Sie die Macht darüber nicht Ihrer Gewohnheit. Ich wünsche Ihnen viel Erfolg dabei ”, sagte Eleonora, stand auf und ging.
Sara sah ihr lange nach. Alles, was Eleonora zum Besten gab, war so klar, deutlich und einleuchtend. Sara hatte das Gefühl, diese Frau lebte ihr Leben ohne ständige Widersprüche. Man spürte ihre Unabhängigkeit, ihre Willensstärke und die innere Zufriedenheit. Eleonora war ein glücklicher Mensch, und wie Sara jetzt erfahren hatte, ließ sie andere daran teilhaben.
Wer aber war sie? Wovon lebte sie? Sara spürte den Impuls, mehr von Eleonora wissen zu wollen, wobei ihr Carlos Worte erneut durch den Kopf gingen. „Sie ist eine wahre Magierin. “ So langsam bekam sie das Gefühl, dass diese Einschätzung korrekt war. Irgendetwas an ihr war irritierend, und Sara spürte instinktiv, es würde nicht bei dieser letzten Begegnung bleiben.

Die letzten Tage der Auszeit vergingen rasend schnell und der erste Tag im Büro machte ihr schwer zu schaffen. Sie bemühte sich, so locker wie möglich zu wirken, aber die ständigen Begegnungen mit Jörg gingen ihr mehr an die Substanz, als sie es sich eingestehen wollte.

Es ist vorbei, finde dich damit ab. Er ist Geschichte, und du solltest froh sein, dass es zu Ende ist. Es wäre niemals gut gegangen, bläute sie sich zum Selbstschutz immer wieder ein. Das verliebte Paar aber permanent im Blickwinkel zu haben schwächte die eingenommene Position erheblich. An Jörg meinte sie zu bemerken, dass auch er sich nicht wohl in seiner Haut zu fühlen schien. Er ging ihr so gut es ging aus dem Weg, was sich allerdings aufgrund der Zusammenarbeit des Teams nicht wirklich verhindern ließ. Daher herrschte eine angespannte Stimmung und auch den Kollegen entging dieser Tatbestand nicht. Dieser Zustand war für alle Beteiligten unzumutbar. Sie persönlich würde die Zusammenarbeit auf Dauer zermürben, und dass Jörg die Initiative ergriff, um seine Privilegien aufzugeben, war hinsichtlich seiner Position so gut wie ausgeschlossen. Weshalb sollte er als Geschäftsführer der Firma das auch tun? Er würde es so lange aussitzen, bis Sara gehen würde.
Tja, da haben wir Frauen doch wieder einmal das Nachsehen.
Mit diesen Gefühlen verließ Sara an diesem Abend ihren Arbeitsplatz. In Gedanken versunken bog sie mit ihrem Auto in ihre Straße ein und fand direkt vor der Haustür einen Parkplatz. So viel Glück besaß sie selten. Sara hatte schon des Öfteren überlegt, ob sie nicht ihren Wagen, einen kleinen Fiat 500, verkaufen sollte, um dann nur noch mit dem Rad zu fahren. Aber das schlechte norddeutsche Wetter und der doch erhebliche Weg zur Arbeit hatten sie immer wieder davon abgehalten.
Sie stieg aus, nahm ihre Tasche und schloss gerade ab, als ein Fahrradfahrer neben ihr quietschend stoppte.
„Hey, Sara, na, endlich Feierabend? "
Sara drehte sich um und sah, völlig erstaunt über das blitzartige Erscheinen, in die strahlend braunen Augen von Carlos. „Ja, Gott sei Dank. Ich bin echt geschafft ", erwiderte Sara sichtlich geschlaucht.

„Es ist schon ein Übel, wenn Arbeit keinen Spaß macht, das schafft einen dreifach. Ging mir auch mal so. Habe dann meinen Job gewechselt und mir was gesucht, was besser zu mir passt, und seitdem fühle ich mich sauwohl. "
„Wie kommst du darauf, dass mir die Arbeit keinen Spaß macht? ", fragte Sara etwas ungehalten.
„Na, weil du nicht nur geschafft aussiehst, sondern es gerade selbst gesagt hast. Daraus schließe ich, dass es anstrengend sein muss, diesem Job nachzugehen. Und immer dann, wenn die eigene Arbeit als Anstrengung empfunden wird, kann doch was nicht stimmen. Oder liege ich da so vollkommen falsch? ", meinte Carlos lächelnd, krauste die Stirn und blickte Sara wie ein kleiner Junge schräg von der Seite an.
Obgleich ihr Carlos` Aussage über ihren Job anmaßend erschien, musste sie bei seinem Gesichtsausdruck dennoch lächeln. „Und wenn dem tatsächlich so wäre, ist es doch nicht ganz so einfach, den passenden Job zu finden. Manchmal sind es auch nur die Umstände, weshalb man sich gerade in seinem Job nicht wohlfühlt ", beteuerte Sara und bemerkte, dass sie sich weiter vorlehnte, als sie es eigentlich wollte.
„Ah, ich verstehe, Beziehungskrise und beide in der gleichen Firma. Das ist allerdings schwierig. Aber selbst da stellt sich die Frage, ob es nicht eher Sinn macht, sich nach etwas anderem umzusehen ", merkte Carlos schmunzelnd an.
„Das hat dir Eleonora erzählt, das ist nicht fair. Sie hatte nicht das Recht dazu ", empörte sich Sara und drängte entrüstet an Carlos vorbei.
„Da bist du aber vollkommen auf dem Holzweg ", verteidigte sich Carlos. „Eleonora würde mir nie etwas erzählen, was sie von anderen Menschen erfahren hat. Sie missbraucht ein ihr entgegengebrachtes Vertrauen niemals. Ich brauchte doch nur eins und eins zusammenzuzählen, um zu begreifen, worum es hier geht. Du scheinst aber zu den Menschen zu gehören, die

erst mal das Schlechteste vom anderen annehmen. – Aber das ist schon okay, ich kenne das, gehörte selbst zu der Sorte. Immer nach dem Motto: Vertrauen ist gut, Kontrolle ist besser. Bin selbst so´n misstrauischer Kontrollfreak gewesen. Tut mir leid, wenn ich dir zu nahe getreten bin. " Er hob dabei seine Arme entschuldigend nach oben. „Sara, ich habe es nicht bös gemeint, aber manchmal geht meine neu erlernte Freiheit mit mir durch. – Frieden? ", bot Carlos an und ließ wieder sein lausbubenhaften Lächeln aufblitzen.
Sara zögerte einen Augenblick, sah ihm in die Augen und ließ sich von der darin erkennbaren Ehrlichkeit überzeugen. „Okay, Frieden ", erwiderte sie. „Ich bin momentan etwas neben der Spur und heute war nach zweiwöchiger Verschnaufpause wieder mein erster Arbeitstag, und der war mehr als beschissen. Aber lassen wir das jetzt. – Was machst du hier? Wohnst du etwa auch in diesem Viertel?", lenkte Sara ab, da sie auf keinen Fall näher auf das leidvolle Thema eingehen wollte.
„Ich wohne zwei Straßen weiter und bin mit Eleonora verabredet. Sie trainiert mich einmal im Monat, aber nicht nur deshalb bin ich gerne mit ihr zusammen. Man kann so sinnvolle Gespräche führen, und ich bemerke jedes Mal, wie es mich wieder ein Stück weiterbringt. "
Saras Neugierde war mit einem Mal geweckt. „Darf ich fragen, worin sie dich trainiert? "
„Klar, du darfst mich alles fragen", grinste Carlos. „Es handelt sich um ein mentales Training und beinhaltet die Kunst des positiven Denkens. Darin ist sie einfach Weltklasse. Ich kenne niemanden, der es einem so plausibel nahebringen kann wie sie. "
„Inwiefern kann positives Denken denn trainiert werden?", erkundigte sich Sara, von Carlos` Antwort vollkommen überrascht. Sie hatte sich schließlich schon selbst gefragt, was die

beiden miteinander verband, aber darauf wäre sie nie gekommen.
„Die gleiche Frage habe ich Eleonora damals auch gestellt – und ihre Antwort lautete: ‚Die größte Entscheidung in deinem Leben liegt darin, dass du dein Leben ändern kannst, indem du deine Geisteshaltung änderst.' Dieser Satz hat mich neugierig gemacht, und seitdem trainieren wir."
Sara ließ das soeben Gehörte auf sich wirken. Allerdings konnte sie sich immer noch nicht genau vorstellen, wie das mit dem Training vor sich gehen sollte. Aber sie verkniff sich die Frage.
„Vielleicht hast du ja mal Lust, mitzukommen. Bei Eleonora gehen eine Menge netter Leute ein und aus. Sie ist nicht nur ein Mekka an guter Laune, sondern man lernt bei ihr immer etwas dazu. Würde mich echt freuen, dich dort mal zu treffen. " Aus Carlos sprach die reine Begeisterung.
„Ja, mal sehen. Momentan habe ich nur gar keinen Kopf dafür. Muss mich erst einmal selbst sortieren und neu ordnen ", antwortete Sara ausweichend.
„Kann ich verstehen, aber gerade deshalb solltest du zu ihr gehen. Sie kann dir beim Sortieren ganz neue Betrachtungsperspektiven aufzeigen. Solche nämlich, auf die du noch nicht gekommen bist. Ob du das allerdings wirklich willst, musst du selbst entscheiden. Egal! Wie auch immer, ich würde mich jedenfalls freuen, dich hin und wieder bei ihr anzutreffen. " Mit diesen Worten drehte er sein Fahrrad herum und stellte es auf der gegenüberliegenden Seite ab. Bevor er im Hausflur verschwand, drehte er sich nochmals um und winkte Sara lächelnd zu.
Wieder einmal blieb sie verwirrt zurück. Immer wenn sie mit Eleonora konfrontiert wurde, und sei es nur im Gespräch, spürte sie die Begeisterung, die mit ihr einherging. Sollte sie es wirklich einmal wagen und Eleonora fragen, was es mit

dem Training auf sich hatte? Vielleicht war das ihr Beruf, dämmerte es Sara, eine Art Coach , oder so. Überall konnte man mittlerweile darüber lesen. Personaltrainer, Ernährungscoach und selbst in ihrer Firma war ihnen vor zwei Jahren ein solcher gestellt worden. Er sollte die einzelnen Teams positiv auf Erfolg trimmen; und sie musste zugeben, nach anfänglichen Schwierigkeiten war es eine Bereicherung für alle gewesen.

Ja, dachte Sara, das muss es sein. Sie ist freiberufliche Trainerin. Aus der Perspektive betrachtet erschien Sara die Idee, sie zu konsultieren, gar nicht mehr so abwegig. Sie könnte sie bezahlen, und damit würde es eine Basis darstellen, von der alles Private abgetrennt werden konnte.

Das ist eine gute Idee, ich werde sie fragen, entschied Sara.

Sie nahm ihre Tasche und ging in ihre Wohnung. Oben angekommen goss sie sich ein Glas Rotwein ein und bereitete sich einen Salat zu. Richtig Hunger verspürte sie nicht, aber sie wusste, dass sie unbedingt aufhören musste, weiter abzumagern. Es wurde Zeit, sich wieder Reserven zuzulegen, auch wenn das mit diesem Grünzeug sicherlich nicht zu machen war. Sie setzte sich an den Küchentisch und nahm ihre mitgebrachte Arbeit aus der Tasche. Es ging um eine Firma, die ihnen eine groß angelegte Werbung für Hundefutter anvertrauen wollte. Die letzte Entscheidung sollte allerdings erst dann fallen, wenn die Vorschläge wirklich besser waren als jene ihrer Konkurrenten. Im Team sollte sich jeder Gedanken dazu machen und möglichst viele Ideen oder Vorschläge einbringen.

Hunde – was fällt mir zu Hunden ein?, begann Sara ihr Gedankenspiel. Hunde sind bissig. Hunde fletschen die Zähne. Kampfhunde. Maulkorb … Mist, ihre Angst vor Hunden ließ sich nicht verleugnen. Aber wenn du weiter solchen Gedanken hinterherjagst, wird es dir wohl kaum gelingen, eine Idee positiv zu vermarkten, dachte Sara.

Schon als kleines Mädchen war ihre Furcht vor Hunden groß. Sie hatte einmal mit ansehen müssen, wie zwei riesige Köter aufeinander losgegangen waren und sich vollkommen ineinander verbissen hatten. Sara erinnerte sich daran, wie überall das Blut und die offenen Fleischwunden zu sehen gewesen waren und welche Angst ihr damals dieses Kampfgeheul eingeflößt hatte.

Ja, das war damals – aber heute brauchst du eine positive Affirmation zu Hunden, sonst wird das nichts. Es fiel ihr unglaublich schwer, etwas Nettes an Hunden zu finden.

Nachdem sie zwei Stunden ohne Ergebnis gebrütet hatte, legte sie den ganzen Kram beiseite. Es schien im Moment zwecklos zu sein. Ich sollte laufen gehen, dachte sie, beim Joggen kommen mir meistens gute Ideen. Also zog sie schnell ihre Sportsachen an.

Beim Verlassen des Hauses sah sie, wie sich Eleonora auf der anderen Straßenseite mit zwei Kindern unterhielt. Sie lachten, feixten herum und schienen eine Menge Spaß miteinander zu haben. Sara grüßte freundlich hinüber und lief los. Sie drehte im Park wie immer ihre Runden und dieses Mal hielt ihre Kondition drei Runden länger. Na also, geht doch, dachte sie. Training ist eben alles. Dafür war ihr aber während des Laufens nicht eine einzige Idee gekommen. Als sie zu ihrer Bank lief, war sie überhaupt nicht verwundert, Eleonora dort sitzen zu sehen. Irgendwie hatte sie es vielleicht sogar erwartet und erhofft.

„Hallo, Sara, wie ich sehe, bringen Sie Ihre körperliche Fitness gut auf Vordermann ", sagte Eleonora und erklärte mit keinem Wort, weshalb sie nun schon wieder dort saß.

Aber letztlich spielt es ja auch keine Rolle, dachte Sara kurz. Sie hatte ohnehin den Eindruck, dass eine nicht erklärbare Anziehung zwischen ihnen bestand. „Ja, beim Laufen bekomme ich meistens die besten Ideen, und die kann ich im

Moment gut gebrauchen. Ich arbeite in der Werbebranche. Und gerade jetzt sollen wir uns etwas zum besseren Verkauf von Hundefutter einfallen lassen ", antwortete Sara. Sie wählte bewusst etwas Berufliches, da sie meinte, das sei weniger persönlich und dennoch eine Annäherung. Wenn sie Eleonora wirklich im Hinblick auf ein Training ansprechen wollte, dann war es am besten, sie würden sich erst einmal ein wenig unverfänglich beschnuppern. Danach konnte Sara immer noch entscheiden, ob sie Eleonora wirklich konsultieren wollte.
„Und ", erkundigte sich Eleonora, „haben Sie schon eine Idee? "
„Nein, leider nicht, das hängt aber mehr mit dem Produkt zusammen, weil es sich um Hundefutter handelt. Ich habe wohl zu viel Schiss vor Hunden … "
„Ja, das mag dann allerdings sehr schwierig sein. Hatten Sie schon immer Angst vor Hunden? "
„Ich weiß nicht genau. Aber als ich ungefähr fünf oder sechs Jahre alt war, habe ich eine fürchterliche Attacke von Hunden miterleben müssen, die sich ineinander verbissen hatten, und ich glaube, seitdem gehe ich ihnen doch lieber aus dem Weg."
„Und vorher? Wie war da Ihr Verhältnis zu ihnen? "
Sara, die sich in der Zwischenzeit auch auf die Bank gesetzt hatte, dachte angestrengt nach. Ja, gute Frage, dachte sie, wie war das eigentlich vorher? Ihr Onkel hatte doch einen Hund, und der war gar nicht einmal klein gewesen. Wenn sie sich recht erinnerte, hatte es sich um eine Mischung aus Schäferhund und Rotweiler gehandelt. „Nein, ich glaube nicht, dass ich vorher Angst hatte ", antwortete Sara und erzählte von dem Hund ihres Onkels.
„Welche Erinnerungen haben Sie denn an ihn?"
Sara musste unwillkürlich lachen, als ihr der Name einfiel. „Er hieß Willi, ich fand das damals echt witzig, wie man einen Hund so nennen konnte, und Willi war auch ein wirklich

lieber. Wir Kinder sind immer auf ihm geritten und dieses arme Tier hat sich das tatsächlich auch alles gefallen lassen", berichtete Sara. „Nein, wenn ich es mir recht überlege, mochte ich vorher eigentlich Hunde sehr gern. " Verblüfft stellte sie fest, dass sie das vollkommen vergessen hatte. Sie war in den letzten fünfundzwanzig Jahren tatsächlich der Meinung gewesen, ihre Angst vor Hunden würde schon immer in ihr stecken.

„Sehen Sie, Sara, ein einziges schlimmes Erlebnis hat dafür gesorgt, dass Sie Ihre Liebe zu Hunden vollkommen überdecken. "

„Ja, ich hatte doch tatsächlich vergessen, wie viel Spaß wir Kinder damals mit Willi hatten und wie sehr wir mit ihm toben konnten. Ist schon komisch. "

„Nein, das scheint mir vollkommen normal zu sein. Sie haben als Kind die Attacke dieser Hunde als ganz furchtbar empfunden, es in Ihrem Unterbewusstsein abgespeichert, und jedes Mal wenn Sie danach mit Hunden konfrontiert wurden, hat Ihr Unterbewusstsein nur die gespeicherte Furcht ins Gedächtnis gerufen. Da die Angst in dem Moment größer war als die eigentliche Liebe zu den Hunden, haben Sie die positive Erinnerung einfach ausgeblendet und somit keinen Zugriff mehr darauf . "

„So muss es wohl sein ", gab Sara zu, immer noch verblüfft, dass sie die schönen Jahre mit Willi einfach völlig vergessen hatte.

„Aber da Ihre positiven Erinnerungen nun wieder vorliegen, müssten Sie in der Lage, Ihre Angst, die erst mit sechs Jahren entstanden ist, zu überwinden. Lassen Sie Ihre damaligen positiven Erlebnisse mit Ihrem Willi wie einen Film vor Ihrem geistigen Auge ablaufen. Sie werden sehen, wie viele positive Assoziationen Ihnen zumindest bei diesem Hund einfallen werden."

Sara hörte sehr aufmerksam zu und spürte, dass die Idee wirklich gut war. Wenn sie sich Willi und die schönen Kindheitserinnerungen ins Gedächtnis rief, konnte sie plötzlich ganz anders über Hunde denken. Er war unglaublich süß, und die nasse Schnauze, mit der er sie immer beim Spielen angestupst hatte, brachte sie selbst jetzt nach so langer Zeit wieder zum Lächeln. Sie hatte seine Ohren immer nach oben gezogen und seinen Kopf hin und her geschaukelt. Er sah dann aus, wie ein etwas zu groß gewordener brauner Hase, und um ihr zu zeigen, wie sehr er sie mochte, war er mit seiner Zunge schlabbernd quer über ihr Gesicht gefahren. Es war schon merkwürdig, dass sie sich auf einmal an all das erinnerte.

Eleonora saß unterdessen zurückgelehnt da und schaute in die Baumwipfel, die sich sanft hin und her bewegten. Sara blickte sie von der Seite an und musste wieder einmal über die klare präzise Analyse staunen, die Eleonora aus der eigentlich völlig unverfänglichen Plauderei gezogen hatte. Sara wäre nie auf die Idee gekommen, dass das Gespräch über ihren Job in eine derart ungewöhnliche Richtung gehen würde, aber wie sie nun selbst zugeben musste, hatte es für sie einen positiven Effekt zur Folge. Sie mochte Hunde eigentlich sehr gern.

„Vielen Dank, Eleonora. Ich bin tatsächlich durch dieses Gespräch und die Erinnerung in der Lage, meine Betrachtung im Hinblick auf Hunde neu zu bewerten. Ich mache mich gleich zuhause an die Arbeit. " Sara stand auf und blickte Eleonora an.

Die sah lächelnd zurück und erwiderte freundlich: „Gern geschehen, es freut mich, Sie an etwas erinnert zu haben, das Ihnen nun von Nutzen sein kann. – Ich bleibe noch einen Moment und genieße diese Oase der Ruhe. "

Sara wollte gerade zum Laufen ansetzen, als sie innehielt und sich nochmals umdrehte. „Sagen Sie, Eleonora, ist das Ihr Beruf? Sind Sie so was wie eine Trainerin? "

„Wenn Sie damit meinen, ob ich es beruflich betreibe und dafür Geld von den Menschen bekomme, dann lautet die Antwort Nein! Wie kommen Sie darauf? " Eleonora schaute Sara mit fragenden Augen an, als ahnte sie, worauf Saras Frage abzielte.
„Oh, ich dachte nur, weil Carlos mir erzählt hat, dass Sie ihn schon seit Längeren mental trainieren ", meinte sie verunsichert. Sie war sich so sicher gewesen, dass der Beruf die Lösung für Eleonoras analytischen Sachverstand darstellte.
„Ah, jetzt verstehe ich. Carlos hat mit Ihnen gesprochen. Er befand sich damals in einer schwierigen Situation, und ich war sozusagen die Glückliche, die ihm bei der Suche nach seinen eigenen Antworten behilflich sein konnte. Carlos nennt unsere Zusammenkünfte seitdem seine persönlichen Trainingsstunden. Ich nenne es eher eine gute Kommunikation, bei der jeder von uns seinen positiven Gewinn davonträgt. "
„Dann muss unser Gespräch gerade eben aber als absolut einseitig betrachtet werden, denn nur ich habe dadurch etwas gewonnen ", sagte Sara sichtlich verlegen.
„Oh nein, da irren Sie sich aber gewaltig. Ich profitiere davon, indem ich durch Ihre Geschichte die Gelenkigkeit meines Geistes immer wieder aufs Neue verbessern kann. Ich lerne dadurch meine Fähigkeiten zunehmend auszubauen und mich ständig weiterzuentwickeln. Lernen ist eine schöne Aufgabe und ich möchte bis in alle Ewigkeit lernen. Aber genau wie Sie benötige ich dazu gute Gespräche."
„Schön " erwiderte Sara erleichtert, „dann brauche ich also kein schlechtes Gewissen zu haben."
„Ein schlechtes Gewissen, Sara? Weshalb sollten Sie? Ein schlechtes Gewissen würde eine Schuld voraussetzen. Eine Schuld, die jemand mit vollem Bewusstsein auf sich geladen hat – und wann ist das im normalen Miteinander schon der Fall? Ansonsten ist das schlechte Gewissen nur eine konditio-

nierte Gewohnheit, mithin Erlerntes. Das wir aber ebenso wieder verlernen können, und zwar durch positives Denken, Handeln und Fühlen. "

Sara war mittlerweile zur Bank zurückgekehrt und setzte sich erneut. All diese für sie völlig neuen Ansätze, die Eleonora mal eben so aus dem Ärmel zu schütteln schien, irritierten und faszinierten sie gleichermaßen. Es ging eine Kraft von ihr aus, der sie sich weder entziehen konnte noch wollte. Inzwischen verspürte sie den inneren Drang, mehr zu hören und zu erfahren, und mit einem Mal konnte sie Carlos' Begeisterung absolut verstehen. Er hatte ihr gesagt, Eleonora würde ihr neue Betrachtungsweisen aufzeigen, und diese hatte es in diesem gerade geführten Gespräch auch bewiesen, und das stellte sicher nur einen ganz kleinen Teil ihrer vorhandenen Kapazitäten dar.

Sara atmete einmal tief durch, um all ihren Mut zusammenzunehmen, sah Eleonora direkt in die Augen und sagte: „Eleonora, glauben Sie, dass Sie mir dabei behilflich sein könnten, mein Leben, das mir im Moment sehr verkorkst erscheint, neu zu ordnen? Carlos meinte, ich sollte Sie einfach fragen. "

„Ob ich Ihnen eine Hilfe sein kann, weiß ich nicht. Ich führe Gespräche und stelle Fragen, weil ich neugierig auf Menschen und ihre Antworten bin. Vielleicht handelt es sich dabei um Fragen, die Sie sich so noch nicht gestellt haben, und deshalb betrachten Sie die Dinge automatisch einmal aus einer anderen Perspektive. Es gibt viele Methoden, den Blickwinkel zu durchleuchten und somit eine Veränderung herbeizuführen. Allerdings bin ich jemand, der alles schnörkellos beim Namen nennt, wie Sie ja bereits feststellen konnten. Wenn Sie damit umgehen können, dann lassen Sie es uns versuchen. Sollte aber einer von uns, aus welchen Gründen auch immer, keine Lust mehr auf diese Art der Kommunikation haben, wird es deutlich ausgesprochen und jeder geht wieder seiner eigenen

Wege", stellte Eleonora klipp und klar fest, wobei sie Sara herausfordernd ansah.
Sara bemerkte, wie ernst es Eleonora war; ja man konnte es ihr noch nicht einmal verübeln, nachdem das erste Zusammentreffen von ihrer Seite so „zickig" verlaufen war.
„Das ist fair, und ich möchte es wirklich gern, auch wenn ich eigentlich gar nicht genau weiß, was anders werden soll. Allerdings werde ich das Gefühl nicht los, dass irgendetwas passieren muss. "
Eleonora lachte, schlug ihre Hand auf Saras Oberschenkel und sagte: „Genau das ist die beste Grundvoraussetzung für Veränderungen. Man muss nicht wissen, wohin und weshalb, man muss nur spüren, dass es an der Zeit ist. "
Sara fühlte eine Erleichterung durch Eleonoras lockere Art, die damit eine Entspanntheit zwischen ihnen schaffte; und genau das war sicher das Wichtigste, wenn Sara sich sozusagen in ihre Hände begab. „Und wie beginnen wir? ", wollte Sara unsicher wissen. Sie konnte sich beim besten Willen nicht vorstellen, wie das alles funktionieren würde.
„Ganz natürlich und ohne Druck. Wir werden uns einfach hin und wieder treffen und über das Leben philosophieren. So wie wir es heute schon im Ansatz getan haben, der Rest ergibt sich von ganz allein. Machen Sie sich darüber nur keine Gedanken. Sie gehen jetzt nachhause, überdenken Ihre Affirmation zu Hunden, und wenn Sie damit fertig sind, rufen Sie mich an und wir verabreden ein Treffen. Ist das okay, Sara? "
„Oh ja, das ist wirklich gut", meinte Sara und freute sich, dass es einfacher gewesen war als angenommen.
Nach einem kurzen Gruß lief sie erleichtert los. Zu Hause angekommen setzte sie sich sofort an ihren Schreibtisch und nahm sich des Themas Hundefutter erneut an. Sie erinnerte sich daran, dass sie nach dem schrecklichen Ereignis nur noch ganz selten ihren Onkel besucht hatte. Ihre Eltern waren sehr

verwundert gewesen, da Sätze wie „Können wir nicht zu Onkel Herbert und Willi gehen! “ bislang immer von Sara ausgegangen waren.
Jetzt und hier dachte sie angestrengt nach, aber sie war sich sicher, ihren Eltern nie von der Hundeattacke erzählt zu haben. Weshalb eigentlich nicht? Sie wusste es nicht.
Ihr Onkel lebte noch, aber Willi musste schon längst tot sein. Es tat ihr richtiggehend leid, nie wieder so mit ihm herumgetollt zu haben. Der Hund hatte ihr Wegbleiben bestimmt bemerkt. Ob er wohl traurig gewesen war? Es war irritierend, wie die ausgelöste Angst über die Liebe zu ihrem Willi hatte siegen können. Sie nahm sich jedenfalls vor, ihren Onkel einmal anzurufen. Vor allem um die eigenen Gedächtnislücken zu schließen.
Sie schloss die Augen und dachte an Willi, sah sich selbst, als kleines Mädchen. Während vor ihrem geistigen Auge die Erinnerungen zurückkehrten, fielen ihr unglaublich viele positive Eindrücke ein. Sie musste sie wohl all die Jahre in die hinterste Ecke ihres Unterbewusstseins abgelegt haben. Sie schrieb alles erst einmal auf, aussortieren konnte sie später immer noch.
Als sie schon zu Abend gegessen hatte und bettreif war, nahm sie sich die Notizen noch einmal vor und las sie Wort für Wort durch. „Kinder lieben Hunde, Freund des Menschen, treu, kuschelig, verspielt“, stand dort unter anderem geschrieben, und plötzlich kamen die Einfälle wie von selbst. Hastig schrieb sie alles auf. Der Schreiber huschte wie von alleine über das Blatt, und als sie es am Ende nochmals durchsah, konnte sie sichtlich zufrieden mit sich sein. Das war doch schon einmal ein guter Anfang. Sie könnte es gleich morgen dem Rest des Teams vorstellen. Mal sehen, wie die anderen darauf reagierten. Völlig entspannt und zufrieden legte Sara sich schlafen, und kurz bevor sie die Augen schloss, kam ihr

der Gedanke, dass nur das kurze Gespräch mit Eleonora dieses Ergebnis bewirkt hatte.
Vielleicht sollte ich mir einen Hund anschaffen, jetzt, wo ich weiß, dass die Angst eigentlich völlig unberechtigt ist. So einen kleinen, süßen Welpen … Na ja, nun übertreib es nicht gleich wieder, schoss ihr durch den Kopf, und mit diesem Gedanken schlief sie schließlich ein.

Als sie am nächsten Morgen aufstand, achtete sie sehr genau darauf, wie sie sich kleidete. In den letzten Tagen hatte sie überhaupt keinen Wert mehr auf ihr Äußeres gelegt. Das sollte, nein das musste sich nun ändern. Es war wichtig, dass sie sich bei der Präsentation absolut wohlfühlte. Sie musste ihre Unsicherheit so gut es ging kaschieren, und dazu gehörte auf jeden Fall ein gutes Erscheinungsbild. Sie wählte ihren klassischen schwarzen Anzug, den sie sich normalerweise für Besonderheiten aufsparte, wenngleich es sich hier nicht um ein Highlight handelte. Darunter ein weißes enges Shirt, dunkle Ballerinas und einen ganz sportlichen genieteten Gürtel für die gerade geschnittene Hüfthose.
Als sie sich das Ergebnis im Spiegel ansah, konnte sie durchaus mit sich zufrieden sein. Ein leichtes Make-up überdeckte die Schatten um die Augen und der helle Lippenstift unterstrich ihren schönen, rundlichen Mund.
„Also“, sagte sie laut zu sich selbst, „auf in den Kampf!“
Beim Betreten der Firmenräume blieben ihr die Blicke der anderen nicht verborgen. Allerdings dieses Mal schienen sie eher positiv erstaunt zu sein – hatte sie in letzter Zeit wirklich so unmöglich ausgesehen, dass ein schwarzer Anzug derart für Furore sorgte? Oder steckte eher ihr gesamtes Erscheinungsbild dahinter? Der Gedanke, dass einige Kollegen sie bemitleiden könnten, trieb ihr die Schamesröte ins Gesicht. Dann doch lieber die Schadenfreude einiger Personen ertra-

gen. Mitleid war einfach grauenvoll. Bei dem Gedanken warf sie demonstrativ den Kopf in den Nacken. Wenn schon untergehen, dachte sie, dann wenigstens hocherhobenen Hauptes. Mit dieser Einstellung fühlte sie sich schon wesentlich wohler. Ihr Kampfgeist war geweckt. Sie spürte Energien in sich wachsen. Irgendetwas war definitiv anders – was genau, vermochte Sara allerdings nicht zu sagen, aber dass es sich besser anfühlte, darin bestand kein Zweifel.
Sie hatte ihre lethargische Position verlassen – wenn sie recht überlegte, eigentlich nicht freiwillig, sondern gezwungenermaßen durch Eleonora. Somit war dies ein Glücksfall für sie gewesen. Sie war zwar noch immer nicht wieder die Alte, aber so langsam gewann sie an Selbstachtung zurück. Vielleicht wollte sie auch gar nicht mehr die Sara werden, die sie in den letzten Wochen verloren glaubte; vielleicht war es an der Zeit, sich neu zu entwickeln.
Ich werde alles offen auf mich zukommen lassen, dachte sie und schritt, nachdem sie noch einmal tief durchatmete, in das Meeting.
Es lief noch besser, als Sara gedacht hatte. Ihren Ideen folgten alle sehr aufmerksam und schnell sprangen die Kollegen mit auf den Zug. Es wurde wie immer laut durcheinander assoziiert, sodass eine Linie erkennbar wurde. Man wusste jetzt, in welche Richtung die Werbestrategie gehen sollte. Jörg lobte sie sogar zum Abschluss, und die anderen wurden aufgefordert, Saras Idee weiterzuverfolgen, bis ein gemeinsames Endergebnis vorlag. Er hatte sie dabei lächelnd angesehen, und Sara glaubte sogar, dieses besondere Funkeln des Stolzes in seinem Gesicht gelesen zu haben.
Mach dich nicht verrückt, ermahnte sie sich, nur weil er dir einen seiner standardmäßigen Sprüche zukommen ließ, brauchst du nicht gleich nervös zu werden.
Der Tag verlief ansonsten einigermaßen normal, soweit sich das in der Situation überhaupt sagen ließ. Sie spürte instink-

tiv, dass sie sich besser konzentrieren konnte und dass ihr die Stunden nicht mehr so zäh erschienen wie noch Tage zuvor. Aus diesem Grunde war es auch nicht verwunderlich, als die Kollegen ihr einen schönen Feierabend wünschten.
Wunderbar, dachte Sara, der erste Tag einer gewissen Normalität hatte begonnen, und das war schon einmal ein verdammt guter Anfang.
Auf dem Nachhauseweg beschlich sie der Gedanke, sich gleich noch mit Eleonora treffen zu wollen. Heute hatte sie zwar einen erfolgreichen Tag verbucht, aber was war mit morgen oder übermorgen? Sie wusste, sie war dem nur äußerlich gewachsen, innen sah es immer noch ziemlich erbärmlich aus. Warum eigentlich nicht, entschied sie kurzerhand, weshalb es auf die lange Bank schieben? Außerdem, wenn Eleonora keine Zeit hatte, würde sie es ihr schon klar und deutlich mitteilen. Einen Versuch war es allemal wert. Sie spürte die aufkommende Angst, in die Leere zurückzufallen.
Sara wollte ihr Leben besser gestalten: bunter, vielfältiger. Sie wusste nicht genau, wie, aber hatte Eleonora nicht gemeint, das bräuchte sie auch nicht? Sie müsse nur wissen, dass es passieren soll.
Zuhause angekommen nahm sie sofort den Telefonhörer, suchte aus dem Telefonbuch die Nummer von E. Helmers und setzte sich auf ihre heiß geliebte Fensterbank. Sie schaute hinüber, direkt in die Fenster von Eleonoras Küche. Es war aber niemand zu sehen. Schade, dachte Sara. Als sie gerade auflegen wollte, wurde abgenommen.
„Ja ", hörte sie Eleonora sagen.
„Hallo, Eleonora, ich dachte schon, Sie wären nicht zu Hause. Ich bin es, Sara. Wollte nur fragen, ob Sie ein bisschen Zeit zum Plaudern hätten? "

„Hallo, Sara. Ja natürlich. Ich bin auch erst seit zehn Minuten zurück und wollte mir gerade eine schöne Tasse Tee machen. Wenn Sie mögen, dann kommen Sie doch gleich rüber. "
„Großartig", antwortete Sara überglücklich, „bin schon unterwegs. Bis gleich! "
Um keine Sekunde zu verschleudern, nahm sie ihren Schlüssel und verließ die Wohnung. Mit schnellen Schritten raste sie die Treppe hinunter, überquerte die Straße und nahm im Hausflur gleich zwei Stufen auf einmal. Diese zusätzliche Trainingseinheit konnte ihrer Fitness nicht schaden. Oben angekommen war die Tür wie beim letzten Mal nur angelehnt und Sara trat ein. Sie stiefelte schnurstracks in die Küche, wo sie Eleonora vermutete. Diese war gerade dabei, Teetassen auf den Tisch zu stellen.
„Hallo, da sind Sie ja schon, das ging aber flott. Erst mal eine Tasse Tee, was meinen Sie? "
Sara nickte eifrig und nahm Platz.
„Na, nun erzählen Sie mal. Wie ist es gelaufen? Wenn ich mich recht erinnere, ging es doch um die Werbung für Hundefutter. Ist Ihnen dazu etwas Neues eingefallen, nachdem Sie Ihre schlechten Erinnerungen beiseiteschieben konnte ", erkundigte sich Eleonora, und Sara spürte, dass echtes Interesse vorlag.
„Es ist wirklich gut gelaufen. Mir sind unsagbar viele positive Eigenschaften von Hunden eingefallen, ganz unglaublich. Hätte ich doch bis vor zwei Tagen noch Stein und Bein geschworen, dass ich keine Hunde mag." Sara erzählte dann auch gleich von dem Meeting und der für sie positiven Resonanz auf ihre Vorschläge.
Als sie mit ihrer Schilderung fertig war, sah Eleonora sie an und fragte unvermittelt: „Und wie fühlen Sie sich im Umgang mit Ihrem ehemaligen Partner? "

„Gute Frage – ich habe mich heute besser gefühlt als die ganzen Wochen zuvor. Auch wenn es immer noch sehr wehtut, aber ich habe es im Griff. "
„Was haben Sie im Griff? "
Die Frage überraschte Sara wieder einmal, aber da sie sich darauf einlassen wollte, versuchte sie es zu erklären. „Na ja, ich denke, ich habe die Kontrolle über mich zurückgewonnen und kann mich wesentlich besser zusammenreißen. "
„Kontrolle worüber? Über Ihren Geist, über Ihren Körper oder über Ihre verletzte Seele? "
„Ich glaube, es ist von allem ein bisschen ", erwiderte Sara, die nicht verstand, worauf Eleonora konkret hinauswollte.
„Ich will die Frage einmal anders stellen: Was bedeutet Kontrolle für Sie?"
Sara überlegte eine Weile, ehe sie Eleonora erklärte, dass es für sie sehr wichtig sei, in den entsprechenden Situationen die Kontrolle über sich und ihr Handeln zu haben. Dass es ihr nur dann, wenn das Gefühl, alles im Griff zu haben, vorhanden war, leichter fiel, das Leben zu meistern.
„Das würde ja bedeuten, dass Sie immer dann aus der Bahn geworfen würden, wenn Sie glauben, die Kontrolle über sich oder die Situation verloren zu haben. Weil das Leben aber ständig eine Vielzahl neuer Situationen bereit- hält, müssen Sie ja automatisch immer damit rechnen, dass genau das passiert. Ist das nicht sehr anstrengend? "
„Und ob ", erwiderte Sara, „aber ich wüsste nicht, wie ich das ändern könnte. "
„Indem Sie sich einmal ernsthaft fragen sollten, worüber Sie wirklich die Kontrolle haben ? Über Ihr Leben? Über die beteiligten Menschen? Über Ihren Arbeitsplatz? Über Ihre Kollegen? Über die Freunde oder Ihre Familie? "
„Sie wollen damit sagen, ich habe gar keine? ", gab Sara verwundert zurück.

Eleonora nickte. „So ist es. " Sie machte eine kurze Pause und sprach dann weiter: „Die einzige Kontrolle, die Sie wirklich haben, ist die Kontrolle über Ihre Gedanken. Sie allein entscheiden, was Sie denken wollen. Sie entscheiden, ob Sie sich Gedanken darüber machen, was Kollegen, Freunde oder die Familie über Sie denken. Es sind Ihre Gedanken, die Sie fragen lassen, ob Sie Ihren Arbeitsplatz behalten oder verlieren. – Nur, sind diese Gedanken wirklich hilfreich? "

„Wahrscheinlich eher nicht ", erwiderte Sara verunsichert.

„Wenn Sie einmal genau überlegen, dann sind diese Gedankenspiele doch nur hypothetisch ", erklärte Eleonora weiter. „Sie können sich so viele Gedanken darüber machen, wie Sie wollen, aber die Antworten, die Sie sich dabei gleich mitliefern, sind und bleiben rein hypothetisch. Verstehen Sie, was ich meine? "

Sara überlegte. „Ja vielleicht, aber wenn ich ehrlich bin, noch nicht ganz. "

„Also, wenn Sie sich darüber im Klaren wären, dass die einzige Kontrolle, die Sie wirklich besitzen, diejenige über Ihre Gedanken ist, dann könnten Sie auch entscheiden, ob es die sorgenvollen sein sollen oder ob es nicht viel sinnvoller wäre, positive auszuwählen. "

„Sie wollen damit sagen, dass ich sie mir einfach aussuchen kann?“, fragte Sara ungläubig.

„Natürlich. Es ist Ihre alleinige Entscheidung. So einfach ist das “, bestätigte Eleonora.

„Das klingt zwar einleuchtend und einfach, aber in der Realität sieht es doch etwas anders aus ", gab Sara zu bedenken.

„Es gibt nur eine Realität, in der Sie leben, und die ist hier und jetzt. Jeder Gedanken, den Sie mit der Sorge über Ihr Leben oder Ihre Zukunft füllen, bringt Sie nicht einen Millimeter weiter. Sie können nicht einmal ahnen, was die Zukunft Ihnen bringt. Sie wissen nicht, wie Ihr Chef, wie Ihre Kollegen oder wie Ihr Freund reagieren wird. Es handelt sich um reine Gedankenspekulation. Und da Sie es nicht wissen können, sollten Sie unbedingt vermeiden, sinnlose Energie in eine Sache zu stecken, die völlig uneffektiv ist. Sie können dabei nichts gewinnen, sondern nur wertvolle Energie verlieren."

„Aber was mache ich mit den Gedanken, die mir ständig durch den Kopf geistern. Sei es der Gedanke an meinen Arbeitsplatz, sei es die Sorge um meine Zukunft. Was mache ich damit? "

„Werfen Sie sie doch einfach in einen imaginären Mülleimer. Immer wenn Sie bemerken, dass Sie sich wieder einmal Gedanken um die Zukunft machen, sagen Sie laut zu sich selbst: ‚STOPP, ich weiß nicht, wie meine Zukunft aussieht, und deshalb brauche ich diesen Gedankenmüll nicht, ab damit in den Entsorgungskorb.' Jedes Mal wenn ihnen bewusst wird, dass Sie sich über dieses oder jenes Gedanken machen, auf das Sie überhaupt keinen Einfluss haben, ab in den Mülleimer damit. Streifen Sie es ab und wenden Sie sich stattdessen positiven Aufgaben zu." Eleonora schaute Sara an, um zu sehen, ob sie ihr folgen konnte, und fügte dann hinzu: „Aber um das zu können, müssen Sie verstehen, dass es eine bewusste Entscheidung sein muss." Eleonora lehnte sich zurück und sah an Saras ungläubigem Gesichtsausdruck, dass diese noch nicht ganz verstanden hatte. „Passen Sie auf, Sara, ich will es Ihnen noch einmal erklären: Jeder kennt dieses Gefühl, sich Sorgen über alles Mögliche zu machen, selbst vor Kleinigkeiten machen wir nicht Halt, wie etwa: Ich bin zu dick, zu dünn, zu klein, zu groß, zu dumm, zu hässlich. Auf Dauer ist das alles sehr zermürbend. Die Liste für diesen unsinnigen Müll kennt kein Ende. Unsere Gedanken kreisen ständig um diese eine Sache. Teilweise behindern sie sogar das Einschlafen, da der Kopf nicht aufhören kann, sich ständig neue Sorgen vorzuführen. Etwa um Firma, Aufträge, Absicherung. Vielleicht auch um die Gesundheit oder Liebe, Partner, Kin-

der und dergleichen. Es ist ein Fass ohne Boden. Jetzt lautet die Frage: Was kann ich dagegen tun?"
Auf diese Antwort war Sara wirklich gespannt. Sie wusste nur zu genau, dass auch sie permanent dazu neigte, sich über alles und jeden den Kopf zu zerbrechen.
„Ich muss bemerken, welche Gedanken in meinem Kopf herumschwirren. Meist kommen sie schon automatisch. Sie schleichen sich ein. Es ist mir also eigentlich gar nicht klar, und somit laufen sie unbewusst ab." Eleonora wartete Saras Zustimmung ab, die ihr signalisierte, dass sie ihr folgen konnte. „Wenn wir uns diese aber bewusst machen, können wir auch etwas dagegen tun. Wir stellen uns diesen Sorgen direkt und betrachten sie sozusagen von außen. Sind sie überhaupt begründet oder handelt es sich dabei nur um Hirnspekulationen? Ich kann Ihnen versichern, meistens sind sie es", lachte sie und fuhr dann fort: „Wir müssen unseren Gedanken, die Macht entziehen, die sie in solchen Momenten über uns haben. Denn diese schädlichen Gedanken rauben uns so viel unserer guten Energie, dass wir, wenn man es mit einem Multifunktionsgerät sichtbar machen könnte, ernsthaft erschrocken wären ", erklärte Eleonora und zeigte dabei auf ihren ganzen Körper, der, das konnte Sara sehen, vor positiver Energie nur so sprühte.
„Aber wie stelle ich es ab, wenn ich es denn tatsächlich bemerken sollte? ", wollte Sara wissen.
„Sie sollten als Erstes den Dialog mit Ihrem Bauchgefühl aufnehmen und sich die Frage stellen: Kann ich eigentlich wissen, ob diese Sorgen tatsächlich berechtigt sind? Oft stellen wir nämlich im Nachhinein fest, dass die Dinge überhaupt nicht eingetreten sind, oder aber ganz anders, als es in unserem Kopf abgelaufen ist. Es ist also wieder einmal nur hypothetisch!! Habe ich Einfluss auf das weitere Geschehen? Wenn ja, WIE? Und wann werde ich es tun?" Eleonora trank ihren inzwischen kalt gewordenen Tee.

Sara tat es ihr gleich. Auch für sie war er bei den interessanten Ausführungen vollkommen nebensächlich geworden.
Kurz darauf nahm Eleonora den Faden wieder auf. „Wenn Sie aber bemerken, dass man ohnehin nicht wissen kann, ob es überhaupt passieren wird, wäre es doch unsinnig, weitere wertvolle Energie in die Sache zu stecken. Dann sollten Sie bereit sein, die Sorgen symbolisch ziehen zu lassen und sich einzugestehen: ‚Es ist absoluter Blödsinn. Ich bin bereit, die Dinge auf mich zukommen zu lassen!‘ – Dieser Dialog mit einem selbst ist das Wichtigste überhaupt. Man liefert sich nicht einfach nur der Machtlosigkeit seiner Gedanken aus, sondern nimmt das Ruder wieder fest in die eigenen Hände. Durch diesen Dialog macht man sich seine Gedanken bewusst und kann dann jeweils entscheiden, was man damit tun will. Am Anfang ist es oftmals sinnvoll, dieses Gespräch mit sich selbst laut zu führen. Die Intensität wird dadurch noch größer. Manchmal hilft es aber auch, sich seine sorgenvollen Gedanken aufzuschreiben und schriftliche Antworten darauf zu geben. Das MAGISCHE daran ist, dass man seinen Mechanismus im Kopf durchbricht. Man wird sich bewusst, welche Energieverschwendung man gerade begeht, und kann somit seine Betrachtung im Kopf verändern. ”
Fasziniert und verwirrt zugleich hörte Sara die ganze Zeit sehr aufmerksam zu. In jedem Wort lag unglaublich viel Wahrheit. Ihre Gedanken beherrschten sie nur allzu oft, und sie wäre nie auf die Idee gekommen, dass sie Einfluss darauf nehmen konnte; aber mit dieser völlig neuen Betrachtung bemerkte sie ihre Wahlmöglichkeit. Sie konnte entscheiden, was sie denken wollte und was nicht. Bisher war sie von einer Art Machtlosigkeit ausgegangen. Jetzt jedoch ahnte sie, dass sie, wenn sie nur wollte, ihnen nicht hilflos gegenüberstand.
Eleonora sah Sara schweigend an, als folgte sie gerade den eben aufsteigenden Gedankenblitzen. Sie lächelte ihr Gegen-

über an und sagte: „Ich sehe an Ihren Augen, dass Sie gerade dabei sind, neue Möglichkeiten in Betracht zu ziehen. "
Immer noch mit Erstaunen in der Stimme antwortete Sara, und zwar mehr an sich selbst gerichtet: „Ja wirklich, so ist es. Ich habe immer geglaubt, ich könne an meinen Gedanken nichts ändern; und auf einmal spüre ich instinktiv, dass die Entscheidung, was ich denken will, einzig und allein bei mir liegt. "
„Genau so ist es, Sara. Da steht niemand mit der Pistole und zwingt Ihnen diese Gedanken auf. Sie allein entscheiden, niemand sonst. "
„Aber wenn ich es mir recht überlege ", durchfuhr es Sara, „dann schwirren ja verdammt viele von diesen unsinnigen Gedanken in meinem Kopf herum. Ich müsste also permanent eingreifen und STOPP sagen. Da komme ich ja zu nichts anderem mehr."
„Nun, vielleicht am Anfang. Es muss natürlich trainiert werden. Sie konnten ja auch nicht in der ersten Stunde Auto fahren. Ich nehme an, Sie haben einen Führerschein?" Nachdem Sara genickt hatte, fuhr Eleonora fort: „Vielmehr haben Sie sicherlich auch gedacht: Schalten, Kuppeln, Bremsen, in den Rück- und Seitenspiegel sehen und das, wenn es geht, alles gleichzeitig …"
„Genau ", erwiderte Sara und lachte bei diesem Vergleich, „ich dachte damals, das lerne ich nie. "
„Aber Sie haben es gelernt. Heute fahren Sie ohne zu überlegen, weil es Ihnen in Fleisch und Blut übergegangen ist. Nicht anders sieht es beim Trainieren mit Ihrem Bewusstsein aus. Wenn Sie erst einmal eine Weile trainiert haben, geht es wie von allein. Aber diese Mühe sollten Sie sich schon machen. "
„Okay, das will ich versuchen ", erklärte Sara begeistert, „aber ich brauche noch mal eine kurze Zusammenfassung. Also immer wenn ich bemerke, dass ich mir wieder einmal

Gedanken um etwas mache, von dem ich gar nicht wissen kann, wie es sein wird, sage ich laut STOPP, richtig? "
„Ja, und stellen Sie sich in diesem Moment ruhig ein großes rotes STOPPSCHILD vor. Allein dass Sie es sagen und als Stütze visuell vor sich sehen, hindert Ihre Gedanken daran, weiterzukreisen. Sie können nicht beides. Entweder Sie haben das Stoppschild vor sich oder Ihre Gedanken laufen weiter, beides zusammen geht nicht. Versuchen Sie es gleich jetzt einmal ", forderte Eleonora Sara auf.
„Wie? Ich soll laut STOPP sagen ", fragte Sara entgeistert nach.
„Genau, denken Sie einmal über eine Ihrer Sorgen nach und wenn Sie einen dieser Gedanken haben, rufen Sie laut STOPP ", erklärte Eleonora.
Es erschien Sara sehr merkwürdig, aber sie wollte es zumindest versuchen; und so fing sie an, über ihren Job nachzudenken. Würde sie ihn behalten können? Wie würde es mit Jörg weiterlaufen? Machte es überhaupt Sinn, dort zu bleiben? Und dann, Sekunden später, sagte sie laut und deutlich: „STOPP!" – und wartete.
„Tatsächlich, es funktioniert. Ich habe mich auf das Schild konzentriert und meine Gedanken hörten auf", bemerkte Sara freudig erregt.
„Sage ich doch, beides geht nicht", rief Eleonora aus, über Saras erstauntes Gesicht lachend. „Wenn Sie ab jetzt täglich üben, werden Sie sehen, wie schnell Sie es in kürzester Zeit gelernt haben und dass es bald völlig ausreicht, sich das STOPPSCHILD einfach nur zu denken. "
„Ja, das wäre auch sehr wichtig ", erklärte Sara tapfer und gab zu bedenken: „Denn was sollen meine Kollegen von mir denken, wenn ich im Büro dauernd herumlaufe und laut STOPP sage. Die lassen mich doch glatt in eine Klinik einweisen. "

„Ist das nicht auch so ein Gedanke, von dem Sie nicht wissen, ob ihn Ihre Kollegen genauso denken? Und überhaupt, weshalb ist es für Sie wichtig, was die anderen denken? "
Sara sah Eleonora an. Natürlich wusste sie nicht genau, was ihre Kollegen bei einer solchen Aktion denken würden, aber da sie sich vorstellen konnte, wie ihre eigenen Gedanken aussahen, war es doch naheliegend, und genauso erklärte sie es Eleonora.
„Nur weil wir etwas nicht kennen, stecken wir Menschen, die anders ticken, in vorgefertigte Schubladen, und alles, was WIR als nicht normal empfinden, ist dann verrückt oder unnormal. Ist das nicht sehr intolerant und kleinkariert? "
Sara spürte Scham in sich aufsteigen. Sie hatte sich nie für intolerant gehalten, aber so wie Eleonora es gerade vortrug, musste auch sie erkennen, dass sie dazugehörte.
Eleonora schenkte Tee nach, streichelte Sara danach liebevoll über ihren Arm und sagte: „Manchmal, Sara, ist das Erkennen der eigenen Unzulänglichkeiten der beste Schritt in eine neue Richtung. Wenn wir beginnen, zu unseren eigenen Fehlern zu stehen, dann sind wir auf dem richtigen Weg. Hermann Hesse hat einmal gesagt: ‚An dem Tag, an dem du volle Verantwortung für dich selbst übernimmst, der Tag, an dem du aufhörst, Entschuldigungen zu suchen, an dem Tag beginnt dein Weg zum Ziel', und das macht es sehr deutlich. "
Sara hörte aufmerksam zu. Ihr war nicht entgangen, dass Eleonora ihr aus der Peinlichkeit half oder vielmehr zu verstehen geben wollte, dass es kein Problem bedeutete, wenn wir uns selbst nur eingestehen würden, wie viele Vorurteile in unseren Köpfen vorherrschen, ohne dass es uns bewusst ist. Sara hatte sich soeben selbst dabei erwischt. Weshalb verurteilte sie Menschen, die anders waren als sie selbst. Auch sie beurteilte häufig nach dem Äußeren. Wenn es nicht ihrem Geschmack entsprach, dann lehnte sie diese ab. Ihren Kollegen beispielsweise, dessen Leidenschaft darin bestand, Rosen

zu züchten, gab sie den Spitznamen Rosalia und tat ihn als Spinner ab.
Sie war keinen Deut besser, bemerkte sie bei diesen Gedanken an ihn. Sara selbst beklagte sich gern über das Spießertum in der Gesellschaft und musste jetzt erkennen, dass auch in ihr eine Kleinkrämerseele steckte.
Eleonora schwieg die ganze Zeit, es schien so, als wollte sie ihr Gelegenheit geben, einmal darüber nachzudenken, wie es mit den eigenen Vorurteilen stand. „Die Frage ist doch, was man überhaupt unter normal versteht", begann sie erneut. „Normal kann doch nur als relativ gesehen werden. Was für den einen normal ist, mag für den Nächsten schon wieder unnormal sein. Es bleibt immer nur die eigene Betrachtungsweise. Solange ich durch die Art des anderen in meiner Lebensweise nicht eingeschränkt werde, sollte ich doch das Prinzip ‚leben und leben lassen' beherzigen. Vielleicht sollten wir die Andersartigkeit der anderen genießen. Wie langweilig wäre es, wenn wir alle gleich wären. Jeder Einzelne von uns ist und bleibt einzigartig. Allein diese Tatsache sollte uns toleranter werden lassen. Was meinen Sie, Sara?"
„Es ist nicht leicht, sich selbst einzugestehen, dass man mehr Vorurteile in sich trägt als bisher angenommen ", antwortete Sara kleinlaut. Sie hatte in den letzten Minuten bemerkt, wie ihr eigenes Bild zu bröckeln begann. Sie musste sich wohl oder übel eingestehen, dass sie ihre eigenen Unzulänglichkeiten nur allzu gern unter dem Deckmantel der Ignoranz versteckte.
„Ich weiß, Sara ", durchbrach Eleonora Saras Gedanken, „aber wenn man erst einmal damit begonnen hat, sich seine eigenen Lügen, Ausreden und Entschuldigungen nicht mehr zu erlauben, dann ist man, wie Hesse sehr weise sagt, auf dem Weg zum Ziel. "
„Aber was ist das Ziel? ", wollte Sara zögerlich wissen.

„Freiheit", entgegnete Eleonora voller Inbrunst, wobei sie beide Hände, als wollte sie es verdeutlichen, gekreuzt auf ihre Brust legte. „Die eigene selbst empfundene innere Freiheit so zu leben, wie jeder es sich wünscht – und sie dem anderen ebenfalls zugestehen. "

„Sie kennen sie, nicht wahr, Eleonora. Und was ist das für eine Freiheit, von der Sie sprechen?" Sara ahnte instinktiv, dass es nicht die Freiheit war, wie sie sie bislang verstand.

„Die Freiheit, sich selbst besser verstehen zu lernen. Die Freiheit, ganz viele positive Augenblicke aneinanderzureihen. Die Freiheit zu begreifen, dass wir einzigartig sind, und damit verschieden. Die Freiheit, glücklich durch unser Leben zu gehen und damit der einzigen Bestimmung zu folgen, weshalb wir geboren wurden ", antwortete Eleonora voller Respekt, machte eine kurze Pause und sprach dann weiter: „Ob ich diese Freiheit in mir fühle, wollen Sie wissen. – Ich glaube schon! Sicher gibt es die eine oder andere Situation, in der auch ich noch nicht ganz frei bin, aber dadurch, dass ich ständig dazulerne, gelingt es mir immer schneller, meine eigenen Gefühle, wie etwa Angst, Zorn, Ungeduld, Eitelkeit oder Ärger, zu entlarven. Und dadurch dass ich meine eigene Unzulänglichkeit anerkenne, kann ich mich auch davon verabschieden. "

„Es muss ein schönes Gefühl sein, wenn man dort angekommen ist. Glauben Sie, es könnte jedem Menschen gelingen?" Sara hoffte inbrünstig auf eine positive Antwort. Sie wollte so gerne diese Art der Freiheit kennenlernen, auch wenn sie sich das WIE noch nicht vorstellen konnte. Sie spürte jedoch die absolute innere Zufriedenheit, die in Eleonora ruhte. Die Liebe, die sie mit Begeisterung versprühte, und die Klarheit, mit der sie Zusammenhänge erklärte. Sara fühlte die positive Aura, die Eleonora umgab, und sie wollte teilhaben an dieser von ihr ausgehenden Energie.

Eleonora lachte und das Strahlen in ihren Augen übertrug sich auf Saras Gesicht. „Aber natürlich ist es für jeden zugänglich. Wenn Sie es wirklich wollen, Sara, dann steht Ihrer Freiheit nichts im Wege. Und glauben Sie mir, wenn Sie sich erst mal aufgemacht haben, dann begegnen Ihnen ständig Menschen, die auf der gleichen Reise sind. "
Sara war mit dieser Antwort sehr zufrieden. Sie lehnte sich zurück, nahm noch einen kräftigen Schluck von dem wirklich leckeren Tee, der ihr mit einen Mal so viel besser schmeckte, und lächelnd sagte sie: „Es wäre sehr schön, wenn Sie mir mehr davon erzählen würden. Ich möchte diese Reise sehr gerne antreten und neue Wege finden, die bisherigen waren nicht immer berauschend. Also wenn ich darf, Eleonora, dann würde ich morgen gern wiederkommen. Ich kann es gar nicht erwarten, mehr zu erfahren. "
„Kommen Sie, wann immer Sie mögen. Rufen Sie aber vorher kurz an, dann weiß ich, ob nichts anderes vorliegt." Sara nickte und schaute auf die Uhr. Meine Güte, so spät schon. Die Zeit verging mit Eleonora so wahnsinnig schnell. Sie musste gehen, auch wenn sie noch so gern bleiben würde. Morgen lag wieder ein anstrengender Tag vor ihr und sie wollte ausgeruht und mit Elan in die Firma gehen. Mit dem, was sie heute erfahren hatte, wollte sie gleich am nächsten Tag beginnen.
Sara erhob sich. „Es wird Zeit für mich, Eleonora. Das Stoppschild nehme ich mit und werde es sofort anwenden, wenn sich wieder irgendwelche unsinnigen Gedanken in mir ausbreiten wollen. Ich entreiße ihnen die Macht und berichte dann davon, wie es gelaufen ist. "
„Tun Sie das, Sara ", sagte Eleonora, die ebenfalls aufgestanden war und sie jetzt zur Tür begleitete.
„Vielen Dank für diesen informativen Abend. Es ist faszinierend, wie Sie den komplizierten menschlichen Regungen so

viel Klarheit einhauchen können ", gestand Sara und reichte Eleonora zum Abschied die Hand.
„Das erscheint Ihnen nur im Augenblick so. Diese Klarheit, wie Sie es nennen, steckt in jedem von uns; wir müssen nur die dicken Staubschichten entfernen, die sich im Laufe des Lebens darauf angesammelt haben. "
„Na, wenn das so ist ", erwiderte Sara lachend, „dann möchte ich putzen, was das Zeug hält. Gute Nacht, Eleonora." Sie ging auf die Treppenstufen zu und wollte gerade hinuntereilen, als sie einen kurzen Moment innehielt und sich umdrehte.
Eleonora, die noch immer im Türrahmen stand, sah sie fragend an.
„Ich würde Sie, wenn Ihr Angebot noch steht, jetzt sehr gerne duzen. Wäre das in Ordnung? "
„Kennst du mich jetzt gut genug, um die eigenen errichteten Barrieren niederzureißen, Sara? – Gott sei Dank, das SIE hat ein Ende. " Dabei sah sie in den imaginären Himmel und klatschte laut in die Hände.
„Danke, Eleonora, und vielleicht schon bis morgen. "
Zuhause angekommen machte sie sich vor lauter Hunger noch schnell zwei dicke Käsesandwiches. Nun besteht mein Magen auf seinem Recht, dachte sie, nachdem mein Geist alles, was Eleonora von sich gegeben hat, so hungrig in sich aufgenommen hat. Sie setzte sich damit an den Küchentisch und schrieb ihre neuen Errungenschaften auf einen Block.
Zusätzlich machte sie sich kleine Zettel, auf denen sie in großen roten Buchstaben das Wort STOPP schrieb, und klebte sie mit Tesafilm anschließend an den Badezimmerspiegel, den Kühlschrank, die Pinnwand im Flur, die Rückwand ihres Bettes und zum Schluss in ihr Filofax, das sie ja täglich benutzte. Sie wollte sich damit visuell erinnern, ihr Gedankenkarusseil zum Stehen zu bringen, wenn ihr diese wieder einmal völlig unnütz hinterherjagten. Das rote STOPP knallte ihr

vom Kühlschrank entgegen. Sie konnte es gar nicht übersehen. Das Handeln setzte automatisch die Lethargie außer Kraft und Zufriedenheit breitete sich in ihr aus.
Es wurde Zeit fürs Bett, morgen war wieder ein neuer Tag. Hoffentlich lief es so gut wie heute und die Kollegen behielten ihr gegenüber die positive Stimmung bei.
Was hatte der Blick von Jörg heute Morgen wohl zu bedeuten?, überlegte sie, während das Bett geduldig wartete, und plötzlich fiel ihr Blick auf das rote STOPP darüber. Natürlich, ich bin ja schon wieder dabei, mir einen Kopf darüber zu machen, was Jörg dachte. Ich kann es doch gar nicht wissen. Also STOPP – und im selben Moment hielten diese Gedanken an. Und wie hatte Eleonora gesagt: „Ab damit in den Mülleimer!"
Na also, geht doch, dachte Sara zufrieden und schlief nur wenig später ein.

In der Firma benutzte sie am nächsten Tag das Wort STOPP sehr häufig, wenn auch nur ganz leise, sie wollte die anderen, trotz Eleonoras Gegendarstellung, nicht überfordern.
STOPP, als sie dachte, ihre Kollegin würde sie komisch ansehen. STOPP, bei dem Gedanken an das regnerische Wetter und ob es bald besser werden würde. STOPP, als Jörg ihr wie zufällig über den Rücken strich und sie es zu interpretieren versuchte … Sie hatte aufgehört, die STOPP-SCHILDER zu zählen, es waren einfach zu viele.
Aber sie bemerkte dabei auch, wie ihr jedes Mal bewusst wurde, was sie sich antat, und so wurde der imaginäre Mülleimer am Ende des Arbeitstages zum Bersten voll. Sie war sich bislang nie darüber im Klaren gewesen, welche bescheuerten Gedanken ihr automatisch durch den Kopf geisterten. Das war jetzt anders, die roten Buchstaben in ihrem Filo-

fax erinnerten sie dauert daran, und das stellte schon einmal eine Veränderung dar.
Enthusiastisch verließ sie das Büro und verabschiedete sich freundlich vom ganzen Team. Jörg war in diesem Moment nicht anwesend, was ihr nur recht sein konnte. Sie wollte im Augenblick die Konfrontationen so klein wie möglich halten; der Schmerz, den sie tief in sich spürte, brauchte noch Zeit, um sich zu erholen. Eins nach dem anderen, sagte sie zu sich selbst, nachdem sie ihren Gedankengang bemerkt hatte.
Als sie um die Ecke ihrer Straße bog, sah sie Carlos, Eleonora und eine andere junge Frau schon von Weitem vor dem Haus stehen. Sie unterhielten sich angeregt und sahen Sara nicht kommen.
Soll ich einfach auf die drei zugehen oder störe ich vielleicht?, überlegte sie. STOPP, schoss es ihr durch den Kopf. Blödsinn, würde Eleonora bestimmt sagen – und so fasste sie ihren Mut zusammen, stieg aus dem Auto und ging direkt auf die Gruppe zu.
„Hallo ", sagte Sara, als sie neben ihnen stehen blieb, und wie nicht anders zu erwarten kam ein freundliches „Hallo “ zurück.
„Sara, schön dich zu sehen ", meinte Carlos strahlend, und dann an das junge Mädchen gewandt: „Das ist Sara, sie wohnt hier direkt gegenüber von Eleonora“, und stellte Sara dann die junge Frau vor. „Maria kennst du, glaub ich, noch nicht. Sie ist auch eine gute Freundin von uns. "
„Hallo, Maria", grüßte Sara, reichte ihr die Hand, die mit einem festen Händedruck genommen wurde. Ihr war aufgefallen, dass Carlos sie ebenfalls als Freundin bezeichnete, und das, obwohl sie sich doch erst kurz kannten.
Maria wirkte mit ihrem rundlichen Gesicht sehr offen und herzlich. Sie war klein, vielleicht ein bisschen mollig, aber keineswegs unattraktiv. Ihr blondes krauses Haar schien sie

kaum bändigen zu können, die einzelnen Locken wippten vor ihren strahlend blauen Augen hin und her.
„Hey, Sara, freut mich, dich kennen zu lernen. " Dabei schaute Maria sie freundlich an.
„Wie war dein Tag, Sara? ", meldete sich jetzt auch Eleonora zu Wort.
„Ich muss sagen, ich bin ganz zufrieden mit mir. Habe die erste Lektion heute schon sehr häufig anwenden müssen ", erwiderte Sara und wollte Eleonora damit einen versteckten Hinweis auf ihre STOPPSCHILDER geben. Die anderen brauchten ja nicht unbedingt zu wissen, worum es ging.
„Ha, ich wette, du hast heute permanent STOPP gesagt. Ich weiß noch, wie Eleonora es mir eingetrichtert hat. Ich kam vor lauter Stoppschildern überhaupt nicht mehr in den Schlaf", sagte Carlos temperamentvoll.
Sara war ein wenig irritiert, aber noch ehe sie weiter darüber nachdenken konnte, sprach Carlos weiter: „Mein Chaos im Kopf war unglaublich. Alle möglichen Gedanken jagten mit affenartiger Geschwindigkeit durch mein Hirn. Nicht einen einzigen klaren Gedanken konnte ich zu fassen kriegen. Aber dank Eleonoras STOPPSCHILDER " – und dabei schrieb er mit den Fingern das Wort in die Luft – „bekam ich nach und nach wieder die Kontrolle über meine Gedanken. Nun sag schon, Sara, hab ich Recht? ", fragte er grinsend.
Seine direkte Art war für Sara irritierend und neu. Sie kannte in ihrem Bekanntenkreis niemanden, der die Dinge so unverblümt ansprach.
Sara spürte die Augenpaare auf sich ruhen und Eleonora lächelte sie verschmitzt an. Da sie darauf nicht vorbereitet war, wurde sie unsicher. Sie blickte verlegen von einem zum anderen, es war ihr unangenehm, dass Carlos sie so bloßstellte.
Eleonora legte zum Schutz die Arme um Saras Schultern und sagte lachend: „Ich kann es ihm einfach nicht abgewöhnen. Er

fällt immer gleich mit der Tür ins Haus, ohne darauf zu achten, ob es gerade passend ist. Mach dir nichts daraus, Sara, aber gerade diese direkte Haltung macht ihn so wunderbar unkompliziert. "

„Das stimmt", fiel Maria ein und boxte ihn demonstrativ am Arm, woraufhin er tat, als hätte sie ihn ernsthaft verletzt, „Mich hat er damit auch schon zur Weißglut gebracht. Der Kerl redet grundsätzlich, wie ihm der Schnabel gewachsen ist. Aber im Großen und Ganzen ist er schon in Ordnung. "

Es war die lockere und freundliche Art, die Sara veranlasste, etwas zu erwidern. „Tut mir leid, wenn ich mich so anstelle, aber ich bin es nicht gewohnt, in direkter Weise mit meinen Problemen konfrontiert zu werden. Aber um auf deine Frage zu antworten, Carlos: Ja, ich habe heute mit meinen STOPP-SCHILDERN gearbeitet und bin er-staunt, wie wirkungsvoll sie sind. "

„Ich hab es doch gewusst", rief Carlos überschwänglich, wobei er den Stolz auf seine hellseherischen Fähigkeiten nicht verhehlen konnte. „Na, Ela, was sagst du zu meinen Instinkten? Sie funktionieren doch schon sehr gut. " Dann sah er Sara an und meinte: „Nicht bös sein, Sara, ich freue mich nur über meine neuen Errungenschaften. Vor nicht allzu langer Zeit wäre mir überhaupt nicht in den Sinn gekommen, meinen Instinkten zu folgen. Ich war viel zu sehr mit mir selbst beschäftigt. Aber das Training, unter anderem die STOPP-SCHILDER, haben mich davon befreit. Ohne das Eingreifen in meine Gedankenwelt wäre ich höchstwahrscheinlich komplett verrückt geworden." Carlos war sichtlich erleichtert, als er feststellte, dass Sara lächelte.

„Du übertreibst mal wieder, wie immer, Carlos. Geht es auch eine Spur kleiner?" Eleonora konnte eine gewisse Ironie nicht verheimlichen.

„Ich übertreibe? Du willst doch nur wieder dein Licht unter den Scheffel stellen, aber nicht mit mir. Du bist und bleibst

meine Königin." Mit diesen Worten kniete sich Carlos galant vor Eleonora hin und küsste ihre Hand.
Jetzt mussten alle lachen und die Situation entspannte sich augenblicklich für Sara. Sie sah alle nacheinander an, während ein warmes Gefühl sie durchströmte. Diese positiv gestimmten Menschen gefielen ihr. Es war schön, sie zu kennen. Nachdem sie noch eine ganze Weile belanglos geplaudert und Carlos immer wieder irgendwelche Albernheiten von sich gegeben hatte, verabschiedeten sie sich.
„Wir sehen uns Freitagabend", sagte Maria. Und an Sara gewandt: „Kommst du auch? "
„Ich weiß nicht", erwiderte sie und sah Eleonora fragend an.
„Wir treffen uns einmal die Woche, meistens freitags ", erläuterte Eleonora, als sie Saras fragenden Blick bemerkte. „Dann sind auch noch Carsten und Benjamin dabei. Also, wenn du magst, Sara, würden wir uns freuen. "
„Ja, wirklich sehr gern", beeilte sich Sara zu sagen. Dieser Einladung würde sie nur allzu gerne folgen. Diese Truppe war interessant, so wunderbar natürlich. Sie war jetzt schon sehr gespannt auf die anderen.
Sie winkten sich zu und Sara sah Carlos und Maria in die gleiche Richtung schlendern. Waren die beiden ein Paar? Ne, glaub ich nicht, dachte Sara, aber ist ja auch egal. STOPP, STOPP, STOPP, ermahnte sie sich schnell.
„Wie sieht es mit dir aus, Sara? ", unterbrach Eleonora ihre Gedanken. „Möchtest du noch mit nach oben kommen und mir von deinen Erfolgen berichten? "
„O ja, gerne, ich bringe nur schnell meine Sachen hoch und komme dann rüber." Sara freute sich, dass Eleonora noch Zeit erübrigen konnte. Sie hatte sich nicht getraut, schon wieder zu fragen.
Als Sara wenig später bei Eleonora in der Küche saß, erzählte sie von ihren vielen aufgeklebten STOPP-Zetteln und welche

Wirkung sie schon gestern Abend kurz vor dem Schlafengehen bei deren Anblick verspürt hatte. Wenig später kam sie zu dem Geschehen im Büro. Sie berichtete von ihrem imaginären, schon jetzt randvollen Mülleimer und von ihrer Konzentration, die langsam besser wurde, da sie ihre Gedanken nicht einfach nur laufen ließ. Sie zeigte sich begeistert, dass sie selbst wählen konnte, was sie denken wollte und was nicht.
„Doch ganz zufrieden bin ich nicht, denn ich habe krampfhaft versucht, Jörg aus dem Weg zu gehen. “
Nachdem Eleonora die ganze Zeit aufmerksam zugehört und sie nicht unterbrochen hatte, wollte sie wissen: „Weshalb glaubst du, ihm aus dem Weg gehen zu müssen? “
„Weil es wehtut, wenn ich ihn sehe. Er erinnert mich daran, wie blöd ich war, dass ich nichts gemerkt habe. Mein Herz krampft sich zusammen, wenn ihm seine neue Freundin den Hintern tätschelt ”, erwiderte Sara und nahm ein Taschentuch aus ihrer Hose, da sie bemerkte, dass ihr Tränen in die Augen stiegen. Jetzt bloß nicht heulen, dachte sie.
„Das sind viel zu viele Gefühle auf einmal, Sara. Nehmen wir uns doch jedes einzelne vor. Wie würdest du das Gefühl benennen? Ist es Wut oder dein verletzter Stolz? Steckt der Vertrauensbruch dahinter? Oder was könnte es deiner Meinung nach sonst noch sein? ”
Sara begriff nicht, weshalb Eleonora das wissen wollte, trotzdem sagte sie spontan: „Er hat meinen Stolz verletzt. Ich fühle mich von ihm erniedrigt. Alle haben es gewusst, nur ich nicht …” Und dieses Eingeständnis öffnete nun doch die Schleusen, sie heulte einfach drauflos.
Eleonora wartete eine Weile, um ihr Gelegenheit zu geben, sich zu sammeln, und stellte dann die nächste Frage: „Das Schlimmste daran ist also, dass die anderen es vor dir wussten? “

„Natürlich. Das ist doch echt beschissen, wenn man dasteht wie ein Idiot. "
„Also wenn ich dich recht verstehe, Sara, dann ist das schlimmste Gefühl für dich, dass alle anderen dich eventuell mitleidig angesehen haben ", stellte Eleonora fest und wartete Saras kurzes Nicken ab. „Und wenn er dir nun von Anfang an die Wahrheit gesagt hätte, wäre es dann in Ordnung gewesen? "
Sara überlegte und schilderte Eleonora ihr Empfinden: „Wenn er gleich mit der Wahrheit rausgerückt wäre, würde ich natürlich auch Schmerz empfinden, aber nicht so extrem, wie es jetzt der Fall ist. "
„Du könntest es also durchaus verstehen, wenn er sich in jemand anderen verliebt hätte?"
„Nun ja, wir haben uns in der letzten Zeit häufig gestritten, obendrein waren unsere Gemeinsamkeiten ohnehin nicht besonders groß. Ich glaube, dann wäre es leichter gewesen, damit umzugehen. "
„Also ist es dein verletzter Stolz, der dir so viel Schmerzen bereitet und dich leiden lässt? "
Sara nickte heftig mit dem Kopf.
„Das ist ein wichtiges Gefühl, aber hat Stolz etwas mit Liebe zu tun? Wart ihr das Traumpaar, das füreinander gestorben wäre? Konntet ihr miteinander aus vollem Herzen herumalbern und lachen? Ist euch immer wieder etwas Neues eingefallen, um den anderen zu überraschen? Habt ihr euch vor Sehnsucht und Leidenschaft nacheinander verzehrt?", fragte Eleonora, wobei sie Sara mit ihrer Definition von Liebe doch überraschte.
„Nein, so wie du es gerade beschreibst, natürlich nicht. Aber wir kannten uns ja schon vier Jahre, und da ist es eben nicht mehr so wie am Anfang ", gab Sara zu bedenken.

„Sollte es deiner Meinung nach denn nicht ein ganzes Leben lang so bleiben. Sollte nicht jede Minute des Beisammenseins positiv genutzt werden und nichts unversucht bleiben, das Feuer der Liebe immer aufs Neue zu entfachen. Bist du wirklich der Meinung, dass bereits nach kurzer Zeit – und was sind da schon vier Jahre – die Liebe automatisch auf ganz kleiner Flamme gehalten wird? Denk einmal darüber nach. Aber jetzt die wesentliche Frage: Sag mir, Sara, was bedeutet Liebe für dich?"

Sara blickte sie an und fing an, darüber nachzudenken. „Natürlich sollte Liebe so aussehen, wie du sie gerade beschrieben hast. Aber gibt es das wirklich? Jeder Mensch wünscht sich doch Liebe dieser Form. Das Vertrauen zueinander. Das Spüren des anderen, auch wenn er nicht da ist. Zu wissen, dass man sich aufeinander verlassen kann."

„Ja, und genau so sieht sie aus, wenn dir die wirklich WAHRE Liebe begegnet. Echte Liebe verkraftet Leid, Stress und berufliche Trennungspausen, sie meistert Auseinandersetzungen und wächst mit jedem Jahr, ansonsten ist es eben nicht die wahre Liebe", sagte Eleonora fast andächtig. „Und in welche Kategorie würdest du deine ehemalige Beziehung einordnen? "

„Nach deiner Beschreibung könnte ich sie gar nicht eingliedern. Dafür waren wir viel zu verschieden. Aber ich glaube, wir haben uns trotzdem auf unsere Art und Weise geliebt. Vielleicht nicht so leidenschaftlich, sondern eher stiller."

„Worin lag denn eure Verschiedenartigkeit? ", wollte Eleonora wissen.

„Na ja, ich bin ein totaler Naturmensch, verbringe gern viel Zeit draußen an der frischen Luft. Jörg hasst Spaziergänge. Ich liebe den Süden Europas. Jörg hat Angst vorm Fliegen und ist auch eher ein Stadtmensch. Es muss immer etwas los sein. Er kann Stille nicht ertragen. Außerdem ist er ein unwahrscheinlich bequemer Mensch. Er sucht immer den Weg

des geringsten Widerstandes. Deshalb haben wir uns auch oft in den Haaren gelegen. Aber er konnte auch ungeheuer süß sein", schilderte Sara und lächelte, als ihr wieder einfiel, wie er einmal versucht hatte, Don Juan de Marco, den größten Liebhaber aller Zeiten, zu kopieren. Sie hatte den Film mit Bettina am Vorabend im Kino gesehen, und er wusste, wie sehr sie auf Johnny Depp stand.
Eleonora unterbrach ihre Gedanken. „Bei all den Unterschiedlichkeiten – hast du jemals daran gedacht, dich von ihm zu trennen, oder glaubtest du an eine Verbindung über den Tod hinaus? "
„Doch, hin und wieder habe ich schon über eine Trennung nachgedacht, aber es dann doch immer wieder verworfen. "
„Weshalb hast du darüber nachgedacht? "
„Weil mir seine ewige Rechthaberei manchmal auf die Nerven ging. Er konnte nur ganz selten einen Fehler zugeben." Sara ärgerte sich auch jetzt noch darüber.
„Würdest du sagen, ihr seid ein Traumpaar gewesen? "
„Nein, das sicher nicht, aber es gab auch schöne Zeiten ", versuchte Sara ihre Beziehung zu verteidigen.
„Viele gute Zeiten in euren gemeinsamen Jahren?", hakte Eleonora beharrlich nach.
„Ich weiß nicht, worauf du hinauswillst, Eleonora!" In Saras Stimme klang Verärgerung mit.
„Ich möchte, dass du dir selbst darüber im Klaren wirst, ob das Ende nicht schon lange zu erwarten war und dass es vielleicht nur immer wieder verschoben wurde. Dass die Kompromisse, die ihr eingegangen seid, in Wahrheit gar keine waren. Und wenn dem so wäre, ist es dann nicht sogar gut, dass einer von euch beiden diese Entscheidung traf? Und dabei betrachte einmal nicht die Umstände, unter denen es passierte, sondern konzentriere dich nur auf die Beziehung. "

Das war ein Schlag ins Gesicht. Sara holte tief Luft. Mit einer solchen Frage hatte sie nicht rechnen können. Ihr zumindest wäre sie nie in den Sinn gekommen. Darüber musste sie erst sorgfältig nachdenken. Was für eine Beziehung hatten sie geführt? War es überhaupt noch eine gewesen? Hatten sie nicht schon seit längerer Zeit aneinander vorbei gelebt? War er noch der Partner, den sie sich sehnlichst wünschte? Sie wusste instinktiv, dass sie bis zu diesem Zeitpunkt keine Kinder mit ihm wollte, obwohl sie eine Frau war, die Kinder nicht ablehnte. War das nicht ein Indiz dafür, dass sie sich selbst etwas vorgemacht hatte?
Sara sah Eleonora verstört an. Sie wusste es selbst nicht mehr. War diese Frage berechtigt? Was wäre geschehen, wenn Jörg sich nicht in eine andere verliebt hätte? Würde sie bis ans Lebensende mit ihm zusammenbleiben wollen?
Und plötzlich, als würden sich die Nebelschwaden vor ihrem geistigen Auge verziehen, wusste sie die Antwort.
„Du hast Recht, Eleonora, wir waren bereits am Ende. Einer musste die Entscheidung treffen. Es wäre nicht mehr lange gut gegangen. Es fällt mir gerade wie Schuppen von den Augen. Hätte er sie nicht getroffen, wäre ich es sicherlich irgendwann selbst gewesen. " Es kam Sara vor, als hätte diese Erkenntnis schon lange in ihr geschlummert, nur der Mut hatte bisher gefehlt, eine Beendigung ernsthaft in Erwägung zu ziehen.
Eleonora saß still neben ihr und sah sie liebevoll an. Sara begriff erst nach und nach die ganze Tragweite ihrer eigenen Worte. Es war da gewesen, die ganze Zeit, aber sie hatte sich geweigert, der Realität ins Auge zu sehen.
„Unsere eigenen Erkenntnisse bringen uns immer ein Stück näher zu uns selbst", durchbrach Eleonora ihr Schweigen. „Wenn wir erkennen, welche Ausreden und Gründe wir benutzen, um uns selbst zu belügen, sind wir schon einen großen Schritt weiter. "

Sara sah Eleonora an und Tränen liefen ihr wieder über die Wangen. Tränen über die eigene Lüge, wie sie jetzt bitter erkennen musste. Sie schämte sich ihrer aber nicht. Wie oft hatte sie in den vergangenen Jahren schon über eine mögliche Trennung nachgedacht, aber immer wieder die Ausrede gefunden, dass es sicherlich bald besser werden würde. Jetzt wurde ihr schlagartig ihre Feigheit bewusst. Sie schnäuzte ein paarmal ins Taschentuch und trocknete die Tränen. Auch wenn es wehtat, spürte sie doch eine gewisse Erleichterung. Erst mit diesem Eingeständnis konnte sie ihre Trennung ins rechte Bild rücken.
„Nachdem du diese Erkenntnis nun gewonnen hast, wollen wir uns den Verletzungen zuwenden, die ja trotz alledem geschehen sind. Wenn ich dich vorhin richtig verstanden habe, hast du das Gefühl, dein Stolz und deine Würde wurden mit Füßen getreten? ", fuhr Eleonora nach einer kurzen Pause fort.
„Ja ", antwortete Sara und fühlte erneut die Wut über Jörgs Vertrauensbruch in sich aufsteigen, „es war so erniedrigend und demütigend. Mich belogen zu haben und so zu tun, als sei nichts gewesen. Und die ganze Zeit arbeitet seine neue Flamme schon in der Firma und ich merke es nicht, ich blöde Kuh. " Sara schüttelte über sich selbst den Kopf.
„Ärgerst du dich gerade über den Vertrauensbruch oder über deine eigene Dummheit? Was, glaubst du, wiegt schwerer?"
Sara überlegte kurz, es war ganz klar der Ärger über ihre eigene Blödheit. Der Vertrauensbruch war übel und gemein, aber das Gefühl, blind gewesen zu sein, machte sie rasend vor Wut, und so schilderte sie Eleonora auch ihre Gefühlswelt.
„Wut ist ein Gefühl und somit wie alle Gefühle erst mal nur eine breiige Masse. Es sagt uns nichts, außer dass wir spüren, wir sind ungeheuer wütend. Wichtig erscheint mir, dieses Gefühl in einzelne Bestandteile aufzulösen, damit man sich

damit auseinandersetzen kann. Erst wenn dir klar wird, weshalb, wieso und auf wen du eigentlich wütend bist, kannst du dem eigentlichen Grund dafür auf die Spur kommen. Also überleg mal, weshalb du in erster Linie wütend bist. Oder besser gefragt: auf was oder wen?"
Sara überlegte kurz und erwiderte dann sehr schnell: „Ich glaube, in erster Linie auf mich selbst", und sie fühlte förmlich die Wut erneut in sich aufsteigen.
„Du kannst dir also selbst nicht vergeben. Weshalb nicht?, hakte Eleonora nach.
Sara sah sie kopfschüttelnd an. „Ich weiß es wirklich nicht? "
„Glaubst du vielleicht, die Kontrolle über die Geschehnisse verloren zu haben? Oder weil du dich dem Gespött der anderen ausgeliefert gefühlt hast? Versuch einmal in aller Ruhe dahinterzukommen. Es ist wichtig, dass du weißt, worauf sich deine Wut richtet, nur dann kannst du sie auch gehen lassen. "
Sara setzte sich aufrecht hin und wollte gerade darüber nachdenken, als Eleonora ihr erklärte, das es besser sei, sie bliebe in dieser leicht nach vorn gebeugten Körperhaltung. In diesem Zustand sei der Zugriff auf ihre Emotionen am größten. Die aufrechte Haltung wäre dagegen für die Ratio zuständig, und die würde im Moment nicht benötigt. Nach anfänglichem Zögern beugte Sara sich wieder nach vorn und Eleonora drückte sie mit ihrer Hand noch ein wenig weiter in die gewünschte Position.
Eleonora bemerkte den irritierten Gesichtsausdruck in Saras Blick. „Ich erkläre dir später, weshalb das wichtig ist, aber lass uns zuerst herausfinden, was es mit deiner Wut wirklich auf sich hat. "
Okay, dachte Sara. Du wolltest dich darauf einlassen, schieb also deine Bedenken einmal beiseite und mach dir Gedanken darüber, woher deine Wut kommt.

Nach einer Weile des Nachdenkens sagte sie: „Ich glaube, es ist eine Mischung aus beidem. Einmal der Kontrollverlust und dann auch das Gespött der anderen. ”
„Gut, nehmen wir zunächst den Kotrollverlust. Was hast du gestern gelernt? Das Einzige, worüber du wirklich Kontrolle hast, sind deine Gedanken. Also sind es dann nicht ‚nur‘deine Gedanken, die dir einreden, du hättest die Kontrolle verloren. Wie kannst du etwas verlieren, was du zu keinem Zeitpunkt besessen hast, nämlich die Kontrolle über deine Beziehung? ”
„Du meist also, ich soll bei meiner Wut ebenfalls das Stoppschild rausholen? Also ehrlich gesagt fällt mir das im Moment sehr schwer. Ich spüre, wenn ich nur daran denke, wie ich innerlich koche; und ich kann mir einfach nicht vorstellen, wie es mir mit diesem simplen Schild gelingen sollte, meine Wut zu überlisten? ”, merkte Sara skeptisch an.
„Natürlich ist das nicht leicht, Sara. Es geht in erster Linie darum, dir zuerst einmal bewusst zu machen, dass nur du allein die Entscheidung über dein Denken hast. Also auch über jede deiner Emotionen. Sei es nun Wut, Angst, Enttäuschung, Ärger oder Ähnliches. Um zu verstehen, welche Emotionen dich bedrücken, solltest du begreifen, welche es sind. Dieses Gefühl spürt man auf, indem man sich und seinen Körper fragt: Was fühle ich gerade? Deine innere Stimme kennt die Antwort schon und wird sie dir auch mitteilen. Wer aber nicht nachfragt, kann auch keine Antworten bekommen. Verstehst du, Sara? ”
Sara verstand, aber wie es wirklich funktionierte, war ihr noch nicht klar. Nichtsdestotrotz nickte sie eifrig, um Eleonora zu demonstrieren, dass es ihr ernst mit dem Lernen war; und so wartete sie Eleonoras weitere Ausführungen ab. Vielleicht übersah sie ja irgendetwas.

„Also in deinem Falle hast du festgestellt, dass es die Wut auf dich selbst ist. Du könntest dich jetzt fragen, ob du etwas an Jörgs Entscheidung hättest ändern können. "
„Nein, vermutlich nicht, aber ich hätte es kommen sehen können – ich war nur leider viel zu blind", sprudelte es aus Sara heraus. Jörg traf diese Entscheidung, auch wenn sie jetzt erkannte, dass es wahrscheinlich überfällig gewesen war. Aber darum ging es in diesem Moment ja auch nicht.
„Siehst du, Sara, deine Wut richtet sich demnach gegen dich, obwohl du nichts anderes hättest tun können. Du hast es nicht kommen sehen wollen, und genau das ist der Punkt, um den es im eigentlichen Sinne geht. Dein Selbstvertrauen. Deine innere Stimme, die im Vorfeld schon weiß, was gut ist und was nicht, hast du einfach verbannt. Wenn du ehrlich mit dir selbst bist, dann weißt du, dass es häufiger Momente gab, in denen du der Meinung warst, eine Trennung wäre sinnvoller. Aber vom Kopf her hast du diesen Zustand ignoriert. Du wolltest es weder sehen noch hören. Dafür gab es sicherlich Gründe. Vielleicht Angst vor dem Alleinsein. Die Furcht, nicht zu wissen, was danach kommt. Es handelt sich aber wieder nur um Angst.
Du vertraust deinen ureigenen Instinkten nicht. Deine Angst wiegt schwerer als deine innere Stimme, die eigentlich weiß, was zu tun ist. Um Selbstbewusstsein wirklich zu manifestieren, bedarf es aber des bedingungslosen Vertrauens zu sich selbst. Vertrauen darauf, dass du tief in dir weißt, was gut für dich ist, und dementsprechend auch zu handeln. Ignorierst du es, wie in deinem Fall geschehen, siegt im Nachhinein nur die nackte Wut über die eigene Untätigkeit. "
Eleonora gab Sara Gelegenheit, das Gesagte wirken zu lassen. Sie saß da und schaute Sara schweigend an. Letztere blickte stumm nach unten, wobei man ihr ansehen konnte, wie die gerade gehörten Worte in ihr nachhallten.

Es stimmte, oft hatte sie ihre innere Stimme vernommen, die ihr riet, diese Beziehung zu beenden. Dass es aufgrund ihrer Verschiedenartigkeit keinen Sinn mehr machte. Aber sie grub diesen Gründen immer wieder das Wasser ab. Sie schickte sie ganz bewusst in die Wüste. Ihre Angst vor Konsequenzen war schlicht und ergreifend größer gewesen, und von denen sie nicht einmal wusste, wie diese wirklich ausgesehen hätten.
Nachdem sie sich darüber im Klaren war, dass diese Erkenntnis der Wahrheit entsprach, blickte sie Eleonora traurig an. „Und weshalb vertraue ich mir nicht? Ich habe bis gerade gedacht, dass ich nur mir vertraue, und bemerke nun den Irrtum. Wie ist das möglich? "
„Nun, dahinter können viele Gründe stecken. Erziehung, Erfahrungen und Erlebnisse in den verschiedensten Bereichen. Üblicherweise sind es die negativen. Wir speichern diese Erlebnisse in unserem Unterbewusstsein, und jedes Mal, wenn eine nur annähernd gleichwertige Situation in unserem Leben geschieht, steigt das damalige empfundene Gefühl in uns hoch. Sei es nun Angst, Wut, Zorn, Traurigkeit oder Ähnliches. Wir reagieren darauf mit diesem abgespeicherten Gefühl, aber leider ist es uns nicht bewusst."
„Ja, aber wenn ich es nicht einmal weiß, weshalb ich so oder so reagiere, wie soll ich es dann ausschalten können?", fragte Sara völlig verunsichert.
„Sehr richtig, Sara ", lobte Eleonora, „und genau da kommen wir jetzt zum Kern des Ganzen. Hier liegt nämlich seine Lösung. Es geht nicht darum, dass du herausfinden musst, weshalb diese Emotionen in dir stecken. Du solltest sie nur erkennen und akzeptieren, dass es sie gibt. Die völlige Akzeptanz deiner eigenen Gefühle stellt einen wichtigen Schritt dar. Indem du sie akzeptierst und dich dabei nicht im sinnlosen Verstricken der Gründe aufreibst, erkennst du sie erst einmal NUR an", erläuterte Eleonora. „Und dann könntest du dir zum

Beispiel sagen: Ja, ich weiß, ich bin nur deshalb so wütend auf mich, weil ich nicht schon viel früher auf meine innere Stimme gehört habe." Dabei schien Eleonora wieder einmal zu sich selbst zu sprechen. „Okay, ich speichere es jetzt als zusätzliche Erfahrung und werde ab jetzt mehr darauf achten, was meine innere Stimme mir zu sagen hat. Du schlägst quasi zwei Fliegen mit einer Klappe; erstens kannst du deine Wut erfassen und begreifen, indem du dich ihr stellst, und zweitens bekommst du Gelegenheit, daraus zu lernen. Du entmachtest die Gedanken der Wut und automatisch verändert sich auch deine Betrachtungsweise. Es ist möglich, dass es dir zu Anfang nicht immer und sofort gelingt, aber indem du beginnst, deine negativen Emotionen genauer unter die Lupe zu nehmen, trainierst du dich darauf, deiner inneren Stimme mehr und mehr Gehör zu verschaffen. Sie wird automatisch kräftiger und kräftiger werden. Etwa so, als würdest du Muskelaufbau betreiben, und mit der Zeit ist diese Stimme so weit entwickelt, dass du sie gar nicht überhören kannst. "

Es waren allesamt völlig neue Ansatzpunkte, mit denen sich Sara bis jetzt nie beschäftigt hatte. All das, was Eleonora ausgeführt hatte, war einleuchtend, logisch und machte Sinn. Das Ignorieren der eigenen Stimme, von der Sara nur allzu gut wusste, dass sie da war, schien der Schlüssel für mehr Selbstvertrauen zu sein.

Diese Erkenntnis, dachte Sara, ist sehr wichtig für mich, das spüre ich instinktiv. Mit ihr könnte ich, wenn ich fleißig übe, das Selbstbewusstsein steigern, und genau das sollte mein Ziel sein.

Freudig überrascht über das Erfassen ihres Zieles, erkundigte sich Sara, inwieweit sie es verstärkt unterstützen könne.

„Indem du mehr in dich hineinhorchst. Du kennst doch bestimmt das Gefühl, wenn du in einer Situation steckst, in der du dich nicht wohlfühlst? "

Sara bejahte es durch ein kurzes Kopfnicken.

„Du fühlst dich innerlich unwohl. Anstatt es aber, wie sonst üblich, als Unsinn abzutun, nimmst du dieses Gefühl ernst. Es signalisiert dir, dass irgendetwas nicht so ist, wie es für dich sein sollte. Es könnte sich dabei um den Ton, die Stimmlage, die Art und Weise des Gespräches handeln oder auch um den Druck, den dein Gegenüber gerade auf dich auszuüben scheint. Du spürst es ganz deutlich und dein Gefühl hat Recht. Respektiere es. – Dann frage dich innerlich, was dir daran nicht gefällt, lass dir jedoch ruhig Zeit dabei. Niemand kann dich zwingen, schnelle Reaktionen zu zeigen, außer du verlangst es dir selbst ab.

Die Antwort ist schneller da, als du jetzt annimmst. Du weißt instinktiv, was dir missfällt, und solltest es dann auch unumwunden deinem Gegenüber mitteilen. Beispielsweise: ‚Der Ton, in dem du mit mir sprichst, gefällt mir nicht.' Oder: ‚Ich habe das Gefühl, du setzt mich gerade unter Druck.' Zum einen zeigst du damit klare Grenzen auf und zum anderen akzeptierst du deine Gefühle. Denn wenn du dich nicht respektierst, wie kannst du dann erwarten, dass es die anderen tun? "

Sara spürte, wie jedes Wort einen Sinn ergab. Deutlich kamen ihr Situationen in den Sinn, in denen sie immer wieder vehement versucht hatte, die eigene Stimme zu verleugnen. Meist tat sie es mit ihrer Überempfindlichkeit ab. Ermahnte sich, doch nicht jedes Wort auf die Goldwaage zu legen, oder entschuldigte es, indem sie sich sagte, der andere meine es bestimmt nicht so. Sie erkannte das Gefühl der Ohnmacht, der sie sich in solchen Momenten ausgeliefert sah. Sie war nicht vollkommen, aber das verlangte ja auch keiner von ihr, außer sie selbst. Wenn sie sich selbst mehr zutraute, dann würde sie die Sackgasse der permanenten Zweifel endlich verlassen können.

Ja, gestand sie sich ein, es sind diese ständigen Zweifel, die mich daran gehindert haben, bei mir selbst anzukommen und somit zufriedener zu werden.
Sie holte tief Luft, geradeso, als sei es ein Befreiungsschlag, sah Eleonora lächelnd an und sagte: „Ich habe den Eindruck, ich beginne so langsam die Zusammenhänge zu verstehen. ”
Zur Verdeutlichung holte sie weiter aus. „Ich selbst bin mein Problem, nicht die anderen, bei denen ich die Schuld abzuladen versuche. Ich allein trage für mein Handeln, oder besser gesagt NICHTHANDELN, die Verantwortung. Niemand sonst. Alle Verantwortung,die ich abschiebe und wo ich Sündenbockpflege betreibe, wird zu einem Bumerang. Dabei übersehe ich aber, dass es einzig und allein mich trifft. Statt mich näher zu mir selbst zu führen, treiben sie mich immer weiter von mir fort. Wenn ich glücklich und zufriedener leben möchte, dann sollte ich lernen, meiner inneren Stimme und damit mir selbst zu vertrauen. ”
Eleonora klatsche strahlend in die Hände und danach Sara auf die Schulter. Sie schien sichtlich beeindruckt von Saras schneller Auffassungsgabe und meinte unterstützend: „Bravo, Sara, sehr gut, du hast es verstanden! Ich bin begeistert, wie du deine eigene Formel auf den Punkt gebracht hast. Besser geht es kaum. Ich bin wirklich sehr stolz auf dich. ”
Sara sah ein wenig verlegen drein bei all dem Lob, genoss aber dennoch dieses aufkommende warme Gefühl. Eleonora meinte es ehrlich, das spürte sie genau; und wie sie selbst gerade sagte, wollte sie ja beginnen, ihrem Gefühl zu vertrauen.
Beide schwiegen eine ganze Weile, und auch das war neu für Sara, Stille aushalten zu können, ohne zu glauben, man müsste irgendetwas sagen.
Nein, im Gegenteil, dachte Sara, es ist schön, einfach meinen neuen Erkenntnissen nachgehen zu können.

Es waren viele gewesen, und niemals hätte sie geglaubt, dass die eigenen Ansichten, von denen sie noch bis vor Kurzem überzeugt war, plötzlich eine solche Wendung nehmen würden. Sie spürte, dass es erst der Anfang war und dass es noch vieles geben würde, was Eleonora ihr zu überdenken gab. Die sichere Erkenntnis der Veränderung, die dabei mitschwang, war das reinste Aphrodisiakum, ein richtig gutes Gefühl. Sie wusste nun, sie konnte vieles ändern, brauchte es nicht einfach nur geschehen lassen. Sie allein entschied, was sie denken wollte und was nicht.
„Oh, schon wieder so spät, Eleonora", sagte Sara nach einem Blick auf die Küchenuhr. „Wenn ich mich mit dir unterhalte, vergeht die Zeit wie im Fluge. Es war wieder ein lehrreicher Abend für mich. Ich danke dir." Inzwischen war sie insgeheim glücklich, von Eleonora in dem Supermarkt angesprochen worden zu sein. Dass diese sich nicht von ihrer schroffen Hülle hatte blenden gelassen. Froh darüber, dass sie in ihr Leben getreten war. Sie konnte die Begeisterung, in der Carlos über sie sprach, vollkommen nachvollziehen.
Ja, Carlos, jetzt weiß ich, was du mir sagen wolltest, dachte sie.
„Da brauchst dich nicht jedes Mal zu bedanken ", meinte Eleonora. „Du bist schließlich von selbst darauf gekommen. Ich habe dir nur ein paar Möglichkeiten aufgezeigt, die du noch nicht in Betracht gezogen hattest. Ein jeder Mensch könnte die Welt verbessern, er müsste nur bei sich selbst beginnen. Du bist auf einem guten Weg. "
Beide erhoben sich von ihren Stühlen und gingen zur Haustür.
„Morgen habe ich eine Menge zu tun ", sagte Eleonora, „aber am Freitag sehen wir uns ja ohnehin. Lass deine Erkenntnisse weiter in dir reifen und beobachte dich genau. Betrachte deine Handlungen und Gedanken bewusst. Sei der Herr in deinem Haus, nicht sein Knecht. Lehne es nicht ab, das Negative zur

Kenntnis zu nehmen. Weigere dich lediglich, dich ihm zu unterwerfen. " Mit diesen Worten verabschiedete Eleonora sich lächelnd.
Sara konnte an diesem Abend vor lauter neuen Betrachtungen, die sie errungen hatte, kaum einschlafen. Alles war letztlich so simpel und logisch – weshalb war sie bis jetzt noch nicht selbst darauf gekommen?
Vielleicht weil wir Menschen gerne kompliziert denken, dachte sie.
Auch eine Erkenntnis, die sie gleich ändern konnte. Denke nicht kompliziert, sondern vereinfache dein Denken, und so fielen ihr nach dem langen Resümee dieses für sie erfolgreichen Tages doch die Augen zu.

Die nächsten zwei Tage verliefen sehr gut. Sie erwischte sich zwischendurch immer wieder dabei, wie sie ihr Gedankenkarussell in Schwingung versetzte; aber es gelang ihr auch immer schneller, das Rad zum Stillstand zu bringen. Selbst die neu erlernte Formel, jedes Unbehagen zu bemerken, war bei ihr angekommen. Allerdings klappte es noch nicht immer mit der Umsetzung, und sie fragte sich dann, weshalb sie nicht einfach aufbegehrte, wenn ihr etwas nicht passte. Ihr war nämlich aufgefallen, dass sie trotz eines unguten Gefühls nicht reagiert hatte.
Es ereignete sich bei einer Besprechung mit einem Kollegen. Er forderte sie durch die Blume auf, sich doch bitte noch mehr einzubringen als bisher. Die Anschuldigung formulierte er zwar höflich, Sara wurde aber instinktiv das komische Gefühl nicht los, dass er damit beabsichtigt hatte, sie zu manipulieren. Es ärgerte sie und machte sie wütend. Sie wusste, dass er von Haus aus immer versuchte, die eigene Arbeit auf andere abzuwälzen, und meistens kam er sogar damit durch. Aber warum widersprach sie ihm nicht? Es störte sie doch

ungemein. Weshalb erlaubte sie ihm diesen Schachzug? Wovor diese Angst?

Sie nahm den inneren Dialog immer wieder auf und plötzlich lag die Antwort klar vor Augen. Es handelte sich um den Weg des geringsten Widerstandes. Sie fürchtete, er könnte sauer auf sie sein, wenn sie ihn damit konfrontierte.

Woher willst du wissen, ob er sauer ist? Und wenn, was ändert es? Ihr Gefühl sagte ihr doch, dass es ihr missfiel. Also wenn sie sich wirklich ernst und wichtig nehmen wollte, sollte sie diesem Gefühl auch gerecht werden und dementsprechend handeln. Sie war doch nur wieder sauer, weil sie ihre Wut ignorierte. Sie setzte den Dialog fort.

Was kannst du daran ändern? Indem ich es ihm mitteile. Und wann wirst du es tun? Jetzt – und schon marschierte sie zum Platz ihres Kollegen hinüber.

Ohne großes Zögern sagte sie: „Olaf, nichts für ungut, aber ich habe mir gerade überlegt, dass ich keine Zeit mehr erübrigen kann, um deine Aufgabe auch noch zu übernehmen. Sei mir nicht böse, aber du wirst dich diesmal selbst darum kümmern müssen. "

Er sah sie leicht verstört an und meinte nur: „Okay, wenn du meinst. "

„Ja, ich meine", erwiderte sie und lächelte ihn siegessicher an, ehe sie zu ihrem Schreibtisch zurücklief.

Meine Güte, dachte sie, fühlt sich das gut an. Ich habe richtig gut reagiert und ihm keine andere Wahl gelassen, als es zu akzeptieren. Es geht doch - und um diesem wunderbaren Gefühl Ausdruck zu verleihen, machte sie heimlich, nur für sich selbst, die Boris-Becker-Faust.

Es war ein Sieg auf der ganzen Linie. Sie hatte zwar nicht sofort reagiert, aber als ihr klar geworden war, welche Zweifel sie wieder einmal ritten, zog sie die Bremse und ließ ihren Ausreden keine Zeit mehr für einen Aufschub. Sie hatte ihr

ungutes Gefühl bemerkt, es respektiert und dies auch von ihrem Kollegen eingefordert. Ob er sauer war oder nicht, interessierte überhaupt nicht. Sie sollte sich in erster Linie wichtig nehmen und dafür sorgen, dass sie sich wohl in ihrer Haut fühlte. Er hatte sie herausgefordert und musste jetzt mit ihrem Entschluss klarkommen. Wenn man seinem Gegenüber nicht ganz klare Grenzen aufzeigte, konnte man ihn für das eigene ungute Gefühl auch nicht verantwortlich machen.
Diese erfolgreiche Lektion würde Ansporn für die Nächsten sein. Sie sollte Menschen, die ihre Grenzen nicht einhielten, einfach als Trainingspartner betrachten. Wie sollte sie üben, wenn sich keine Möglichkeiten boten?
So gesehen soll mir jeder Gegner willkommen sein, dachte sie und fing bei dieser Interpretation an zu lachen. Ja, so kann man es auch sehen.
Sie schrieb alles Wichtige akribisch in ihr Lehrbuch, das sie eigens dafür angelegt hatte, um es später vielleicht einmal wieder nachlesen zu können. Zuhause hingen mittlerweile viele Zettel. Eine Karte gefiel ihr besonders gut. Sie hatte sie im Büro angefertigt. In einem wunderschönen lithografischen Schriftzug und mit allerhand Verzierungen versehen standen dort die Worte: „Ich vertraue mir und meinem Gefühl. "
Es sollte sie bei ihrem Vorhaben unter-stützen und zur visuellen Demonstration hängte sie auch diese an den Badezimmerspiegel.
So langsam bedeckten das STOPPSCHILD und ihr Vertrauensbekenntnis einen geraumen Teil davon. Aber es war gut so. Erinnerten diese Schilder sie doch jedes Mal daran, in ihrem Training nicht nachzulassen. Denn ohne Fleiß gab es nun mal keinen Preis und schon gar nicht den der Freiheit
Als sie sich am Freitagnachmittag auf das Wochenende einstellte, freute sie sich schon sehr auf den gemeinsamen Abend mit Eleonora, Maria, Carlos und den anderen. Ob Letztere wohl auch so sympathisch waren wie die ersten drei?

Weshalb machst du dir erneut Gedanken über etwas, was du ohnehin nicht wissen kannst? Ab in den Mülleimer. Du lässt es einfach auf dich zukommen.
Gegen acht Uhr abends nahm sie die Flasche Rotwein, die sie für Eleonora besorgt hatte, und ging mit freudiger Erwartung hinüber. Als sie eintrat, saßen Maria, Carlos und noch jemand, dessen Namen sie noch nicht kannte, in der Küche. Eleonora war nicht zu sehen.
„Hallo ", sagte Sara und klopfte mit der Hand auf den Tisch.
„Hey, Sara ", erklangen Maria und Carlos wie siamesische Zwillinge; sie sahen sich an und prusteten los.
Na, das kann ja lustig werden, dachte Sara amüsiert.
„Das ist Benjamin, unser Küken ", erklärte Carlos, nachdem sein Lachanfall nachgelassen und Ersterer schmunzelnd seine blauen Augen verdreht hatte.
Dieser schien es gewohnt zu sein, von Carlos so betitelt zu werden. Sara begrüßte ihn per Handschlag. Benjamin schien ein wenig schüchtern zu sein, aber man spürte, dass er sich in der Gesellschaft trotzdem sehr wohlfühlte. Er war mittelgroß und sein welliges, halblanges, kastanienbraunes Haar glänzte unter dem Küchenlicht. Er war ein hübscher Junge, die leichte Hakennase, das schmale Gesicht und die sportliche Statur verliehen ihm etwas von einer griechischen Statue. Er schien noch sehr jung zu sein. Sara schätzte ihn auf maximal dreiundzwanzig.Eleonoras Bekanntschaften zogen sich offenbar durch alle Altersgruppen. Wirklich interessant.
Mal sehen, wie der nächste Besucher ausfällt, dachte sie.
Sara setzte sich neben Carlos. Ihn kannte sie schon ein wenig besser, und das gab ihr so etwas wie Sicherheit. Maria und Benjamin saßen ihr gegenüber.
Als Eleonora in die Küche trat, begrüßte sie Sara herzlich. Sie bedankte sich für die Flasche Rotwein, und Sara entnahm

ihrem anerkennenden Gesichtsausdruck, dass sie sich auch mit Weinen gut auskannte.
In diesem Moment schneite auch der Letzte in die Küche. „Hallo, ihr Lieben, ich bin ein wenig spät dran, aber ich hatte wieder einmal Krach mit meinem Lover. – Ich weiß, Eleonora, sag jetzt bitte nichts. Ich arbeite ja an mir, aber manchmal geht mein heißblütiges Temperament mit mir durch, und da Carlos ja leider hetero ist, muss ich mich eben mit dem Nächstbesten herumschlagen. " Dann wandte er sich erstaunt an Sara „Hallo, du bist neu in der Truppe. Dein Gesicht kenne ich noch nicht. Sei willkommen, ich bin Karsten, sechsundzwanzig Jahre alt, homosexuell, und das ist das Beste an mir", und dabei streckte er ihr freundlich die Hand entgegen.
„Hey, ich heiße Sara, und vielen Dank für die unkonventionelle Vorstellung deiner Person. So weiß ich zumindest gleich, dass Flirten mit dir hoffnungslos ist", antwortete sie lachend.
„Ja leider, meine Liebe, völlig zwecklos, aber zum freundschaftlichen Knuddeln stehe ich stets zu deinen Diensten", sagte er mit einer charmanten Verbeugung in ihre Richtung.
Sie fand ihn sehr sympathisch und amüsant. Er schien ein echt cooler Typ zu sein. Die wenigen Haare, die er besaß, waren sehr kurz geschnitten, was aber gut zu seiner schönen Kopfform passte. Er wirkte damit zwar älter, dafür aber sehr männlich.
Schade eigentlich, dass er schwul ist, ging Sara durch den Kopf. Man sieht es ihm absolut nicht an. Die strahlend blauen Augen erinnerten sie ein wenig an Jörg. Aber schöne blaue Augen haben viele Männer, ermahnte sie sich, als sie den Vergleich bemerkte.
Der bunt zusammengewürfelte Haufen versprach, eine interessante Runde zu werden.
Eleonora stellte verschiedene Getränke auf den Tisch. „Jeder bedient sich wie immer selbst ", erklärte sie kurz.

Wunderbar, der Abend konnte beginnen. Es wurde wild durcheinandergeredet. Zunächst unterhielt sich Sara mit Maria, die ihr gegenübersaß. Von ihr erfuhr sie, dass sie Eleonora vor ein paar Jahren im Park begegnet war. Sie war damals gerade zweiundzwanzig Jahre geworden und es ging ihr sehr schlecht. Gegen den alkoholkranken Vater konnte sich ihre Mutter überhaupt nicht durchsetzen. Er neigte auch hin und wieder zu Gewalttätigkeiten, doch alle Versuche, ihre Mutter zur Scheidung zu bewegen, halfen nicht. Sie fühlte sich dieser Situation völlig hilflos ausgeliefert, aber sie mochte ihre Mutter, die sie als einzige Verbündete betrachtete, damit nicht allein lassen. Ihr Abi brach sie ab, um sie so gut es ging zu unterstützen. Es gestaltete sich aber mit der Zeit immer schwieriger. Freunde zählte sie nur ganz wenige, sie wollte einfach nicht, dass andere von ihrer schwierigen Familiensituation erfuhren, und so fühlte sie sich oftmals mutterseelenallein.
In dieser schwierigen Situation war sie Eleonora begegnet, die wohl sofort spürte, dass etwas mit ihr nicht in Ordnung war. Sie hatte sie angesprochen, natürlich unter irgendeinem fadenscheinigen Vorwand.
„Gott sei Dank ", erinnerte sich Maria lachend.
Ab da ging es Schritt für Schritt besser. Sie lernte zu akzeptieren, dass einzig und allein ihre Mutter die Entscheidung treffen musste, wenn sie ein anderes Leben führen wollte. Niemand zwang sie zu bleiben, außer sie tat es selbst, aber dann musste sie mit den Konsequenzen auch leben.
„Wir alle haben Gründe, weshalb wir etwas tun oder auch nicht ", hatte Eleonora ihr damals gesagt.
„Die Gründe dafür sind nicht immer offensichtlich, aber Gründe gibt es dauernd. Deshalb ist es wichtig, sie herauszufiltern", erklärte ihr Maria. „Zu erkennen, weshalb jemand handelt oder eben nicht. Durchschaut man sie, kann man ih-

nen auch entgegentreten. Das Enttarnen dieser fadenscheinigen Entschuldigungen bringt Licht ins Dunkel der eigenen Seele."
Ihre Mutter benutzte ebenso wie sie selbst die eigens erdachten Gründe. Maria redete sich ein, weder Vater noch Mutter allein lassen zu können. Übernahm für beide die Verantwortung und legte diese für sich selbst ab. Somit war das wunderbare Alibi, sie müsse doch für beide denken, geboren. Jetzt konnte sie jammern und darüber klagen, warum das Schicksal sie so in die Knie zwang. Sie konnte es schließlich nicht ändern, es lag nicht in ihrer Macht. Die anderen waren schuld.
„Na ja, das Übliche eben", erzählte Maria mit einem Achselzucken.
Durch Eleonora lernte sie, ihr eigenes Leben wieder in den Vordergrund zu stellen. Ihr wurde mit der Zeit klar, dass sie ihren Eltern und schon gar nicht sich selbst helfen konnte, solange sie diesen Zustand akzeptierte. Sie begriff, falsche Rücksichtnahme von der richtigen zu unterscheiden. Die Idee, sich selbst zu lieben, wäre ihr nie in den Sinn gekommen. Ihr ganzes Streben hatte schließlich bisher darin gelegen, die Familie zusammenzuhalten. Ihre Gedanken kreisten immer um die gleichen Probleme. Durch Eleonora verstand sie plötzlich, wie wichtig es war, die Verantwortung für sich selbst an die erste Stelle zu setzen. Das eigene Selbstvertrauen zu fördern, weil nur durch die Veränderung ihrer eigenen Person auch die Möglichkeit bestand, Veränderungen bei den anderen zu erwirken. Ansonsten bliebe alles beim Alten. Marias Rückzug aus der Familie und ihre ständige Entwicklung verbesserten das Verhältnis zu ihrer Mutter, und diese hatte sich vor zwei Jahren nun doch endlich von ihrem Mann getrennt. Maria machte ihr Abitur nach und studierte jetzt Psychologie, und es ging ihr so richtig gut. Damit endeten ihre Schilderungen.

Sara war beeindruckt, wie locker Maria ihre Leidensgeschichte einer für sie doch fremden Person anvertraute. Wie vollkommen normal sie damit umging, irritierte sie auf gewisse Weise, und um sich das nicht anmerken zu lassen, fragte sie Maria neugierig: „Und dein Vater, wie geht es dem? "
„Er trinkt immer noch, aber wir telefonieren gelegentlich. Ich habe ihm jede Unterstützung zugesichert, wenn er sich einer Entziehungskur unterzieht. Aber solange er dazu nicht bereit ist, meide ich ihn möglichst. Es tut mir einfach nicht gut, ihn so zu sehen. Er hat selbst die Wahl, in jeder Sekunde seines Lebens einen besseren Weg einzuschlagen. Wenn er es nicht tut, dann ist es seine eigene Entscheidung und er muss damit leben. "
„Und wie geht es dir dabei? ", hakte Sara nach.
„Gut, auch wenn sich das für dich vielleicht gefühlskalt anhören mag. Durch Eleonora habe ich eines sehr bewusst begriffen, meine beste Zeit war nicht, meine beste Zeit kommt nicht. Meine beste Zeit ist immer jetzt. Und genau dafür habe ich selbst Sorge zu tragen. Darauf zu warten, dass sich Umstände ändern, die mir missfallen, kann und will ich nicht mehr. Eleonora sagte einmal zu mir: ‚Am schwersten lernt man im Leben, welche Brücken man benutzen kann und welche man abbrechen sollte.' Ich habe die Brücken zu meinem Vater nicht ganz abgebrochen, aber ich benutze sie auch nicht mehr." Sie lächelte Sara an. „Und du? Wie hast du Eleonora kennen gelernt und was steckt bei dir dahinter? Denn ich weiß mittlerweile, dass alle Menschen, die sie kennen lernt, auf irgendeine Weise Probleme haben, mit denen sie im Augenblick nicht klarkommen? "
Sara, immer noch verdattert über Marias reife Art, die Dinge zu betrachten, schämte sich in Anbetracht der eigenen Lebensumstände, ihre Situation preiszugeben. Sie erschienen ihr daneben eher lächerlich, und so erzählte sie eine Kurzversion

ihrer Geschichte und beendete den Satz mit den Worten: „Allerdings empfinde ich es jetzt doch eher banal, nachdem ich deine Geschichte gehört habe. ”
„Sara, das ist Unsinn ”, mischte sich Eleonora in das Gespräch ein. „Die Schwere einer Situation richtet sich immer nach dem eigenen Empfinden und den gemachten Erfahrungen. Maria hat durch ihre Kindheit andere Erfahrungen machen müssen als du. Dadurch ist bei ihr höchstwahrscheinlich automatisch eine höhere Schmerzgrenze entwickelt worden. Dass dich deine momentane Situation aus der Bahn wirft, ist weder lächerlich noch banal. Du empfindest Schmerz, Wut, Zorn und Ärger darüber. Nur das ist entscheidend. Niemand wäre berechtigt, dir zu sagen, was du zu fühlen hast “.
Dabei seufzte sie laut auf, gestikulierte mit ihren Händen und erklärte zynisch, „Ach, ich liebe Sätze, die andere immer dann von sich geben, wenn ihnen die Verletzlichkeit des Gegenübers Probleme bereitet. Nun sei doch bloß nicht so empfindlich, oder Ähnliches. Damit machen es sich manche Menschen leider sehr einfach. Sie glauben, sie dürften darüber bestimmen, wie empfindlich der andere sein darf. Sie erlauben sich ein Urteil über etwas, was ihnen nicht zusteht. ”
Mittlerweile lauschten auch alle anderen ihren Worten.
„Lasst nicht zu, dass ihr derart zurechtgestutzt werdet. Eure Gefühlsebene gehört euch, und ihr allein entscheidet, wann die Grenze überschritten ist. ”
„Genau ”, meldete sich Karsten zu Wort, „ich antworte dann immer lachend und ein bisschen ironisch: Ah, das ist wirklich gut, jetzt schreiben mir schon andere vor, wie empfindlich ich sein darf. Bis gerade war ich noch der Meinung, selbst entscheiden zu können, aber da habe ich mich wohl geirrt. ” Und dabei blickte er grinsend in die Runde.
Alle lachten hinsichtlich seiner überbetonten Körpersprache, die Karsten dabei an den Tag legte.

Das eben Gehörte verfehlte auch bei Sara die Wirkung nicht, und so sprach sie mutig aus, was sie gerade dachte. Die anderen machten ihr vor, wie leicht es war, Offenheit zu leben.
„Das stimmt! Ich denke auch immer, ich sei überempfindlich, aber nur deshalb, weil es mir schon des Öfteren vorgeworfen wurde. Nun, ich bin allerdings auch noch nie auf die Idee gekommen, dass ich ein Recht auf mein eigenes Gefühlsleben habe. Deinen Satz Karsten werde ich mir merken und ihn bei passender Situation zum Besten geben. Er gefällt mir. "
Karsten zeigte demonstrativ auf Eleonora. „Das stammt nicht von mir, Sara. Ich werde mich doch nicht mit fremden Federn schmücken. "
„Das sind doch keine fremden Federn, Karsten ", entgegnete Carlos. „Du setzt um, was du durch Eleonoras Ausführungen begriffen hast. Es sind deine Worte, und es handelt sich um deine eigene Betrachtungsweise. Das Schöne an diesen gemeinsamen Abenden ist immer, dass wir uns gegenseitig auf die Sprünge helfen. Eleonora schafft ganz klar den Rahmen. Sie zeigt uns, dass wir Wahlmöglichkeiten haben und nicht stillhalten müssen, wenn uns etwas nicht gefällt. Aber handeln müssen wir schon selbst. "
„Ja, das finde ich auch ", meldete sich jetzt auch Benjamin, das Küken, zu Wort. „Mir fällt die Umsetzung manchmal noch schwer, aber ich merke, wie mich diese Abende immer wieder ein Stück weiterbringen. "
„Was fällt dir denn noch schwer, Benjamin ",wollte Eleonora wissen.
„Nun ja, ich bin im Umgang mit Mädchen immer noch sehr schüchtern", und dabei sah man ihm seine Verlegenheit an.
Aber niemand in der Runde ließ es sich anmerken, sondern alle warteten geduldig auf seine weiteren Ausführungen.
„Ich weiß, dass ich mir keine Gedanken darüber machen sollte, was ein Mädchen von mir denkt, da ich es eh nicht wissen

kann. Allerdings bin ich manchmal innerlich so aufgeregt, dass ich es einfach vergesse und auf einmal nicht mehr weiß, was ich sagen soll? "
Eleonora blickte Maria an, um ihr zu signalisieren, dass sie ihm vielleicht weiterhelfen kann.
Diese ergriff dann auch sofort das Wort: „Mir ging es ähnlich, Benjamin, doch ich habe mir einen kleinen Trick ausgedacht. Vielleicht kann er auch dir nützlich sein. Immer wenn ich Probleme damit habe, dass ich nicht weiß, was ich sagen soll, gönne ich mir eine kurze Auszeit. Entweder auf der Toilette, an der Theke oder sonst wo. Ich ziehe mich höflich für einen Moment zurück. Dort schwöre ich mich mental darauf ein, dass es überhaupt keinen Grund gibt, nervös zu sein. Ich betrachte mich im Spiegel und sage innerlich zu mir: Ich bin schön, humorvoll und selbstbewusst. Lächele mich an und gehe wieder zurück. Es funktioniert wirklich gut und ich habe mich dann meistens sehr nett unterhalten. "
„Marias Trick ist sehr hilfreich. Oftmals reicht es schon aus, die Position, in der ihr euch befindet, zu wechseln und sich in eine aufrechte Körperhaltung zu bringen ", übernahm Eleonora wieder das Gespräch. „Erinnert ihr euch daran, als ich erklärte, dass jemand in einer aufrechten Körperhaltung seltener schlecht drauf oder verunsichert ist? Die hängenden Schultern oder die nach vorn gekippte Körperhaltung ist es, die solche Gefühle auslöst. "
„Ja, aber mich hast du doch vor ein paar Tagen extra in diese Haltung gebeten", widersprach Sara.
„Richtig, Sara, und ich versprach auch, es zu erklären. Also, es ist mittlerweile erwiesen, dass unsere Körpersprache mit unseren Empfindungen einhergeht. Der Körper reagiert im Bruchteil einer Sekunde auf unsere innere Befindlichkeit. Wenn wir traurig, deprimiert oder verunsichert sind, registriert unser Körper dies blitzschnell. Er begibt sich automatisch, ohne dass wir es bewusst bemerken, in eine gebückte

Haltung, mit hängenden Schultern und eingezogenem Kopf. Unsere Position ist damit automatisch geschwächt. Unsere Ängste und unsere Unsicherheiten erlangen jetzt Macht über uns. Das Chaos im Kopf nimmt seinen Lauf. Wir sind kaum in der Lage, einen klaren, logischen Gedanken zu formulieren. Mit dieser Haltung setzen wir unsere Ratio außer Kraft.
In deinem Fall, Sara, war es wichtig, deine Emotionen hervorzuholen, die ja die Antworten auf deine Gefühlslage kennen", erklärte sie mit einem Blick auf Sara. „Wenn wir erst einmal begreifen, wie wichtig es ist, unsere Körperhaltung bewusst wahrzunehmen, besteht automatisch auch die Möglichkeit, etwas dagegen zu unternehmen.
Ich zeige euch jetzt ein kleines Beispiel: Ich bin schlecht drauf und verunsichert ", meinte sie und ließ Schultern und Kopf schlaff nach unten hängen. „Wenn ich es jetzt ganz bewusst wahrnehme und mir sage, so wie ich gerade dastehe, ist es ja kein Wunder, dass ich schlechte Laune habe, brauche ich meine Körperhaltung nur in eine aufrechte Position zu bringen, und es geht mir augenblicklich besser."
„Das funktioniert absolut ", stimmte nun auch Carlos begeistert ein. „Am Anfang dachte ich, das ist doch kompletter Humbug, aber es geht tatsächlich. Ich achte seitdem immer häufiger darauf, wie ich dastehe." Übertrieben weinerlich sprach er anschließend mit sich selbst und gab erneut sein schauspielerisches Talent zum Besten: „Oh, oh, was ist denn das? Du brauchst dich wirklich nicht zu wundern, dass du so beschissen drauf bist, jetzt aber nichts wie ab zum fröhlichen Showdown. " Dabei zog er an imaginären Fäden über seinem Kopf. Es sah aus wie bei einer Marionette, und dann strahlte er aufrecht stehend lausbübisch über beide Wangen.
Alle mussten über seine Darbietung lachen. Er war eben ein echter Clown. Sara begann, sich von Minute zu Minute wohler in dieser Gruppe zu fühlen. Sie waren so wunderbar natür-

lich, niemand verstellte sich, alle standen zu ihren eigenen Unzulänglichkeiten und Schwächen. Hier in dieser Runde waren sie sich Motivation und Stütze zugleich. Alle trugen ihr Päckchen, jeder auf seine ganz eigene Weise. Marias Geschichte hatte sie beeindruckt, und es war einfach fantastisch, wie wunderbar sie damit umging. Sara war sich sicher, nach und nach würde sie auch von den anderen erfahren, welche Wege sie genau hierher geführt hatten.
Welche Schwierigkeiten mögen es wohl in Carlos` Leben gewesen sein?, fragte sie sich. Eigentlich konnte sie sich bei dem heutigen Stand gar nicht vorstellen, dass es je welche gegeben hatte, so gut, wie er drauf war.
Sie war sehr neugierig auf all die anderen Lebensgeschichten. Eines aber führte sie alle zusammen: Eleonora. Sie war Hauptfigur und Auslöser zugleich.
Sara schaute sie an. Ihr Temperament, ihre innere Ruhe und das ehrliche Interesse an Menschen und ihrem Kummer waren sehr selten in dieser schnelllebigen Zeit. Eleonora bemerkte, dass Saras Augen auf ihr ruhten, und lächelte sie augenzwinkernd an. Sara bekam wieder das Gefühl, als wisse sie genau, was sich in ihrem Kopf abspielte.
Kurz bevor der Abend zu Ende ging, erfuhr sie dann auch von Karsten die Gründe für sein Zusammentreffen mit Eleonora. Er erzählte ihr, dass er erst mit zweiundzwanzig Jahren begriffen habe, dass er schwul war und in seinen heterosexuell veranlagten besten Freund verliebt gewesen sei. Aber aus lauter Unsicherheit, hatte er es zu verbergen versucht. Der Druck, den er dabei selbst aufbaute, wurde zunehmend größer. Der Freund, seine Eltern und Bekannten mühten sich ständig ab, ihn mit irgendwelchen Mädels zu verkuppeln. Seine Ausreden wurden dabei immer dünner und er schämte sich abgrundtief für die Lügen. So wurde er mit der Zeit immer einsamer und depressiver. Er verlor fast jeden Kontakt und niemand, auch seine Eltern verstanden seine selbst aufer-

legte Isolierung nicht. In dieser depressiven Phase lernte er Eleonora in einer Kneipe kennen. Es gab dort Livemusik, und da Karsten selbst mehrere Instrumente spielte, waren diese Abende seine einzige Abwechslung. Er liebte Musik über alles und hätte selbst sehr gern bei einer der Gruppen mitgemacht, aber sein Geheimnis hielt ihn vor zu viel Nähe ab. Eleonora bemerkte ihn, wie er im Takt zur Musik auf den Tisch trommelte, und sprach ihn an.
Seitdem waren drei Jahre vergangen und ihre Gespräche intensivierten sich mit jedem Mal. Sie stellte in dieser Zeit die einzige Freundin dar, der er sich anvertraute. Durch sie gewann er nach und nach den Mut, zu sich und seiner Homosexualität zu stehen. Er überwand die Angst, die sein Leben fest im Würgegriff hielt. Wovor sollte er sich fürchten? Wenn er sich nicht selbst akzeptierte, wie konnte er es dann von anderen erwarten? Seine Homosexualität gehörte genauso zu ihm wie seine strahlend blauen Augen, auf die er so stolz war. Aber auch jedes andere Detail seines Körpers, Mund, Nase, Ohren, Arme oder Beine. „Ohne einen Teil davon leben zu müssen, wäre für mich fast undenkbar", gestand er Sara.
Ebenso verhielt es sich mit seiner Sexualität, ohne sie wäre er nicht derjenige, der er war. Seine ganze Persönlichkeit, seine Sensibilität, ja sein ganzer Charakter waren durch sie geprägt und zeichneten ihn aus. Mit Eleonoras Hilfe wuchs das Selbstvertrauen mit jeder Begegnung, und eines Tages hatte er sich einen Ruck gegeben und es seinen Eltern erzählt. Sein Vater verweigerte sich zunächst. Für ihn schien es am schwersten zu sein, damit klarzukommen, aber mittlerweile hatten auch sie ein gutes Verhältnis zueinander. Sein Freund war aus allen Wolken gefallen, aber nicht weil er schwul war. Vielmehr konnte er überhaupt nicht begreifen, weshalb er es ihm nicht einfach mitgeteilt hatte. Sie seien doch schließlich

seit Kindesbeinen die besten Freunde, auch wenn er die sexuelle Liebe natürlich nicht erwidern könne.
In der Zwischenzeit war Karsten Mitglied in einer Band geworden und sie spielten häufiger in Lokalen. Seit er sich offen zu seiner Sexualität bekannte, hatte sich sein Leben drastisch verbessert, und es wurde um ein Vielfaches bunter und schöner. Sicher stieß er immer noch an Grenzen, in denen Menschen ihre Intoleranz zum Ausdruck brachten, aber durch seine gewonnene Selbstsicherheit konnte er im Eigendialog seinen Ärger sehr schnell in den Mülleimer werfen.
Eleonora hatte ihm einmal gesagt, und er erinnerte sich fortwährend daran, wenn er wieder einmal dabei war, sich seinem Zorn und seiner Wut zu unterwerfen: „Du schadest ausschließlich dir selbst. Es ist lächerlich, dich dauernd aufzuregen und wütend zu sein. Du trägst die geistige Fähigkeit in dir, dich den ständig wechselnden Alltagssituationen des täglichen Lebens anzupassen. Also nutze diese Fähigkeit."
Es war schon bewundernswert, wie Karsten sein Leben umgekrempelt hatte. Sara stellte sich ein öffentliches Outing gar nicht einfach vor. Es gehörte bestimmt eine Menge Mut dazu. Bis jetzt hatte sie sich solchen Fragen nie gestellt.
Es ist schon erschreckend, wie oberflächlich die Menschen aneinander vorbeigingen, erkannte Sara ihre eigene Interessenlosigkeit.
Hier war das anders. Die Reflexion der unterschiedlichsten Probleme und deren Bewältigung zeigten ihr, dass im Miteinander viel positives Potenzial lag. Dass Offenheit, die in dieser Gruppe an vorderster Front stand, den ehrlichen Austausch erst möglich machte.
Eleonora schien der Mentor zu sein; und jeder ergriff die Chance, die sich ihm durch diese außergewöhnliche Frau bot. Worin bestand ihr Motor, sich mit den Problemen von Menschen auseinanderzusetzen? Wovon lebte sie? War sie vermögend und sah es als ihre Aufgabe an, andere an ihrem Wis-

sen teilhaben zu lassen? Welche Gründe veranlassten sie dazu? Es kam Sara so vor, als spürte Eleonora genau, wer Veränderung wollte und bereit war, neue Wege zu gehen.
Eines Tages werde ich es bestimmt erfahren, sagte sie sich, und mit diesen guten Gedanken ging sie an diesem Abend nachhause.

Die nächsten Tage verliefen ausgesprochen gut. Sie spürte ihre nach außen gerichtete Sicherheit langsam zurückkehren. Der Umgang mit Jörg fiel ihr von Mal zu Mal leichter. Nachdem sie begriffen hatte, dass es zu keinem Zeitpunkt eine von Liebe geprägte echte Partnerschaft gewesen war und dass sie sich nur selbst etwas vorgemacht hatte, war die Trauer gebrochen. Sie sah ihn mit anderen Augen und begann sogar den Zustand zu genießen, dass neue Möglichkeiten geboren wurden.
Eleonora erzählte ihr in diesem Zusammenhang, die wunderbare Geschichte von Thomas Edison, der bei der Erfindung der Glühlampe angeblich mehr als zehntausend Fehlversuche unternommen und bei jedem Misserfolg daran gedacht hatte, dass er nun einen weiteren Weg wusste, wie es nicht funktionierte. Er hatte nicht resigniert, sondern ihm wurde dadurch klar, dass auch eine falsche Entscheidung nützlich sein konnte. In Zukunft würde er bessere Entscheidungen treffen können. In ihrem Fall lag in der negativen Erfahrung eine positive Chance, Veränderungen vorzunehmen.
Sara wusste jetzt, dank Eleonora, dass sie nichts gewann, wenn sie die Dinge aufschob. Ganz im Gegenteil, sie verlor dabei das Wichtigste, was der Mensch besaß: kostbare Lebenszeit, und die wollte sie weiß Gott nicht weiter unnütz verschwenden.

Für Samstag hatte sie Bettina zu sich eingeladen und freute sich schon den ganzen Tag darauf. Sie hatten unter der Woche natürlich ständig miteinander telefoniert, und da hatte Bettina schon bemerkt, dass Sara wesentlich besser drauf war. Aber Sara wollte ihr doch lieber im persönlichen Gespräch erzählen, wodurch dieser Sinneswandel entstanden war.
Sie stellte ein nettes Abendessen zusammen, von dem sie wusste, dass Bettina es liebte: Spaghetti mit Gambas und Tomatensoße. Dazu einen schönen italienischen Barolo. Vorweg gab es einen leckeren Cocktail, den Sara im Internet entdeckt hatte. Sie wollten es sich so richtig gut gehen lassen. Der positive Anlass ließ Sara die Hausarbeit leicht von der Hand gehen. Sie sang munter vor sich hin und lächelte, als sie es bemerkte. Vor noch nicht einmal ganz vier Wochen hatte sie noch geglaubt, die Welt ginge unter, und heute fühlte sie sich von Tag zu Tag darin bestätigt, dass alles, so wie es war, gut und richtig ist. Ihre Gespräche mit Eleonora brachten immer neue Denkanstöße und die Umsetzung machte ihr großen Spaß. Es lag natürlich auch an den Erfolgen, die damit verbunden waren.
Bettina klingelte pünktlich um acht Uhr abends, und Sara öffnete ihr mit einem kleinen Tablett, auf dem sie die Cocktails liebevoll angerichtet hatte.
„Hallo, Süße, herzlich willkommen. Ich freue mich wahnsinnig, dass du endlich da bist ", sagte Sara strahlend.
„Au Backe ", antwortete Bettina bei dieser fröhlichen Begrüßung, „was hat das zu bedeuten? Sag bloß, du bist wieder mit dem Knaller zusammen? Bitte tue mir das nicht an!", und schaute skeptisch in das fröhlich dreinblickende Gesicht ihrer Freundin.
„Nein, keine Sorge. Es ist nach wie vor aus und vorbei. "
„Dann hast du schon einen neuen Lover? Wer ist es? Kenn ich ihn? Nun sag schon. " Bettina platzte fast vor Neugierde, nahm das Glas und folgte Sara ins Wohnzimmer. „Du hast

mir bis jetzt nichts erzählt, aber nun leg los, in allen Einzelheiten bitte. Sieh sich das einer an, vor nicht allzu langer Zeit wolltest du noch in die Nordsee springen, und nun leuchtest du wie ein mit Lametta und Kerzen bestückter Weihnachtsbaum. Ich kann es kaum glauben. Da kann nur ein Macker dahinterstecken. Also los jetzt, sonst platze ich noch."

Sara hatte sich mittlerweile zu Bettina aufs Sofa gesetzt und prostete ihr zu: „Auf eine neue Chance. "

„Ja gut, auf eine neue Chance – und wie bitte sieht er aus ?"

„Es gibt niemanden, Bettina. Mir gehts momentan auch ohne Mann richtig gut. "

Bettina verschluckte sich an ihrem Getränk und prustete los. Sara musste ihr auf den Rücken klopfen, damit sie sich wieder beruhigte.

Vollkommen ungläubig sah sie Sara an, nachdem sie sich gefangen hatte. „Wie … was, keinen Mann? Seit wann bist du denn auf dem Trip? Dir geht es richtig gut und das auch ohne Mann? Hast du eine Gehirnwäsche hinter dir? Nicht, dass ich nicht happy bin, weil es dir so gut geht, aber das entspricht so gar nicht der Sara, die ich kenne? "

„Vielleicht stimmt das mit der Gehirnwäsche sogar ein bischen. Mir hat jemand gezeigt, dass meine Betrachtungen, wie ich meine Beziehung zu Jörg gesehen habe, überhaupt nicht meiner inneren Wahrheit entsprachen. Ich wollte mir diese Beziehung aus lauter Angst und Unsicherheit schön-reden ", versuchte Sara zu erklären und wurde sogleich von Bettina unterbrochen.

„Also doch ein Mann?"

„Nein, kein Mann, …sondern eine Frau,… und sie heißt Eleonora."

„Wie bitte? Eine Frau hat an dir eine Gehirnwäsche vollzogen, und jetzt glaubst du, deine letzten vier Jahre wären ein

einziger Irrtum gewesen? ", ereiferte sich Bettina temperamentvoll.
Sara begann, ihrer Freundin ganz ausführlich darüber zu berichten, wann und wo sie Eleonora kennen gelernt hatte und was für eine Frau sie war. Sie erzählte, wie sie ihre eigenen Erkenntnisse förmlich aus dem Sattel gehauen hätten und wie ihr nach und nach immer mehr ein Licht aufgegangen wäre. Sie sprach von Carlos und den anderen, ihren Treffen und wie jeder für sich seine ganz eigene Geschichte mit Eleonora verband. Aber auch von dem Stoppschild und ihren Zetteln, die sie überall deponiert hatte und welchen Erfolg sie schon dadurch erzielen konnte. Es sprudelte nur so aus Sara heraus und die Begeisterung war offensichtlich.
Bettina saß da und konnte kaum glauben, was Sara von sich gab. Aber die Art und Weise, wie sie es erzählte, ließ keinen Zweifel aufkommen, dass Sara tatsächlich eine Wandlung erlebt hatte. Nach diesen Schilderungen sah Sara ihre Freundin strahlend und voller Optimismus an.
„Mich laust der Affe", stieß Bettina völlig irritiert hervor, „ich erkenne dich kaum wieder. Wenn ich es nicht besser wüsste, würde ich glatt behaupten, du wurdest durch eine geklonte Sara ausgetauscht. Du willst mir also allen
Ernstes erzählen, dass diese Frau den Zauberstab geschwungen hat, und nun bist du der Überzeugung, die Liebe zu Jörg war vier Jahre lang nur ein durch Angst und Unsicherheit behafteter Fehler? – Nicht, dass ich etwas dagegen hätte; wie du weißt, konnte ich diesen Kerl nie besonders leiden und habe ihn nur deinetwegen mehr oder weniger akzeptiert, aber die Art der Betrachtung kommt mir nun doch weit hergeholt vor."
„Ich weiß, Bettina, mir ging es ähnlich. Ich habe mich mit ihr angelegt, weil ich glaubte, die Alte hat doch 'nen Knall; aber sie ließ sich von mir überhaupt nicht aus der Ruhe bringen. Andererseits hat nicht „Sie" sich mir aufgedrängt ", stellte

Sara richtig. „Ich ging auf sie zu, um zu fragen, ob sie mich nicht ein wenig unterstützen könnte ", erklärte Sara einer noch immer skeptisch dreinblickenden Bettina. „Es ist auch nicht so, als würde ich diese vier Jahre als reinen Zeitverlust ansehen. Nein, es sind Jahre gewesen, die notwendig waren, um herauszufinden, welche Art von Partnerschaft ich eigentlich wirklich möchte. Jörg war kein Irrtum, er verkörpert für mich nur das Spiegelbild, in das ich vier Jahre hineinsehen konnte, um zu begreifen, dass Liebe in einer Beziehung für mich anders aussehen muss. "

„Aha, okay, das leuchtet mir ja noch irgendwie ein, vor allem weil er ohnehin ein Arsch war. Aber dass die Aktionen mit dem STOPPSCHILD und deine Zettelwirtschaft dich vollkommen umgekrempelt haben sollen, so von jetzt auf gleich, das erscheint mir schon sehr merkwürdig. Versteh mich bitte nicht falsch, ich gönne dir deine neuen Einsichten von Herzen und bin letztlich wirklich froh, dich so munter und fröhlich zu sehen, aber irgendwie habe ich ein ganz komisches Gefühl dabei. "

„Das verstehe ich durchaus, Bettina, es ging mir nicht anders. Doch wenn du sie kennen gelernt hast, wirst du selbst davon überzeugt sein", erklärte Sara und führte ihr anhand von Beispielen vor, die sie selbst ausprobiert hatte, dass es sich hier nicht um Hokuspokus handelte, sondern nur um eine Anzahl verschiedener Betrachtungsweisen, wie man sein Leben sehen konnte. Dass man nicht automatisch an den über Jahre erlernten Standpunkten festhalten musste. Vielmehr bestand die Möglichkeit, immer wieder neue Erkenntnisse hinzuzufügen, wobei die Verantwortung immer bei einem selbst lag. Nicht die anderen waren Auslöser einer schlechten Entwicklung, sondern man selbst hatte alles dazu getan, dass es so und nicht anders gekommen war. Die dabei gemachten Erfahrungen seien aber nicht nur als negativ zu bewerten, erklärte Sara

weiter. Vielmehr böten sie auch die Chance, neue Wege einzuschlagen. Wenn Situation A nicht passiert, kann B auch nicht eintreten. Nach dem Motto: Weine nicht, weil es vorbei ist, sondern lache, weil es überhaupt passieren konnte.
Sara erzählte von der Macht der Gedanken und dass die persönliche Freiheit in der Entscheidungsfreiheit jedes Einzelnen liege. Die positive oder negative Seite. Dass ein Mensch, der sein Leben meist positiv betrachtete, niemand sei, der die unangenehmen Seiten ignoriere, er würde sich diesen nur nicht unterwerfen. Eleonora vollbringe keine Wunder, führte Sara weiter aus, sie sorge mit ihrem wachen Verstand und ihrer inneren Gelassenheit nur dafür, dass man sich seine unbewussten Handlungen klarer vor Augen führte. Ein jeder benutze Alibis, um sich dahinter verstecken zu können. Es gebe immer Gründe dafür, weshalb jemand etwas tun oder lassen würde. Sie erklärte, dass es wichtig sei, die eigenen Gründe zu enttarnen. Man müsse erkennen lernen, weshalb man überhaupt Alibis benötige.
„Etwa aus Angst, Unsicherheit oder auch aus der Kindheit Erlerntem. Wenn wir erst unsere eigenen Gründe erkennen, dann ist es nur noch eine Frage der Zeit, wann wir uns so lieben, wie wir sind ", brachte Sara ihren Wortschwall zu Ende.
Bettina saß ganz still da und hatte Sara aufmerksam zugehört, eine Seite von ihr, die eher Seltenheitswert aufwies. Sie war sonst diejenige, deren Klappe bei ihren Treffen nicht einen Moment stillstand, nun aber sah sie Sara an und sagte: „Also ganz ehrlich, ich bin total beeindruckt über deine klare Formulierung und deine wirklich spürbare positive Veränderung, die du an dir vollzogen hast. Was oder wer dir auch immer dabei auf die Sprünge geholfen hat, gebührt mein Respekt. Ich kenne deine eher introvertierte Art, mit dem Leben umzugehen, nun fast schon zwanzig Jahre. Wenn auch ungern, habe ich stets respektiert, wie sehr du dich in dir selbst ver-

krochen hast, und es ist mir gerade jetzt eine riesengroße Freude zu sehen, wie du dabei bist, deine dir auferlegte Schale zu knacken. Komm her, Süße, lass dich drücken ", und dabei schlang Bettina die Arme um ihre Freundin, drückte sie an sich, voller Liebe und Stolz, die sie für Sara empfand.
So blieben sie eine ganze Weile sitzen, und auch für Sara stellte diese körperliche Nähe, die ihr immer noch ein wenig fremd vorkam, eine weitere positive Entwicklung dar.
Sie hatte, soweit sie zurückdenken konnte, immer ein Problem mit allzu viel Nähe gehabt, hatte sich von ihren Eltern und selbst von Bettina nur sehr kurz in den Arm nehmen lassen. Es war ihr meistens eher unangenehm gewesen, und auch wenn sie jetzt nicht behaupten könnte, es fortan zu lieben, war sie dennoch gerade dabei, eine neue Erfahrung auf sich wirken zu lassen.
Bettina löste sich aus der Umarmung, schaute Sara lächelnd an und sagte verwundert: „Dass ich das noch erleben darf, dass du mir erlaubst, dich länger als eine Sekunde an mich zu drücken, ist das größte Geschenk, das mir deine Ela, oder wie immer sie auch heißen mag, machen konnte. Allein aus diesem Grund muss ich sie kennen lernen. Demjenigen, dem es gelungen ist, dich aus deinem Kokon zu reißen, muss ich einfach in die Augen sehen. Meinst du, dass es irgendwann möglich ist? ", fragte Bettina vorsichtig.
Sie wollte sich auf keinen Fall in eine gerade erst wachsende Beziehung einbringen, aus der Sara so viel positive Resonanz zog. Ihr selbst war es trotz der langen Jahre der Freundschaft nicht gelungen, Sara aus ihrer Verschalung herauszulocken. Nichtsdestotrotz war alles, was Sara positiv beeinflusste, für sie ein Grund zum Jubeln. Für Bettina waren Neid und Missgunst Fremdwörter. Sie gönnte Menschen, die sie liebte, immer nur das Beste, ganz gleich, welcher Art. Es machte sie glücklich, wenn Sara glücklich war, und sie bewunderte

Eleonora aufrichtig für ihre Art der Menschenführung. Bei Sara jedenfalls war ihr etwas gelungen, was Bettina nicht zu hoffen gewagt hatte.
„Aber sicher, ich werde Eleonora fragen, aber ich weiß jetzt schon, dass sie sich darauf freuen wird, dich kennen zu lernen. Sie liebt die Menschen und setzt großes Vertrauen in die Fähigkeiten eines jeden einzelnen. Alle, die ich bis jetzt bei ihr getroffen habe, sind ganz wunderbare Typen. So vollkommen anders als diejenigen, die man sonst so trifft. Sie haben es dank Eleonora geschafft, sich selbst mehr Beachtung zu schenken und ihre positive Seite zum Ausdruck zu bringen. Dabei ist jeder so herzlich und vollkommen natürlich, dass die Abende mit ihnen Spaß machen und außerdem geist- und lehrreich sind. "
Sie unterhielten sich angeregt den ganzen Abend, lachten unendlich viel und waren vollkommen zufrieden mit sich und der Welt. Irgendwann erzählte Bettina, fast schon beiläufig, dass sie sich von Mark getrennt habe, und Sara zeigte sich nicht erstaunt, dass ihre Freundin erst jetzt damit rausrückte. Sie bekam sofort ein schlechtes Gewissen, dass sie Bettina überhaupt nicht nach ihrem Befinden gefragt hatte, und entschuldigte sich augenblicklich dafür.
„Hey, lass mal gut sein ", sagte Bettina abwehrend. „Wenn es überaus wichtig für mich gewesen wäre, dann hätte ich mich schon sehr lautstark gemeldet. Du kennst mich doch, wenn ich was loswerden will oder muss, dann hält mich niemand auf, auch du nicht. Ich quatsche dann so lange ohne Punkt und Komma, dass deine Chance gleich null gewesen wäre. Aber wie ich dir schon beim letzten Mal gesagt habe, war es ohnehin nur noch eine Frage der Zeit, und die ist jetzt gekommen. Aber es belastet mich nicht, falls dir das Sorgen macht. Neue Chance, neues Glück. " Bei diesen Worten lachte sie aufrichtig.

Sara sah ihre Freundin an und glaubte, sie zum ersten Mal wirklich zu begreifen. Bettina war ein durch und durch positiver Mensch. Sicher, das wusste Sara schon lange, inwieweit sie diese Einstellung aber dazu nutzte, ihrem Leben in jeder Situation etwas Positives abzugewinnen, verstand sie erst in dieser Sekunde. Sie hatte geglaubt, ihre Freundin würde sich und ihre Gefühle hinter dieser positiven Fassade verstecken. Jetzt fühlte sie instinktiv, dass Bettina ihr nicht nur in dieser Hinsicht einen großen Schritt voraus war. Bettina sah wirklich in jeder neuen Entwicklung sofort eine Bereicherung.
Als sie sich an diesem Abend trennten, wurde ihr klar, dass die eigene Sichtweise, wie man einen Menschen wahrnimmt, leider sehr eingeschränkt war. Das Bild, das sich im Kopf festzementierte, schien kaum Raum für Abweichungen zu lassen. Da in ihr selbst alle möglichen Ängste steckten, ging sie zweifelsohne davon aus, Bettina könne gar nicht so selbstsicher sein, wie sie vorgab, und begriff erst jetzt, dass diese intensive, wunderbare Lebensfreude eine der herausragenden Fähigkeiten ihrer Freundin war. Sie sah das Leben als eine Herausforderung, als ein Abenteuer, worauf man sich immer wieder aufs Neue einließ.

An dem darauf folgenden Wochenende nahm sie sich der permanent verschobenen Entrümpelungsaktion an, all die Sachen zu entfernen, die sich in ihrer Beziehung mit Jörg angesammelt hatten. Es wurde Zeit zum Ausmisten. Gedanklich hatte sie es schon getan, und nun kam der Rest an die Reihe. Sie packte einen großen Karton mit seinen sämtlichen Sachen zusammen, den sie ihm gleich am Montag ins Büro stellen wollte. Dabei fiel ihr Blick auf einen längst vergessenen Holzkasten, in dem sich allerhand unbeschriebene Karten befanden, die mit schönen und weisen Sprüchen versehen waren. Diese zogen augenblicklich Saras Aufmerksam-

keit auf sich. Sie sah sich jede einzelne ganz intensiv an und spürte instinktiv, dass all ihre Bedeutungen anderen gewichen waren. Ihre eigene Veränderung hatte dies bewirkt. Der Wortlaut war zwar immer noch derselbe, aber die innere Bereitschaft zu verstehen, lief in eine andere Richtung.
Genussvoll las sie die Zeilen: „Die meisten Fehler sind nur eine kleine Umleitung auf dem Weg zur Erfüllung. " Ja, so ist es wohl, dachte sie. Fehler mögen im ersten Moment wie solche aussehen, und doch tragen sie bei genauerer Betrachtung auch einen positiven Nutzen in sich. In ihrem Falle war der so genannte Fehler, gutgläubig gewesen zu sein, heute der Vorteil, eine Beziehung beendet zu haben, die gar keine mehr war. Sie hätte sich für ihre Naivität schelten können, aber das Endresultat war und blieb dennoch positiv.
„Du kannst dich den ganzen Tag ärgern, verpflichtet bist du nicht dazu " stand auf der nächsten Karte, und sie musste lachen. Sie konnte wütend auf Jörg und auf sich selbst sein, aber brachte sie das auch nur einen Millimeter weiter? Nein, ganz im Gegenteil, sie schadete einzig und allein damit nur sich selbst.
„Entweder du änderst die Situation oder deine Einstellung dazu. "
All diese Karten hatte sie vor längerer Zeit gekauft, gelesen, verstanden und für gut befunden; aber was Menschen, die solche Sätze aufschrieben, wirklich damit sagen wollten, begriff sie erst jetzt. Es war die eigene gefühlte Einstellung, die sich ändern musste, um überhaupt verstehen zu können.
Es bereitete ihr riesengroße Freude, alle nochmals durchzugehen, und jede zauberte ein weiteres Lächeln auf Saras Gesicht. Alle sprachen in ihrer Weisheit von demselben Ziel. Nur wer bewusst und positiv in dieser Welt lebt, kann sie auch in ihrer ganzen Schönheit erfahren.

Da ihre Aufmerksamkeit ganz auf ihr derzeitiges Handeln gerichtet war, nahm sie den Augenblick wesentlich bewusster wahr. Selbst das Lesen der Karten bekam einen neuen Wert.
„Tue das, was du gerade tust, immer mit deiner ganzen Aufmerksamkeit, und du wirst jeder Sekunde, jeder Minute deines Lebens gerecht. Denn nur im Hier und Jetzt kannst du wahrhaft glücklich sein“, hörte Sara Eleonoras Worte im Geiste.

Die Tage vergingen in der großen Zuversicht, dass sie voranschreiten und nicht nachlassen würde in ihrer Wissbegierde. Sie spürte die unbändige Kraft in sich, als wäre ein Stein ins Rollen geraten, und mit jedem Tag kamen neue Erkenntnisse wie von allein dazu. Vielleicht war es ein Automatismus, der in Gang gesetzt wurde, sobald man bereit war, sich mit seinen Ängsten auseinanderzusetzen. Wenn man den Fokus auf sich richtete und nicht permanent damit beschäftigt war, sein Augenmerk auf anderes zu richten.
Die nächsten Wochen wurden für Sara hinsichtlich der Arbeit und des Aufeinandertreffens mit Jörg immer leichter. Da sie ihre Wut für sich geklärt und überwunden hatte, hegte sie auch keinen Groll mehr auf ihn. Sie fing sogar an, ihn mit anderen Augen wahrzunehmen. Ihr fielen Dinge an ihm auf, die sie vorher nie bemerkt hatte, und wenn doch, dann hatte sie diese wahrscheinlich ausgeblendet, das wurde ihr heute klar. Das flirtende Pärchen konnte sie heute belächeln, und manchmal wurde sie den Eindruck nicht los, dass Jörg sich in ihrer Gegenwart noch verliebter benahm, als er in Wirklichkeit war, nur um zu testen, ob er sie noch eifersüchtig machen konnte.
Ihm war natürlich nicht verborgen geblieben, dass sie dabei war, sich zu verändern. Es schien ihr fast so, als würde es ihn stören, dass es ihr so gut ging. Das allerdings brachte nur den

Effekt, dass er in ihren Augen noch kleiner wurde, als er es ohnehin schon war.
Auch hierin sah sie Eleonoras schlagkräftige Aussage wieder einmal bestätigt. „Wenn du dich und deine Einstellung änderst, änderst du dein Verhalten. Ein Verhalten, was dich berechenbar macht und das sie kennen. In dem Moment, wo du das änderst, können sie nicht auf diese alten Muster zurückgreifen, und das nur, weil du anders reagierst als gewohnt. Sie müssen sich zwangsläufig anders verhalten. Und somit ist die Situation nicht mehr dieselbe."
Aus jedem Erfolg gewann sie die Erkenntnis, dass ihr Beziehungsende der Meilenstein für ihr weiteres Leben bedeutete. Vielleicht hätte sie auch zu einem späteren Zeitpunkt all diese Erfahrungen noch machen können, dennoch war sie sehr glücklich darüber, dass es jetzt schon geschah.
Ihre wöchentlichen Gruppentreffen bei Eleonora waren stets ein wahrer Genuss. Sie alle hatten immer eine Menge Spaß. Persönliche Probleme wurden diskutiert und erörtert, wobei die verschiedenen Betrachtungsweisen ebenso ins Spiel kamen wie die kleinen und großen Erfolge, die jeder Einzelne auf seine Weise zu verzeichnen hatte. Jeder von ihnen nahm an diesen Abenden etwas ganz Wesentliches mit, das Wissen nämlich, sich austauschen zu können, ohne das übliche strategische Versteckspiel. Sie gaben sich so, wie es ihrem Zustand entsprach, und dieses Gefühl der inneren Freiheit machte jeden von ihnen zu etwas Besonderem.
Die Geschichten und Schicksale und deren Bewältigung faszinierten Sara und zeigten zugleich, dass ihr vieles er-spart geblieben war. Sie verspürte nie das Gefühl, ihre Probleme würden von den anderen als nichtig abgetan. Eleonora hatte ihr noch einmal in einem persönlichen Gespräch versichert, dass sie diesen Gedanken sofort in den Müll werfen sollte. Ein Problem sei, wie der der Name schon sagte, ein Problem und die Größe sei dabei nebensächlich.

„Auch Kinder haben Probleme, diese werden jedoch leider von den Erwachsenen oft als Kleinigkeit abgetan. Aus Sicht der Kinder ist die Traurigkeit über den Verlust des Freundes, der in eine andere Stadt zieht, ebenso gravierend wie der Tod eines geliebten Menschen in der Erwachsenenwelt “, sagte sie.
Eleonora vertrat die Meinung, ein jeder Mensch, ob groß, ob klein, sieht und fühlt das Leid auf seine ganz eigene Weise, und niemand solle sich anmaßen, dies als banal abzutun. Man müsste schon in den Schuhen des anderen gehen, um zu wissen, wie es sich anfühlt. Da das aber nicht möglich ist, sollte ein jeder sich davor hüten, ein Urteil abzugeben.
Die Geschichte von Carlos unterstrich diese Einstellung mit jedem Wort. Der Weg, den er gegangen war, um bei sich anzukommen, musste kräftezehrend gewesen sein. Von ihm hatte sie erfahren, dass er in seiner schlimmsten Zeit alle möglichen Sorten von Rauschgift genommen hatte. Mit sechzehn Jahren rauchte er den ersten Joint, mit achtzehn reichten ihm diese nicht mehr aus, mit zwanzig probierte er alles, was der Markt an Pilzen, Pillen und Medikamenten hergab und zum Schluss konsumierte er täglich mehrmals am Tag Koks. Das Einzige, was er ausgelassen hatte, war Heroin, aber mehr aus Angst vor Spritzen, gab er damals lachend zum Besten.
Um den durch Koks verursachten hellwachen Zustand zu durchbrechen, rauchte er Marihuana und warf sich zusätzlich noch ein paar Schlaftabletten ein, damit er wenigstens ein paar Stunden Ruhe finden konnte. Seine Aggressivität und seine Niedergeschlagenheit nahmen ständig zu. Mal war er ganz oben, und in der nächsten Sekunde zweifelte er an allem und jedem, vor allem aber an sich selbst. Seine Eltern kamen überhaupt nicht mehr mit ihm zurecht. Trotz der flehenden Bitte seiner Mutter war er mit achtzehn Jahren ausgezogen, nachdem er mit Ach und Krach sein Abi bestanden hatte. Er

hielt sich in der Folgezeit mit allen möglichen Gelegenheitsjobs über Wasser, und viele davon waren krimineller Natur. Drogen kosten Geld und mit legalen Mitteln ließ sich sein Konsum damals nicht finanzieren. Er hatte wirklich Glück, nie erwischt worden zu sein. Er stammte zwar aus gutem Hause, wie man so schön sagt, aber da sein Vater die Lebensweise seines Sohnes logischerweise strikt ablehnte, verweigerte dieser jede noch so kleine finanzielle Unterstützung. Seine Mutter war diejenige, die ihm hin und wieder ein paar Scheine zukommen ließ. Carlos wusste, wie er sie um den Finger wickeln konnte. Weil sie ihren einzigen Sohn über alles liebte, sah sie über viele negative Dinge hinweg oder wollte es vielleicht auch einfach nicht sehen. Auf seinen Charme habe er sich schon immer verlassen können, erzählte er Sara spitzbübisch, und Sara konnte dies aus ihrer eigenen Begegnung mit ihm nur bestätigen. Irgendwann sei aber jeder Kontakt zur Familie unmöglich geworden, berichtete Carlos, und dabei wurde er zum ersten Mal sehr ernst. Seine schönen dunklen Augen blickten Sara mit einer Traurigkeit an, in der das ganze Leid seines jungen Lebens zu lesen stand.
Die Mutter sei sehr krank geworden, erzählte er weiter, aber auch das habe ihn immer noch nicht zur Umkehr bewogen, und so sei sie dann, ohne dass Carlos sie noch einmal gesehen hätte, vor sechs Jahren gestorben. Bei der Beerdigung habe sein Vater mit eiskalten Augen durch ihn hindurchgesehen, so als hätte er keinen Sohn mehr. Er machte ihn für den Tod der Mutter verantwortlich – und wer wollte ihm das verübeln? Gab Carlos sich doch selbst die Schuld daran.
Sara hatte das Gefühl, den Seelenschmerz spüren zu können, der in Carlos aufstieg. Der bloße Gedanke daran erwies sich für sie als schier unerträglich. Wie konnte man sich diese Art der Schuld jemals vergeben, schoss es Sara durch den Kopf. Sie fröstelte innerlich, schüttelte den Gedanken aber sofort

wieder ab und richtete ihre Aufmerksamkeit erneut auf Carlos.
Er sei damals immer tiefer abgerutscht, permanent deprimierter geworden, bis er jegliche Lust am Leben verloren habe.
Er fühlte sich in jeder Phase seines Herzens schuldig, und es verging heute noch kein Tag, an dem er sich nicht wünschte, noch einmal von Angesicht zu Angesicht mit seiner Mutter sprechen zu können. Aber Gott sei Dank war dann Eleonora in sein Leben getreten. Ohne sie hätte er sicherlich irgendwann aufgegeben. In dieser Zeit spielte er des Öfteren mit dem Gedanken, einen Medikamentencocktail zu nehmen, aber es ist gar nicht so leicht, es wirklich zu tun.
„Irgendwie hängt der Mensch, egal, wie schlecht es ihm geht, doch am Leben", erklärte Carlos weiter.
Eleonora brachte ihn durch ihre vertrauensvolle Art zum Reden. Vor ihr breitete er sein tiefstes Inneres aus. Anfänglich spärlich, aber nach und nach sprudelte es nur so aus ihm heraus, gerade so, als hätten seine Gefühle nur darauf gewartet, endlich in Worte gekleidet zu werden. Nichts ließ er aus, nichts versuchte er zu beschönigen, und am Ende konnten all die Tränen geweint werden, die er bis dahin unter Verschluss gehalten hatte. Die Dämme brachen und mit ihnen kam so etwas wie Erlösung.
Ganz langsam, Schritt für Schritt, veränderte sich sein Leben. Er sagte den Drogen seinen ganz persönlichen Kampf an. Nahm die körperlichen oftmals schmerzlichen Begleiterscheinungen des Entzugs an. Das war der Preis, den er zu zahlen bereit sein musste, wollte er jemals wieder Würde, Stolz und Menschlichkeit in sich spüren.
Heute sei er ein neuer Mensch, verkündete er stolz. Seine Betrachtungen wären durch neue ersetzt worden, und als ob er die brennende Frage in Saras Augen erkennen konnte, antwortete er: „Die einzige Chance, die es damals für mich gab,

um diese Schuld zu minimieren, war der Dialog mit meiner Mutter. "
Sara sah ihn verdutzt an, weil sie nicht verstand, was er damit auszudrücken versuchte.
„Eleonora fragte in einer unserer Sitzungen", klärte er sich auf, „wenn die Möglichkeit bestünde, mit meiner Mutter zu sprechen, was ich ihr denn sagen würde. Mir kam das damals vollkommen abgefahren vor, aber du kennst doch unsere Ela, die lässt einfach nicht locker. Worüber ich heute auch echt froh bin, und so war es nur eine Frage der Zeit, als ich begann, meine Gedanken in Fragen zu kleiden. Wie leid es mir tut, ihr so viel Kummer bereitet zu haben. Wie sehr mich die Schuld innerlich auffrisst und wie unglaublich sie mir fehlt. Später, als ich mir alles von der Seele geredet hatte, sah Eleonora mich an und fragte: ‚Wenn deine Mutter jetzt mit dir sprechen könnte, was würde sie dir antworten?' Und ob du es jetzt glaubst oder nicht, Sara, nach einer Weile hörte ich ihre Stimme, klangen ihre Worte in meinem Inneren und alle waren voller Liebe für mich. Sie sagte mir, dass mich keine Schuld treffe, sie wäre auch dann von uns gegangen, wenn ich mich besser benommen hätte. Dass ich mir vergeben sollte, sie hätte es doch schon längst getan. Sie liebte mich über alles und wollte, dass ich glücklich würde. Dass sie sehen würde, wie mein Leben sich von Tag zu Tag positiv veränderte, und dass sie sehr stolz auf mich sei. Es war ein bewegendes Erlebnis und ich heulte danach wie ein Schlosshund. Ich spürte instinktiv, dass es ihre Worte gewesen waren." Und damit endeten Carlos' Erzählungen.
Danach sah er Sara mit seinen schönen, dunklen Augen lächelnd an, und sie konnte spüren, wie überzeugt er in seinem Herzen von dem gedanklichen Austausch mit seiner Mutter war. Sara spürte die Verwirrung über dieses Eingeständnis und war zugleich gerührt über die völlige Ehrlichkeit seiner Gefühlswelt und das ihr entgegengebrachte Vertrauen. So

nahm sie ihn dann auch spontan in den Arm. Es war eine Nähe entstanden, in der eine körperliche Berührung die Krönung dieses aufwühlenden Gespräches darstellte.
Sie beide hatten die anderen vollkommen vergessen und merkten erst jetzt, dass auch sie die ganze Zeit aufmerksam der Geschichte gefolgt waren, und in ihren Augenpaaren stand zu lesen, dass sie ebenso empfanden.
Eleonora durchbrach die Stille und sah in die Runde. „Wie geht es euch bei dem Gedanken, dass Carlos mit seiner Mutter kommuniziert hat? Ich nehme an, es ist nicht leicht zu verstehen, oder hat von euch jemand selbst schon einmal diese Erfahrung gemacht? "
Alle miteinander verneinten.
„Es ist ein schöner Gedanke, mit geliebten Menschen sprechen zu können ", ergriff Karsten als Erster das Wort, „auch wenn sie nicht mehr unter den Lebenden weilen. Mir gefällt das wirklich. "
„Das freut mich", sagte Eleonora, „aber könnt ihr euch vorstellen, weshalb es funktioniert? "
„Ich glaube, es funktioniert deshalb ", brachte Maria sich ein, „weil wir den geliebten Menschen, den wir verloren haben, gut kennen. Wir wissen in unserem Inneren, welche Worte er wählen würde. Es werden immer liebevolle Worte sein, die sie an uns richten, so wie schon zu Lebzeiten. Wir kennen das doch von unseren Müttern. Wenn wir als Kinder einmal traurig und verzweifelt zu ihnen kamen, hatten sie immer tröstende Worte für uns, die uns Mut machen sollten. Also deshalb glaube ich, dass sich auch nach dem Tod daran nichts ändern wird. "
„Richtig, Maria, du zeigst einmal mehr, dass dein Wunsch, Psychologie zu studieren, eine gute Entscheidung war ", lobte Eleonora lachend.

„Ja, aber dann ", gab Benjamin zu bedenken, „sind es doch nur unsere eigenen Gedanken, die bei einem solchen Gespräch mit einem verstorbenen geliebten Menschen zu uns zurückkehren. "
Eleonora lächelte ihn verschmitzt an und antwortete: „Vielleicht, Benjamin, vielleicht aber auch nicht. Vielleicht sind es deine Gedanken, von denen du weißt, dass dieser geliebte Mensch sie an dich richten würde, vielleicht ist er aber auch in deiner Nähe, und die Worte, die du hörst, sind die seinen. Ist das wirklich so wichtig? ", und dabei sah sie jeden Einzelnen fragend an. „Geht es nicht vielmehr darum, dass du die Worte der Liebe spürst und du voller Vertrauen darauf bauen kannst, dass es genau diese Art der Liebe ist, die dir entgegengebracht wird, und diese Liebe bestehen bleibt, selbst über den Tod hinaus. Dass du in deiner Trauer, in deinem Schmerz, in deiner Schuld und manchmal auch in deiner Wut, verlassen worden zu sein, nur vergessen hast, welche Worte dieser geliebte verstorbene Mensch an dich richten würde, wenn du ihm nur eine Stimme geben wolltest. "
Carlos war aufgestanden und zu Eleonora geeilt. Er nahm sie liebevoll in den Arm, küsste sie auf beide Wangen und sagte voller Wärme: „Meine liebe Eleonora, ich habe meinen Frieden mit meiner Mutter gemacht. Dadurch bekam ich die Möglichkeit, sie bei mir zu haben, wann immer ich es will.
Welche Fragen auch immer ich stelle, ich höre ihre Antworten, und ich fühle tief in meinem Inneren, dass es ihre sind. "
Und an die anderen gerichtet sprach er weiter: „Mittlerweile bin ich schon so weit, dass ich sie manchmal um etwas bitte. Oft sind es nur Kleinigkeiten, wie zum Beispiel darum, doch bitte den Zug verspäten zu lassen, da ich es sonst nicht mehr schaffe, oder um den Parkplatz direkt vor dem Lokal, wenn ich mit meinen Kumpels unterwegs bin – und ob ihr es glaubt oder nicht: Meistens funktioniert es. Allerdings habe ich dabei auch gelernt zu akzeptieren, wenn es einmal nicht klappt. Vor

gut zwei Jahren bat ich sie darum, mir den Job zu verschaffen, bei dem ich mich beworben hatte. Ich bat sie wirklich ganz inständig und erklärte ihr, wie wichtig es für mich sei. Was soll ich euch sagen, ich wurde abgelehnt. Maßlos enttäuscht, ja vielleicht sogar ein bisschen wütend, teilte ich es ihr umgehend mit; und zwei, vielleicht drei Minuten später hörte ich sie sagen: „Junge, vertrau mir, ich hab meine Gründe. " Und genau das tat ich. Ich warf die negativen Gedanken in den Mülleimer und sagte: „Okay, Mama, du hast Recht. Ich verschwende keinen weiteren Gedanken daran und mache mich erneut auf die Suche."
Nicht einmal zwei Monate später bekam ich einen Job, der wie für mich gemacht war. Man bot mir die Stelle in der Jugendarbeit an, sozusagen als mahnendes Beispiel. Durch meinen eigenen Drogenentzug und den drastischen Richtungswechsel war ich ihnen aufgefallen. Sie wollten jemanden bei den Jugendlichen haben, der weiß, wovon er spricht. Ich arbeite dort wirklich mit vollem Einsatz und es macht mir unglaublich viel Spaß. " An dieser Stelle machte er eine kurze Pause. „Wie ihr seht, zeigt dies deutlich: Wenn der erste Job geklappt hätte und es war wirklich kein anspruchsvoller ,dann hätte ich mich nicht weiter bemüht und somit meinen jetzigen, bei dem ich mich pudelwohl fühle,auch nicht bekommen. Obwohl die Situation im ersten Moment negativ erschien, gab es doch einen, wie ich es nenne, höheren Grund dafür. "
„Die Geschichte ist wunderschön, Carlos, und ich glaube dir auch, dass es sich aus deiner Sicht so ereignet haben mag. Aber zu glauben, verstorbene Menschen könnten einem aus dem Reich der Toten bei profanen Wünschen des eigenen Lebens Hilfestellung geben, klingt in meinen Ohren doch sehr unwahrscheinlich ", erwiderte Sara. Sie wollte Carlos seine Illusion nicht kaputtmachen, aber sie konnte zu einer solchen Aussage auch nicht den Mund halten.

„Unsere Skeptikerin ", lachte Carlos und schien über ihre Kritik nicht im Mindesten beleidigt zu sein. „Ich weiß, es mag sich für dich naiv und desorientiert anhören, aber für mich ist es genau so. "
„Carlos ", meldete sich Eleonora erneut zu Wort, „darf ich zur weiteren Erläuterung einmal übernehmen. "
Carlos nickte ihr strahlend zu. Sara war zum ersten Mal in dieser sonst so positiven Runde gespalten, da sie nicht glauben konnte, dass Carlos wirklich so naiv war. Und dennoch spürte sie, dass er von ganzem Herzen daran glaubte. Da war kein Zweifel und auch ihre Bemerkung schien ihn nicht im Geringsten verunsichert zu haben.
„Nun ", fuhr Eleonora fort, „deine Skepsis kann ich wirklich gut verstehen, Sara. Du bist ein sehr pragmatischer Mensch, bei dem die Wichtigkeit der Kontrolle eine sehr wichtige Funktion im Leben übernimmt. Du lebst Kontrolle schon sehr, sehr lange, und somit ist es nur völlig natürlich, dass diese Art des kompletten Kontrollverlustes dich total erschrecken muss. Du glaubst nur an das, was du siehst. So hast du es gelernt, und aus deinen persönlichen Erfahrungen resultiert das Ergebnis, dass du dich damit am wohlsten fühlst. "
„Genau ", pflichtete ihr Sara bei und sah Carlos Verständnis suchend an, „das Gefühl, mich fallen zu lassen in die Hände von …Toten, erzeugt eine spürbare Unruhe in mir." An alle anderen gerichtet erkundigte sie sich: „Aber sagt mal, bin ich in dieser Runde die Einzige, die daran ihre Zweifel hegt? "
Alle sahen sie mit freundlichen Augen an, und sie kannte die Antwort schon, bevor Maria das Wort ergriff.
„Sara, glaub mir, ein jeder von uns ", und dabei blickte sie in die Runde, „hatte anfangs große Mühe, damit umzugehen. Alles in mir sperrte sich gegen diese Art der Betrachtung. Ich bin im normalen Sinne gläubig und Gott, oder wie jeder Einzelne ihn nennen mag, bleibt immer ein fester Bestandteil meines Lebens. Ich habe oft mit ihm gehadert. All mein Bit-

ten, mein Flehen, meinen Vater von der Alkoholsucht zu befreien, blieben ungehört, und ich war zornig und wütend auf ihn. Aber als ich hier bei Eleonora lernte, mehr Eigenverantwortung zu übernehmen, begriff ich, dass jeder sein Schicksal selbst bestimmt – und damit änderte sich auch meine Betrachtung zu Gott. Er ist nicht dafür verantwortlich, dass mein Vater trinkt. Er beschließt keine Kriege. Er baut keine Waffen. Und all die Hungersnöte und Krankheiten gehen nicht auf sein Konto, sondern auf die Gier der Menschen nach Macht und Geld. Sie sind es, die dabei zusehen oder wegschauen, und nur aus diesem Grunde gibt es die Welt, so wie sie ist. Ich bin durch das Vertrauen zu mir selbst gläubiger geworden, einfach so, ohne dass ich dir erklären könnte, weshalb. Als ich die Liebe zu mir selbst entdeckte, öffnete sich auch mein Herz. Ich sah die Welt mit ganz anderen Augen, und genau das symbolisiert für mich die Liebe zu Gott. Glaube mir, Sara, ich kann keiner religiösen Institution etwas abgewinnen. Den Machtmissbrauch der Kirche finde ich verwerflich, aber das alles hat für mich auch nicht das Geringste mit Gott zu tun."

„Das ist eine schöne Betrachtung, Maria ", ergriff Eleonora erneut das Wort, „aber lasst uns zum besseren Verständnis für Sara einmal zum Beginn dieses Gespräches zurückkehren. Sie ist erst seit kurzer Zeit in unserer Runde und aus ihrer Sicht muss ihr das gerade Gehörte wie eine Gehirnwäsche erscheinen. Wir wollen sie schließlich nicht verschrecken und ihr das Gefühl vermitteln, wir seien so etwas wie eine Sekte und ich euer Guru ", sagte sie und lachte.

Sara war Eleonora dankbar für diesen Einwand, denn tatsächlich war genau dieser Eindruck in den letzten Minuten bei ihr entstanden.

„Also" begann sie, „Carlos sprach davon, wie er den Dialog mit seiner Mutter aufgenommen hat und wie wunderbar es ihm damit erging. Es ist seine ganz persönliche Erfahrung, die

er für sich machte, aber es heißt nicht, dass jeder sie so sieht oder sehen sollte. In seinem Fall war es ausgesprochen förderlich, denn es scheint ihm auf diese Weise gelungen zu sein, sich selbst zu vergeben – und nur das zählt.
Dass er dabei seine eigene Kreativität entwickelt hat, ist ganz allein sein Verdienst, und wenn er mit dieser Art Glauben wieder fester auf seinen Beinen steht, ist das wunderbar. Niemand kann und sollte einem anderen aufs Auge drücken, es ihm gleichzutun. Die Entscheidung, welchen Weg man zu einem glücklichen und harmonischen Leben einschlägt, liegt bei jedem Einzelnen", erklärte Eleonora. „Ob Carlos dabei wirklich in Kontakt mit seiner Mutter steht oder nicht, ist überhaupt nicht von Belang. Für ihn ist nur das Resultat entscheidend. Seine ganz individuelle Vorgehensweise hat ihn zu einem Menschen werden lassen, der seine Berufung darin sieht, sich für andere einzusetzen, und der daran glaubt, dass in jedem Menschen etwas Positives steckt. "
Diese Art der Betrachtung konnte Sara sehr gut nachvollziehen. Sie war sichtlich erleichtert. Alles andere wäre für sie mit dem bitteren Geschmack religiöser Geisterbeschwörer gespickt gewesen.
„Alle Menschen sind von Geburt aus gute Menschen ", sprach Eleonora nach kurzer Pause weiter. „Ihre Herkunft, ihre Hautfarbe, ihre Religion und die daraus resultierenden Erfahrungen beeinflussen die weitere Entwicklung. Hier in unserer westlichen Welt haben wir das Glück, nicht mit Krieg, Hungersnöten, Wasserknappheit, mangelnder Bildung konfrontiert zu sein. Dafür sollten wir dankbar sein. Es entlässt uns aber nicht aus der Pflicht, Anstrengungen zu unternehmen, positiv Einfluss zu nehmen, und das beginnt immer im Kleinen, soll heißen: bei jedem Einzelnen selbst." Eleonora sah einen nach dem anderen an. „Wenn das Gute in dieser Welt siegen soll, dann sollte jeder positiv auf die anderen zugehen. Nur so besteht die Möglichkeit, dass es von Mensch zu

Mensch weitergetragen wird. Ihr habt sicherlich schon alle vom Dominoeffekt gehört. Wir sind alle EINS, und alles greift wie bei einem großen Zahnrad ineinander. Unsere Natur und Umwelt, genauso wie Mensch und Tier. Erst wenn wir das als festen Bestandteil respektieren, haben wir eine Chance. Der Dalai Lama zum Beispiel ist ein solches Vorbild und er war nie so populär wie heute. Er trägt den Bekanntheitsgrad eines Popstars. Menschen unterschiedlicher Religionen suchen seine Nähe, fühlen sich von ihm angezogen. Er füllt riesige Stadien dank seiner Aura und dem Glauben an das Gute. Er schreibt nichts vor, er klagt nicht an, sondern überlässt jedem Individuum die Freiheit, nach dem eigenen Gusto zu leben.

Im Buddhismus gibt es keine Gebote, die sagen: Du sollst nicht …, sondern alle Regeln basieren auf Freiwilligkeit. Wenn jeder beginnen würde, sich und die anderen so zu respektieren, wie sie sind, käme damit ein Automatismus in Gang. Man wird durch die eigene Zufriedenheit seinen Mitmenschen freundlich, verständnisvoll und mit Toleranz begegnen. Also wenn jeder bei sich selbst anfangen würde, könnte der Beitrag jedes Einzelnen der ganzen Welt zum Besseren gereichen. "

Alle hingen an Eleonoras Lippen. Jeder war beeindruckt, das konnte Sara deutlich spüren. Die Verbesserung der Welt auf diese kurze Formel zu bringen, klang fantastisch. Vielleicht war es illusorisch zu glauben, dass jeder von ihnen etwas bewirken könnte; dennoch vermochte allein der Gedanke das Herz zu erwärmen.

„Dann lasst uns augenblicklich damit beginnen ", ergriff Karsten als Erster das Wort in der nun schweigenden Runde. „Ich möchte dabei sein, wenn es um die Errettung unserer Erde geht. " Dabei war er temperamentvoll aufgesprungen und hielt sich theatralisch, voller Inbrunst beide Hände aufs

Herz. Er sah aus wie ein Amerikaner, der sich beim Ertönen der Nationalhymne an die Brust fasst, und alle mussten unwillkürlich lachen. Sein schauspielerisches Talent sorgte für eine entspannende Verschnaufpause.
Sara wusste nicht genau, ob es den anderen ähnlich erging, aber die unterschiedlichsten Stoffe, die sie miteinander durchnahmen, strengten teilweise sehr an. Daher war sie Karsten für die komische Einlage sehr dankbar. Es handelte sich um völlig andere und neue Themen. Konzentration war gefordert, denn sie wollte ja an diesen anderen Sichtweisen teilhaben. Es gefiel ihr, über den Tellerrand hinaus zu blicken, dabei konnte sie sich nicht erinnern, in ihrem Kollegen- oder Freundeskreis jemals solche Gespräche geführt zu haben. Sicher streifte man auch dort das eine oder andere Thema, kratzte jedoch zumeist nur an der Oberfläche. Hier allerdings wurden Sara zum ersten Mal ganz andere Blickwinkel aufgezeigt. Hatte sie früher immer den Eindruck, die Probleme dieser Welt zögen sie unaufhaltsam nach unten und blieben deshalb lieber ungesagt, taten sich hier auch kleine Lösungen auf. Tief in seinem Inneren zu wissen, dass sein Umfeld, wenn man sich positiv ändert, automatisch daran teilnimmt, und damit vielleicht auch wieder deren Umfeld, ließ ein gutes Gefühl zurück. Es war zumindest eine wesentlich bessere Möglichkeit, als sich nur über das Elend zu beklagen.
„Wie ist das mit dir, Sara, glaubst du an Gott? ", durchbrach Benjamin ihre Gedanken.
„Ja, ich denke schon. Mit kirchlichen Dingen kann ich mich ebenso wenig anfreunden wie Maria. Ich bin schon lange ausgetreten, da ich mich überhaupt nicht damit identifizieren kann. In meiner Familie war Gott immer ein Bestandteil meiner Erziehung, aber eher locker und großzügig. Als Kind habe ich abends vor dem Zubettgehen sogar immer ein Gutenachtgebet gesprochen. Ich erinnere mich auch an ein Lied, das meine Mutter mir hin und wieder vorgesungen hat. Eine Zeile

darin hat mir damals einen Heidenschrecken eingejagt: ‚Morgen Früh, wenn Gott will, wirst du wieder geweckt ", und jedes Mal dachte ich: Was, wenn er nicht will? Ich fand diesen Gedanken richtig gruselig, habe es aber meiner Mutter nie gesagt. – Merkwürdig, weshalb eigentlich nicht? ", dachte Sara laut, die Frage eher an sich selbst gerichtet.
„Seht ihr, welche Auswirkung der kleine Refrain eines Liedes haben kann ", warf Eleonora in die Runde. „Sara fand es furchterregend, obwohl ihre Mutter es sicherlich liebevoll gemeint hat. Da sie ihr aber nie davon erzählt hat, wurde die Angst für Sara beim Zubettgehen immer aufs Neue gefördert. Daran könnt ihr sehen, wie wichtig es ist, BEWUSST wahrzunehmen, was wir tun. Saras Mutter hat dieses Lied gesungen, weil wahrscheinlich ihre Mutter es ebenso tat, und da diese das Lied positiv bewertet hat, konnte sie auch nicht auf die Idee kommen, dass Sara es anders empfinden würde. Ich gehe aber ganz stark davon aus, dass Sara es ihren Kindern, falls sie je welche haben sollte, niemals vorsingen wird. Ihre Erfahrung damit ist negativ besetzt. Dieses Beispiel finde ich sehr gut, Sara ", betonte Eleonora. „Was glaubt ihr, wie es dann erst mit den vielen anderen Kleinigkeiten unseres Lebens bestellt ist? Genau diese Art von negativen Erfahrungen begleitet uns. Sie lauern versteckt in unserem Unterbewusstsein, und wenn wir in unserem späteren Leben eine annähernd ähnliche Situation erleben, schleudert uns die Vergangenheit das Gefühl der Angst, der Wut oder der Hilflosigkeit an die Oberfläche. Diese Empfindung ist aber oftmals nur ein Fetzen aus längst vergangenen Zeiten und unsere heutigen Ängste sind eigentlich nur eine Reflexion aus fernen Kindertagen. "
„Das heißt also ", meldete sich Carlos zu Wort, „es ist wichtig herauszufinden, welche Ursachen meine Ängste haben! "

„Das stelle ich mir aber gar nicht so einfach vor, weil viele dieser Erinnerungen doch im Verborgenen liegen. Ich weiß ja gar nicht, weshalb sie da sind ", gab Benjamin zu bedenken.
„Ich glaube, was Eleonora damit sagen will …", und damit ergriff Karsten das Wort. „Wenn wir uns bewusst machen, dass manche Ängste uns als Kinder geplagt haben, können wir ihnen vielleicht besser begegnen. "
„Karsten hat Recht, genau das meine ich. Ihr solltet Fragen an euer Unterbewusstsein stellen. Und wie ihr ja schon wisst, nur wer Fragen stellt, kann Antworten bekommen. "
„Du meinst etwa so wie meine scheinbare Angst vor Hunden?“ fragte Sara und erklärte den anderen, was es damit auf sich hatte.
„Genau so, Sara, es ist eine Übung wie alles andere auch. Ein trainierter Mensch hat jedenfalls die Möglichkeit, sehr viel mehr aus sich herauszuholen, als ein untrainierter. Wenn ihr euch und eurem Urteil vertraut, ist es nicht jedes Mal wichtig, eine Antwort zu bekommen, sondern darauf zu vertrauen, dass die Angst wahrscheinlich etwas ALTES ist und ihr sie heute im Erwachsenenalter gar nicht mehr benötigt. Damit seid ihr einen guten Schritt weiter.
Diese Art der Ängste lähmt sehr oft. Es gibt Unmengen davon, und sie tauchen in Momenten auf, in denen wir gar nicht damit rechnen. Manchmal kommen sie überfallartig und Angst übernimmt die gedankliche Führung. Wenn wir glauben, wir seien machtlos, beginnt sich vielleicht sogar Panik auszubreiten. Das Knallen von Feuerwerkskörpern oder das bloße Platzen eines Ballons kann diesen Zustand schon hervorrufen. Mit klarem Verstand vermögen wir eine solche Angst nicht zu erklären – sie ist da, basta. Die Wahrscheinlichkeit, dass es sich um Kindheitserinnerungen handelt, ist groß. Die Chance, sie zu überwinden, liegt in der bewussten Entscheidung, es als solche zu akzeptieren. " Und wieder einmal sprach Eleonora zur Demonstration zu sich selbst:

„Ich fürchte mich davor. Gut, so ist es, aber ich bin nicht bereit, mich dem zu unterwerfen. – Durch diesen Dialog besteht die Möglichkeit, dass die Angst mit der Zeit automatisch kleiner wird. Dieser Eigendialog stellt einen der wichtigsten Bausteine eines positiven, glücklichen Lebens dar. Sich den Ängsten nicht einfach nur auszuliefern, sondern ihnen durch das Zwiegespräch Paroli zu bieten. Das stärkt eure Position, weil ihr zu handeln beginnt."

Sara war fasziniert. Eleonora brachte so komplexe Themen, in denen es um Menschen verschiedenster Natur, Erziehung und Erfahrungen ging, stets auf den Punkt. Jeder mochte völlig andere Ängste haben, und doch blieb die Anwendung, wie ein jeder sie relativieren konnte, die gleiche. In ihr saß noch genauso viel Angst vor dem Tod wie damals. Sie hielt es für einen Wesenszug, wie andere beispielsweise Angst vor Wasser oder Höhe haben. Eleonoras Erklärung ergaben aber auf einmal einen Sinn. Die Angst aus Kindertagen hatte sich festgesetzt. So wachte sie noch heute manchmal schweißgebadet auf, weil sie dachte, der Tod käme sie holen. Dies hatte sie bisher als unangenehm hingenommen, und jetzt spürte sie instinktiv, dass es etwas ALTES war. Sie wusste nicht, ob es ihr auf Anhieb gelingen würde, dieser Angst Einhalt zu gebieten, aber dass es überhaupt eine Möglichkeit gab, daran etwas zu ändern, war ein wahrer Lichtblick. Sie würde es auf jeden Fall versuchen.

All diese Erkenntnisse und Einsichten bildeten für Sara völliges Neuland. Ihr war bis zum heutigen Tag nicht klar gewesen, dass sie Einfluss darauf nehmen konnte. Diese Perspektive war gewaltig, und so teilte sie euphorisch ihr neu gewonnenes Gedankengut den anderen mit.

Als dieser Abend endete, nahm Sara so viel mit. Es war für sie, als würde sie nach und nach ihr körpereigenes Haus umbauen, alles Unbrauchbare, Nutzlose gegen Neues ersetzen.

Große Türen und Fenster integrieren, wo vorher nur Mauern standen. Helle Lichtquellen in so manche dunkle Ecke bringen und Energiekreise zusammenführen, damit sie frei fließen können.
Es war mit Arbeit verbunden, das wusste sie, aber tief in ihrem Inneren spürte sie, dass das Endergebnis nicht nur der Mühe wert war, sondern zu neuem Glanz erstrahlen könnte. Höchst zufrieden schlief sie an diesem Abend mit ihren neuen Plänen ein.

Die nächsten Wochen liefen alles in allem sehr gut. Die Situation in der Firma erreichte Normalstatus, wobei Jörg ihr manchmal wie aus einer anderen Zeit erschien. Dass sie überhaupt jemals ein Paar waren, verstand sie heute nicht mehr. Was hatte sie bloß in ihm gesehen und, vor allem, was alles übersehen? Obwohl sie ihn in seiner Persönlichkeit weder schmälern noch kleiner machen wollte, sah sie heute Eigenarten an ihm, die sie bislang nicht wahrgenommen hatte. Durch ihre neue Betrachtungsweise veränderte sich automatisch auch die andere Person. Je stärker sie innerlich wurde, desto mehr veränderte sich ihr Umfeld.
Viele Kollegen und Kolleginnen gingen viel offener, freundlicher mit ihr um, und über die anderen, die es nicht taten, zerbrach sie sich nicht mehr den Kopf.
Ich muss nicht jeden mögen und ebenso wenig umgekehrt. Ist doch überhaupt nicht dramatisch, sagte sich Sara und war jedes Mal wieder aufs Neue erstaunt, wie sie das mit Ruhe und Gelassenheit hinnahm. Sie vergaß nie, sich für all die kleinen und großen Erfolge zu loben. Sie selbst bewirkte die positiven Veränderungen, und darauf konnte sie zu Recht stolz sein.

Als Sara eines Tages nach Feierabend nachhause kam, saß Carlos vor ihrer Haustür. Er schien auf jemanden zu warten.

„Hey, Carlos. Schön, dich zu sehen. Willst du zu mir? ", fragte Sara und nahm ihn wie immer zur Begrüßung in den Arm.
„Eigentlich wollte ich zu Ela." So nannte er sie hin und wieder.„Aber sie ist nicht zuhause, und da ich nun schon einmal hier bin, dachte ich mir, kann ich auch einen Moment warten."
Sara hatte den Eindruck, als wäre er irgendwie bedrückt. Er strahlte nicht so wie sonst und seine kecken Sprüche ließ er auch weg.
„Stimmt was nicht, Carlos? ", wollte Sara unvermittelt wissen.
„Sieht man das? Na ja, ist ja auch kein Wunder. Mein Körper hat meinen inneren Zustand schon übernommen. Eigentlich bin ich mit mir ganz zufrieden ... Es ist nur, mein schlechtes Gewissen gegenüber meinem Vater wird immer lauter und ich kriege einfach keinen positiven Dreh. Ich weiß, es sind nur meine ureigenen Gedanken und ich sollte sie vermutlich in den Mülleimer werfen, aber zum ersten Mal will es mir einfach nicht gelingen. Ich träume nachts ständig von ihm, und immer sehe ich seine Augen, die mich traurig anblicken. Es macht mich ganz kirre. "
„Das wollte ich dich beim letzten Mal schon fragen: Habt ihr denn überhaupt noch Kontakt? "
„Nein, das ist es ja. Ich habe meinen Vater seit der Beerdigung meiner Mutter weder gesehen noch gesprochen, und das ist Jahre her. Anfangs war ich nur damit beschäftigt, wo ich Drogen herkriege. Dann war es wichtig, clean zu werden, und danach, mich langsam wieder aufzubauen. Jetzt spüre ich instinktiv, dass es an der Zeit ist, auch dieses Problem anzugehen. Ich fange an, ihn zu vermissen, auch wenn wir uns eigentlich nie gut verstanden haben. "
„Hast du schon mal mit Eleonora darüber gesprochen? "

„Ja, aber nur kurz, und das ist schon lange her. Wir sind damals zusammen zu dem Ergebnis gekommen, dass ich mich zunächst um mich selbst kümmere. Ich war schwach, ohne Selbstvertrauen und scheute die unmittelbare Konfrontation. Ich wollte ihm gestärkt gegenübertreten können, die richtigen Worte finden und mich nicht in Entschuldigungen ergehen und dafür brauchte ich Zeit. Ela meinte, ich würde wissen, wann es so weit sei. Ich spüre jetzt, dass der Moment gekommen ist, und nun mach ich mir vor lauter Schiss fast in die Hose ", erwiderte Carlos und lachte verkrampft.
Sara setzte sich zu ihm auf die Treppe und konnte nachvollziehen, was in ihm vorging. Er tat ihr unglaublich leid. Welche Worte würden sich finden lassen, damit der Vater ihm vergeben konnte? Sie hatte in diesen letzten Monaten schon sehr viel gelernt und wusste, wie sie ihren negativen Gedanken entgegentreten konnte, die teilweise immer wieder durch ihren Kopf geisterten. Carlos Situation vermochte sie sich allerdings nicht vorzustellen. Solch ein Ereignis, das einen schon in die Tiefe mitreißen konnte, hatte sie gottlob in ihrem Leben noch nicht meistern müssen. Da ihr dazu absolut nichts einfiel, saßen sie einfach nur schweigend nebeneinander. Sara hoffte inständig, nein, sie wusste, dass Eleonora bald kommen und ihm weiterhelfen würde.
Nach einer Weile, es waren vielleicht zehn Minuten vergangen, sahen sie Eleonora um die Ecke biegen. Sie kam direkt auf sie zu, als ahnte sie, dass ihre Anwesenheit vonnöten war.
„Hallo, ihr beiden ", grüßte sie freundlich und sah Carlos an. „Ich nehme an, du wolltest zu mir. "
„Genau, Ela. Du siehst mir sicher schon an, dass ich ein Problem habe, wofür ich keine Lösung finde ", entgegnete Carlos und versuchte, sein spitzbübisches Lächeln einzuschieben, was ihm aber nur mäßig gelang.
„Na, das ist doch nicht schwer zu erraten, deine Augen und deine Körpersprache sprechen Bände. Habe ich lange nicht an

dir gesehen. – Wollen wir zu mir rübergehen oder möchtest du an diesem schönen Sommertag lieber einen Spaziergang durch den Park machen?“
„Ein Spaziergang wäre schön ”, antwortete er und erhob sich.
Sara, die die beiden nicht stören wollte, richtete sich ebenfalls auf. Sie stieg gerade die Treppen zu ihrer Haustür hinauf, als Carlos sagte: „Magst du mitgehen, Sara? Oder hast du schon etwas anderes vor? ”
„Nein, aber ich dachte, vielleicht möchtest du das mit Eleonora lieber allein besprechen. ”
„Weshalb? Ich habe mein Leben mehr oder minder vor dir ausgebreitet und vielleicht kannst du ja auch das eine oder andere zur Lösung beitragen. ”
Noch ehe Sara darauf etwas erwidern konnte, rief Eleonora freudig aus: „Eine sehr gute Idee, Carlos. Sich die unterschiedlichsten Betrachtungsweisen anzuhören ist immer sinnvoll, außerdem trainiert es ungemein. Und ich bin ja auch nicht immer da, wenn es Probleme gibt. Da ist es schön zu wissen, dass ihr euch gegenseitig unterstützt. Also los, Sara, lass uns gehen. ”
Eleonora hakte sich mittig bei ihnen ein, und so schlenderten sie Richtung Park. Sara war richtig gerührt über Carlos Angebot, sie zu begleiten. Seine aufrechte, ehrliche Art, nichts vor ihr verbergen zu müssen, beeindruckte sie ungemein. Sie konnte nicht mit Sicherheit sagen, ob sie umgekehrt den Mut dafür aufgebracht hätte, sich derart zu offenbaren. Aber genau das machte ihn ja auch zu einem ganz besonderen Menschen.
Offenheit gepaart mit Mut, dachte Sara, diese Tugenden kann ich mir bis jetzt noch nicht auf meine Fahnen schreiben. Aber vielleicht ist es das Geheimnis, weshalb manche Menschen auf Anhieb gemocht werden.
„Also, Carlos, dann mal los, was bedrückt dich? Geht es um deinen Vater? ”, unterbrach Eleonora Saras Gedanken.

„Du hast mir einmal gesagt, dass ich spüren würde, wann der Zeitpunkt gekommen ist, das Problem mit meinem Vater zu lösen – und ich habe das Gefühl, es ist nun so weit. "
„Und das ist gut so, Carlos. Es sind viele Jahre vergangen, und ich habe bewusst weder gefragt noch gedrängelt, weil ich es für besser hielt, den Zeitpunkt von dir selber wählen zu lassen. Wir Menschen fühlen es, und dann liegt eigentlich die Lösung schon ganz nahe. Also sag, welche Gefühle für deinen Vater spürst du in dir? "
Sara bemerkte, wie Carlos tief Luft holte, den Kopf schräg nach unten beugte, seine Schultern leicht nach unten schob und beide Hände zur Verstärkung in die Tasche schob. Sara begriff augenblicklich, dass er sich in seine emotionale Position begab. Das hatte sie sich schon beim ersten Mal besonders gut merken können.
„Er fehlt mir. Ich spüre, dass ich mit ihm sprechen muss. Es ist an der Zeit. Ich habe die Trauer über den Verlust meiner Mutter überwunden, und nun spüre ich den Schmerz, auch meinen Vater verloren zu haben. Er ist der noch verbleibende Teil meiner Familie, und ich wünschte, er könnte mir vergeben ", antwortete Carlos, und dabei konnte man das Zittern in seiner Stimme hören. Er war kurz davor zu weinen.
Sara fühlte eine Beklommenheit in sich aufsteigen. Die Idee, mitgekommen zu sein, erschien ihr in diesem Augenblick nicht mehr so gut. In diesem intimen Moment spürte sie wieder die Angst vor Nähe. Es verunsicherte sie zutiefst. Eleonora schien das zu spüren, denn sie sah sie an und streichelte liebevoll Saras Arm, als wollte sie ihr signalisieren, es ist vollkommen in Ordnung, dass sie das fühlte, was sie fühlte.
„Das sind schon einmal sehr positive Voraussetzungen ", erwiderte Eleonora, an Carlos gewandt. „Und was würdest du ihm sagen, wenn du ihm gegenüberstehst? "
Carlos dachte eine Weile nach, ehe er antwortete: „Ich glaube, ich würde ihm versichern, dass es mir unendlich leid tut. Dass

ich damals ein dummer, egoistischer, auf die schiefe Bahn geratender junger Mann gewesen bin und dass ich alles tun würde, um das Geschehene wieder rückgängig zu machen. Aber dass ich es leider nicht kann. Ich würde ihm auch sagen, dass ich Angst hätte, auch ihn zu verlieren; und wenn es eine Chance gäbe, uns langsam wieder anzunähern, dann würde ich diese mit beiden Händen ergreifen. Dass ich heute ein anderer und clean bin und obendrein einen guten Job habe, das sollte er auch wissen. Dass ich weiß, dass meine Mutter es sich wünschen würde, wenn wir wieder das wären, was wir sind, nämlich Vater und Sohn. Und ich würde ihm sagen, dass ich ihn liebe ", presste er die Worte heraus, und in diesem Moment brachen die Dämme. Carlos weinte bitterlich. Er hielt die Hände vors Gesicht und sein ganzer Körper bebte vor lauter Schluchzen.
Sie waren stehen geblieben. Sara wusste nicht, was sie tun sollte, spürte die eigenen Tränen in sich aufsteigen und mühte sich, sie mit aller Kraft zu unterdrücken. Sie schluckte und sah Eleonora mit großen fragenden Augen an.
Eleonora blieb ganz ruhig, zwinkerte ihr lächelnd und aufmunternd zu, streichelte Carlos sanft immer wieder über den Rücken und sagte nur: „So ist es gut, Carlos, lass sie laufen. Sie sind ein Teil von dir und wollen geweint werden. Es ist ein großer Schritt zur Bewältigung.Nichts tut so gut, als wenn man seinen Gefühlen einmal so richtig Luft verschafft. "
Sara wäre am liebsten auf und davon gelaufen. Sie kämpfte mit sich. Schließlich war sie es nicht gewohnt, an dieser Art von Gefühlsausbrüchen teilzunehmen. Es irritierte und verunsicherte sie zutiefst. Mit den Seelenqualen anderer Leute umzugehen fiel ihr besonders schwer. Sie machte grundsätzlich einen großen Bogen um Trauerhäuser im Bekanntenkreis und drückte sich davor so gut es ging. Diese Ohnmacht, nicht helfen zu können, flößte ihr eine unglaubliche Angst ein.

Aber in genau diesem Moment fielen ihr all die Worte ein, die Eleonora ihnen kürzlich zu verstehen gegeben hatte.
„Egal, wie tief jemand trauert, Ängste in sich trägt oder in einer tiefen Krise steckt, es ist für jeden Menschen wichtig, dass es andere gibt, die daran Anteilnahme zeigen. In einem solchen Fall ist es nur wichtig zuzuhören. Oftmals geht es dabei gar nicht um den Zuhörer. Meistens erzählen die Menschen es sich nur selbst. Es sind die Worte, die gesprochen werden wollen. Es entlastet die eigene Seele. Niemand verlangt von euch irgendeine Hilfe, und vor allem kein Mitleid. Wie der Ausdruck schon sagt, ‚ihr leidet mit', und damit ist niemandem geholfen. Mitgefühl zeigen ist etwas vollkommen anderes. Ihr fühlt mit und macht es mit eurer Anwesenheit deutlich. Wenn jemand einen geliebten Menschen durch den Tod verliert, gibt es kaum Worte, die sich dafür finden lassen, und das wird auch gar nicht erwartet. Einfach nur da zu sein und zuzuhören oder auch miteinander zu schweigen spendet Trost. Es zeigt dem anderen, dass er nicht allein ist. Viele Menschen vermeiden leider solche Situationen, teilweise aus Ohnmacht, teilweise aus Angst vor dieser intimen Nähe.
Den Weg des geringsten Widerstands zu wählen ist natürlich leichter. Stille oder bloße Anwesenheit auszuhalten erfordert nicht nur positive Kraft und Mut, sondern verrät uns eine Menge über uns selbst. "
Sara spürte instinktiv, dass es diese Worte von Eleonora waren, die sie daran hinderten zu gehen.
Du kannst nicht immer vor solchen Situationen davonlaufen, ermahnte sie sich. Du behauptest doch von dir, ein mitfühlender Mensch zu sein. Hier ist ein solcher Moment, und jetzt ist der Augenblick, es zu beweisen. Also schmeiß deine albernen Gedanken und Ängste in den Mülleimer und mach dich gerade.
Sie drückte ihr Rückgrat durch, erhob ihren Kopf und blickte Eleonora und Carlos mit verständnisvollen Augen an. Sara

sah Eleonora an, dass sie ihre körperliche Wandlung registrierte, denn sie blickte mit Stolz zurück.
Carlos beruhigte sich allmählich wieder. Niemand sagte etwas. Er nahm das Taschentuch, das Eleonora ihm reichte, wischte sich die Tränen weg und meinte dann lachend: „Nun sieh sich das einer an, ich sitze hier und heule euch die Ohren voll. Wusste gar nicht, dass meine Seele noch Trauer trägt. Aber diese Last bin ich schon mal los, und jetzt kann ich das klärende Gespräch mit meinem Vater suchen. Ich bin bereit. "
„Sehr gut, Carlos", erwiderte Eleonora, „Was, glaubst du, wird er dir antworten? "
„Ganz ehrlich, Ela? – Ich weiß es nicht. "
„Gut. Einmal anders gefragt: Was erwartest du dir von diesem Gespräch? "
Und wieder zuckte er nur die Schultern.
„Weshalb ist dieses Gespräch so wichtig für dich? Geht es dir um Vergebung? Das hieße aber, dass du fest davon überzeugt bist, Schuld auf dich geladen zu haben. Und wenn ja, welche?"
Carlos schwieg immer noch. Es sah so aus, als ginge er die Fragen innerlich nochmals durch, aber offenbar ohne Erfolg, denn er sah Eleonora fragend an.
„Carlos, für dich ist es wichtig zu wissen, was du dir selbst vorwirfst. Erst dann kannst du wissen, weshalb du deinen Vater um Verzeihung bitten möchtest. "
Sara erkannte den Sinn der Fragestellung. Erst wenn man den Zugang und die Gründe zu seinen eigenen Seelenqualen gefunden hat, war es möglich, dem Ganzen zu entkommen. Eleonora versuchte durch diese Art, Carlos zu seinen Antworten zu führen. Carlos und Eleonora nebeneinander in gebückter Haltung, als suchten sie die Antworten auf dem sandigen Boden.

Es schien fast so, als hätte Carlos dort unten die passenden gefunden, denn er sagte plötzlich: „Ich möchte, dass er mir mein Verhalten von damals vergibt. ”
„Sehr gut, Carlos, du differenzierst es. Dir tut dein Verhalten der damaligen Zeit leid. Es geht nur um dieses Verhalten. Dieser Unterschied ist es, der dich nicht als ganzen Menschen infrage stellt “, erklärte Eleonora mit einem Seitenblick auf Sara, um zu sehen, ob auch sie es verstand.
Ja natürlich, schoss Sara durch den Kopf. Es sind zwei völlig unterschiedliche Dinge. Ich sollte in entsprechenden Situationen nicht mit Vorwürfen hantieren, die den anderen komplett kritisieren, sondern darauf achten, nur sein Verhalten, das mir missfällt, zu beanstanden. Wenn nur das Verhalten einer Person angezweifelt wurde, fiel es sicherlich wesentlich leichter, sich dieses auch einzugestehen.
Sara signalisierte mit einer kurzen Geste, dass Eleonoras Botschaft bei ihr angekommen war.
„Und weshalb möchtest du ihn für dein Verhalten um Verzeihung bitten? Deinet- oder seinetwillen?“, kam Eleonora auf seine Feststellung zurück.
Carlos richtete sich auf und in seiner festen Stimme war nun Entschlossenheit zu spüren. „Unseretwillen. Ich glaube, er ist mit der bestehenden Situation genauso unglücklich wie ich. Es ist an der Zeit, dieses Gespräch zu führen.“
„Sehr gut, Carlos”, lobte Eleonora genauso entschieden. „Und mit welchem Ergebnis rechnest du? ”
„Ich hoffe natürlich, auf ein gutes, positives Gespräch. Aber keine Sorge, Eleonora, ich sehe mich nicht in meine eigene Erwartungsfalle tappen, denn ich habe die Lektionen nicht vergessen. Vielleicht ist er noch wütend oder böse auf mich. Vielleicht muss er unser Gespräch auch erst verdauen. Entscheidend ist, dass ich mich von dieser Last befreie, alles Weitere liegt bei ihm.“

Sara war perplex über diese Art der Kommunikation und darüber, wie schnell Carlos eine wirklich gute Lösung gefunden hatte. Es ging überhaupt nicht um Schuld oder Vergebung, sondern einzig und allein darum, dass Carlos diese letzte Hürde um seiner selbst willen nehmen musste. Ob sein Vater nun positiv oder negativ reagierte, darauf konnte er ohnehin keinen Einfluss nehmen. Er würde einen großen Schritt auf ihn zugehen, wie dieser dann damit umging, lag einzig und allein bei ihm. Carlos würde jede Entscheidung ohne Groll in seinem Herzen akzeptieren können. Selbst wenn der schlimmste Fall eintrat und der Vater ihn abweisen sollte, änderte es nichts an dem positiven Ausgang, den Carlos in jedem Fall für sich erreichen würde: die Befreiung der eigenen quälenden Gedanken. Wieder einmal zeigte dieses Erlebnis, welch sinnvolle Richtung das Leben nehmen konnte, wenn die Bereitschaft vorlag, sich diesem ganz zu öffnen.
Sara spürte Dankbarkeit in sich aufsteigen, weil sie an diesen Gedankenspielen und -blitzen hatte teilhaben dürfen. Anfänglich hatte sie die Situation als absolut beängstigend empfunden, umso schöner erschien ihr nun die Auflösung und dass auch sie wieder etwas daraus gelernt hatte.
Welcher Satz war es noch gleich, den Eleonora kürzlich zum Besten gegeben hatte?, überlegte Sara angestrengt. Und schon nach ein paar Sekunden fiel es ihr wieder ein.
„Suchst du eine helfende Hand? Du findest sie am Ende deines Armes."
Carlos hatte sich mehr oder minder selbst geholfen. Er hatte nur die richtigen Denkanstöße benötigt, die Eleonora ihm durch Fragen anbot. Beantwortet hatte er sie sich selbst.
Als sie sich auf den Rückweg machten, rief Carlos, der in der Mitte ging, strahlend aus: „Mädels, ich danke euch. Ihr habt mir beide sehr geholfen."

Auch wenn Sara nichts zu dem Gespräch beigetragen hatte, spürte sie die Ehrlichkeit in seinen Worten. Genau wie Eleonora immer sagte: „Manchmal zeigt auch schon die bloße Anwesenheit eine positive Wirkung. “

Sara ging, wie schon sehr oft, zufrieden nachhause. Sie lernte ständig dazu. Wie wichtig und sinnvoll es war, Mitgefühl zu zeigen und manchmal nur durch körperliche Präsenz Anteil zu nehmen. Zudem hatte ihr Carlos‘ Entschluss gezeigt, etwas tun zu wollen, was in erster Linie seinem eigenen Frieden galt und nicht der Vorstellung eines guten Ausgangs. Vielleicht würde aber gerade angesichts seiner fehlenden Erwartungshaltung genau diese Versöhnung zwischen Vater und Sohn stattfinden. Jeder musste seine eigenen Lösungen finden, im Vordergrund aber sollte der eigene Seelenfrieden stehen. Nur dann war man authentisch. Sara wünschte Carlos von ganzem Herzen, dass die Aussprache ein gutes Ende finden würde, einem inneren Impuls folgend ging sie aber positiv davon aus. Sie spürte in der letzten Zeit immer häufiger, wie sie ihrem Bauchgefühl vertraute, und damit letztendlich sich selbst. Die innere Stimme war lauter geworden, sie lernte hinzuhören und die Gefühle, die in ihr aufstiegen, zu hinterfragen. Sie nahm sich bewusster wahr, außerdem minimierte sich das Chaos, das sie früher ständig im Kopf hatte, täglich. Ihre guten Gedanken konnten automatisch viel leichter fließen. Auch hierin hatte Eleonora wieder einmal Recht behalten. „Wenn dein Kopf immer damit beschäftigt ist, was andere von dir denken, was andere von dir erwarten, oder aber deine Sorgen und Ängste um alles Mögliche kreisen, ist dein wacher Geist nicht in der Lage, zu dir durchzudringen, und zwar aus einem ganz einfachen Grund. Dort oben ist einfach nicht genügend Platz. Wenn du aber deinen gedanklichen Müll, der ohnehin zu nichts führt, eliminierst, wird dein Geistesreichtum all deine wunderbaren, in dir ruhenden Ideen und Aktivitäten auch umsetzen können. ”

Alles lag in ihrer eigenen Hand, das hatte sie begriffen. Sie selbst war der Meister ihres Glücks, auch wenn sie dieses alte Sprichwort jetzt erst wirklich verstand. Es sind nicht andere daran schuld, ob etwas gelingt oder nicht. Jeder sollte für sich selbst die Verantwortung übernehmen, die Hände nicht in den Schoß legen und darauf hoffen, dass schon irgendetwas passieren wird, sondern das Leben selbst gestalten und der Akteur in seinem eigenen Lebensplan werden!

Rollen, die einem nicht gefielen, konnten permanent umgeschrieben werden, das eigene Drehbuch ließ der Fantasie und Kreativität eine Menge Spielraum und unendlich viele Möglichkeiten. Aber man musste auch bereit sein, sie zu nutzen. Sara spürte die ständige Erweiterung ihres Geistes, der gewillt und hungrig auf immer neue Erfahrungen war. Das Leben pulsierte in ihrem Inneren, und sie war gewillt, es mit beiden Armen willkommen zu heißen.

Die nächsten Wochen verliefen wunderbar entspannt und easy. Alles ging ihr leicht und locker von der Hand. Die Arbeit machte Spaß und niemand in der Firma bereitete ihr Kopfschmerzen.

Man höre und staune, sogar Jörgs Neue stellte kein Problem mehr für sie dar. Sara hatte sich verändert und war innerlich froh und glücklich, dass sie nun nach ihren eigenen Vorstellungen lebte. Ihre positiven Kräfte nahmen täglich zu, und sie fühlte die Leichtigkeit, mit der sich ihr Leben füllte. Von Carlos vernahm sie die wunderbare Botschaft, dass er und sein Vater dabei waren, sich anzunähern. Anfänglich war das Gespräch durch Zorn und Wut des Vaters geprägt gewesen, aber Carlos hatte sich davon nicht unterkriegen lassen und ihm erzählt, was ihm auf der Seele lag. Nur zwei Tage später

hatte der Vater angerufen und um ein erneutes Treffen gebeten, bei dem sie dann alles aufgearbeitet hatten, was notwendig war. So siegte am Ende der Teil, den man Familienbande nennt, und damit die Liebe.
Sara freute sich riesig für ihn und auch alle anderen nahmen regen Anteil daran.
Carlos kündigte für den nächsten Freitag seinen Vater an, der Eleonora und den Rest der Truppe unbedingt kennen lernen wollte. Sara, die Bettina schon lange versprochen hatte, sie einmal mitzunehmen, erkannte darin eine gute Gelegenheit. Sie fragte bei den anderen nach, ob dies in Ordnung wäre, und wenngleich sie wusste, niemand würde etwas dagegen haben, war es doch ein schönes Gefühl, wie einhellig alle zustimmten.
Karsten erzählte ihr bei einer zufälligen Begegnung, er hätte eine Idee, aber die sei noch nicht ganz spruchreif. Außerdem wollte er gerne hören, was die anderen davon hielten. Ein paar Meinungen mehr wären ihm herzlich willkommen.
Ich liebe diese gemeinsamen Abende, dachte Sara.
Dieser würde sich wieder ganz anders gestalten, aber genau das machte es jedes Mal spannend. Vater und Sohn vereint zu erleben, Bettina mitzunehmen und die allgemeine Neugierde auf Karstens Geheimnis. Sie freute sich riesig. Ihr waren Maria, Benjamin, Karsten und Carlos inzwischen richtig ans Herz gewachsen. Sie alle waren in ihrer Art sehr unterschiedlich und dennoch bestand über die wichtigsten Details Einigkeit. Ihre Maßstäbe, die sie an Offenheit, Mitgefühl und Ehrlichkeit legten, verband sie miteinander. Sie wollte diese Abende auf keinen Fall mehr missen.
Eleonora war sinnbildlich die Mutter des Ganzen. Sie hatte sie zusammengeführt. Oft hielt sie sich bei diesen wöchentlichen Treffen im Hintergrund, griff nur ein, wenn es galt, ausführlicher zu werden. Sie überließ ihnen die Möglichkeit,

eigene Lösungsvorschläge auszutauschen, und es war faszinierend, wie jeder sich einbringen konnte.
Sara und Benjamin, der durch seine jungen Jahre gerade anfing, seine Eigenliebe und das Selbstbewusstsein zu stärken, profitierten natürlich am meisten von den anderen. Sara, weil sie als Letzte zu ihnen gestoßen war. Von ihrem Küken, wie Benjamin liebevoll genannt wurde, erfuhr Sara beim letzten Mal, dass er Eleonora das erste Mal in der Bücherei getroffen hatte. Er liebte Pferde und las deshalb alles, was er über sie erfahren konnte. Dabei war er mit Eleonora ins Gespräch gekommen. Sie war es, die ihm damals den Floh ins Ohr gesetzt hatte, er solle doch seine Leidenschaft zum Beruf machen.
Dieser Vorschlag sei ihm damals vollkommen absurd erschienen, aber nachdem er sich ein paar Mal mit ihr getroffen hatte, hatte Eleonora ihm die Möglichkeit einer Ausbildung zum Pferdetrainer und Pfleger eröffnet. Sie kannte ein Ehepaar ganz in der Nähe, das ein wunderbares Pferdegestüt besaß und ihn gern bei sich aufnehmen würde. Er sei vor lauter Begeisterung ganz aus dem Häuschen gewesen, habe aber nicht gewusst, wie er es seinen Eltern beibringen sollte. Die hätten ganz andere Pläne mit ihm verfolgt. Er sollte BWL studieren und später dann den kleinen Betrieb übernehmen.
Eleonora fragte ihn daraufhin, ob es denn auch sein Wunsch gewesen sei. Natürlich sei es nicht das gewesen, was er sich für sein Leben vorgestellt hätte, aber die Angst, seinen Eltern ihren Traum zu zerstören, habe er wesentlich stärker empfunden, als seinen eigenen Träumen zu folgen.
Eleonora habe ihm damals sehr ruhig erklärt: „Wer etwas wirklich haben möchte, was er noch nie hatte, wird wohl etwas ganz Neues tun müssen, Benjamin. ”
In den nachfolgenden Gesprächen hatte er allmählich begriffen, was sie ihm damit sagen wollte. Er war immer ein braver

folgsamer Sohn gewesen, nur selten widersprach er ihnen. Dazu war er viel zu schüchtern und wahrscheinlich auch zu feige, aber wenn er wirklich seinen Traum, als Pferdetrainer arbeiten zu können, verwirklichen wollte, dann musste er wohl den Mut aufbringen, ihnen das auch entschieden mitzuteilen. Er war kein Kind mehr und es wurde Zeit, dass seine Eltern das respektierten. Auf dieses Ziel war er dann auch schnurstracks zumarschiert.
Anfangs waren sie überhaupt nicht begeistert gewesen. Aber als er ihnen mit seiner ganzen Leidenschaft erklärt hatte, dass nichts und niemand ihn davon abbringen könnte er würde diese Ausbildung beginnen, mit oder ohne ihre Genehmigung, hatten sie schließlich eingewilligt.
Sie müssen seinen Kampfgeist gespürt haben, betonte Benjamin belustigt und dass jeder Widerstand ohnehin zwecklos gewesen wäre.
„Ich glaube, Sie sahen mich zum erstenmal mit anderen Augen, und ich habe mein neu entdecktes Selbstvertrauen genossen, bei dem ich über mich selbst hinausgewachsen bin. “
Jetzt sei er schon fast ein Jahr auf seiner Farm, wie er sie liebevoll nannte. Es machte ihm riesengroße Freude, und nachdem seine Eltern ihn ein paar Mal dort besucht und gesehen hatten, wie gut er mit Pferden umgehen konnte, waren sie doch sehr stolz auf ihn. Als sein Ausbilder ihnen dann auch noch erzählte, er habe den Eindruck, in ihrem Sohn stecke ein wahrer Pferdeflüsterer, war es komplett um sie geschehen.
Seit diesem Erfolgserlebnis hatte er sich geschworen, in allen Bereichen seines Lebens mutiger zu werden, und er spürte innerlich, dass er auf dem besten Wege dazu war.
Es gab sicherlich noch viel zu tun – aber den seiner Meinung nach größten Brocken hatte er ja schon aus dem Weg geräumt und mit den noch vor ihm liegenden werde er sicherlich auch fertig werden, verkündigte er Sara enthusiastisch und voller

Stolz. Durch ihre intensive Gruppenarbeit habe sich sein mangelnder Mut ganz spielerisch verstärkt.
Ohne Zweifel, dachte Sara, das konnte man seiner ganzen Körpersprache entnehmen. Benjamin sprach so ehrlich über seine Schüchternheit, erklärte ihr in aller Offenheit seine tiefsten Gefühle, dass es Sie in Erstaunen versetzte. Wenn man diesen jungen Mann nicht MUTIG nennen konnte, was in aller Welt war dann Mut? Zu sich selbst zu stehen und sich nicht hinter Barrieren zu verstecken, dazu gehörte schon eine große Portion Selbstsicherheit.
So hörte Sara im Laufe der letzten Monate die Geschichten aller, und sie waren, jede auf ihre Art, wunderschön und mit einem krönenden Abschluss gesegnet. Dieses unsichtbare Band schweißte sie liebevoll zusammen, und es erschien Sara unvorstellbar, jemals ohne einen von ihnen auskommen zu müssen.

Als Bettina sie am Freitagabend abholte, war Sara ein bischen nervös. Wie würden die anderen auf sie reagieren und umgekehrt? Blödsinn, ab in den Müll, da gehört dieser Gedankenfetzen hin. Es stand doch außer Frage, ein Mensch wie Bettina mochte jeder, und Bettina war einer der tolerantesten Menschen, die sie kannte. Außerdem würde Bettina für sich selbst sorgen können. Jeder Gedanke in eine andere Richtung war wieder einmal nur rein hypothetisch. Es war schon erstaunlich, wie sich blödsinniger Gedankenmüll immer mal wieder durch die kalte Küche von hinten einschleichen konnte. Ja aber, lobte Sara sich sofort, wie schnell ich ihn doch mittlerweile entlarve und ausmiste.
So schlenderten beide vergnügt zu Eleonora hinüber. Außer Carlos und seinem Vater waren schon alle versammelt. Sara stellte Bettina den anderen vor und spürte sofort die gegenseitige Zustimmung.

„Und das, Bettina, ist unsere Eleonora. " Der Stolz in Saras Stimme war auch für ihre Freundin nicht zu überhören.
„Sie sind also die Magierin der positiven Kräfte. Ich habe meine Neugier nur schwer im Zaume halten können und bin deshalb sehr froh, dass Sie mein Leiden nun endlich beenden. Es ist gut, jetzt ein menschliches Wesen vor mir zu sehen, dachte ich doch bei all den Erzählungen, Sie seien gar nicht real ", begrüßte Bettina Eleonora auf ihre temperamentvolle und fröhliche Art. „Nicht, dass Sie glauben, ich misstraue Ihren Fähigkeiten, aber Saras positive Entwicklung hat mich doch sehr in Erstaunen versetzt. Ich versuche nämlich schon seit Jahren, sie in dieser Hinsicht zu mobilisieren, es ist mir aber nicht gelungen. Deshalb gebe ich geradewegs zu, dass ich fast schon ein wenig eifersüchtig auf Sie war. " Sie lachte und umarmte Eleonora herzlich.
„Mädchen, du bist nach meinem Geschmack ", erwiderte Eleonora ebenso herzlich, „und deshalb wollen wir das Sie auch gleich wieder vergessen. Sei herzlich willkommen und fühle dich wie zuhause. "
„Wunderbar, endlich jemand, der das leidliche Sie genauso schnell über Bord wirft wie ich", konterte Bettina.
Sara war nicht entgangen, dass Eleonora sie bei Bettinas Bemerkung schelmisch von der Seite angeblickt hatte. Geschah ihr recht, und der Gedanke an ihre eigene blöde „SIE oder Du"-Aktion ließ sie ein wenig erröten, aber sie hatte ihre Lektion gelernt. Sie wusste, dass es nur ihre eigene Identitätskrise war, und aus heutiger Sicht völlig unsinnig. Wie nahe sie einem Menschen kam, entschied sie allein. Ein SIE oder DU veränderte daran rein gar nichts.
Es wurde munter durcheinander geplaudert, und Sara freute sich darüber, wie Bettina mit Witz und Charme alle möglichen Gespräche führte. Ihre Freundin wusste immer, wann der Moment gekommen war, anderen Grenzen aufzuzeigen, aber selbst das tat sie in ihrer ganz eigenen natürlichen Art.

Bettina war in Wahrheit eine sehr in sich gefestigte Persönlichkeit. Sara spürte Stolz über die Freundin in sich aufsteigen.
Als es erneut klingelte, war allen im Raum klar, dass es sich nur um Carlos und seinen Vater handeln konnte. Eleonora ging zur Tür und man hörte die drei munter miteinander plaudern. Eine positive Spannung lag in der Luft, konnten doch bis auf Bettina alle nachvollziehen, welcher Erfolg hinter dieser Begegnung steckte. Als der Vater durch die Küchentür trat, wusste Sara sofort, von wem Carlos diese wunderbar strahlenden Augen geerbt hatte. Dieser groß gewachsene, gut aussehende, stattliche Mann war das Abbild seines Sohnes, nur eben um einige Jahre älter. Die spanische Abstammung ließ sich nicht verleugnen. Seine charmante Art, mit der er alle sehr herzlich begrüßte, wirkte fast wie die eines Aristokraten. Carlos sah man die Freude über den zurückgewonnenen Vater an, er strahlte über sein ganzes Lausbubengesicht, und jeder im Raum, dessen war Sara sich sicher, freute sich mit ihm.
Nach der ganzen Vorstellungsarie erklärte Carlos Vater, sie sollen ihn ebenfalls duzen und Alvaro nennen. Er hatte von seinem Sohn erfahren, dass dies hier üblich sei, und er wollte auf keinen Fall eine Ausnahme bilden. Außerdem gab es ihm das gute Gefühl, in dieser Runde um Jahre jünger zu werden. Er wirkte äußerst sympathisch. Daher konnte Sara kaum glauben, dass zwischen Vater und Sohn über all die Jahre Funkstille geherrscht hatte.
Umso schöner, dachte sie, dass es jetzt endlich zu einem Durchbruch gekommen war.
So saßen sie alle an Eleonoras gemütlichem Holztisch und plauderten über alles Mögliche. Der humorvolle Schlagabtausch zwischen Bettina und Alvaro Mendes war einfach köstlich. Beide schienen sich dabei sichtlich wohlzufühlen.

„Wie ihr sehen könnt ", ergriff plötzlich Carlos das Wort, „ist unsere Vater-Sohn-Beziehung dabei, sich zu normalisieren. Und ich möchte euch sagen, es ist ein wunderbares Gefühl, endlich wieder so etwas wie Heimat oder Zuhause zu fühlen. Es war ein langer Weg, der für uns beide sicher nicht immer leicht gewesen ist. Ich habe eine Menge über mich erfahren, und da ihr meinen chaotischen Lebenswandel aus Erzählungen kennt, wisst ihr, wie dringend erforderlich das war ", sagte er lachend und seine Augen ruhten nun auf Eleonora. „Du bist diesen Weg mit mir gegangen und hast mich zu keinem Zeitpunkt aufgegeben. Du hast in mir Gefühle geweckt, die ich schon längst verloren geglaubt hatte, und mir gezeigt, dass ich erst erwachsen werden konnte, als ich die volle Verantwortung für mich und mein Handeln übernahm. Du hast dich durch mein Selbstmitleid, mein Klagen, meine Wut und meine Ungeduld nicht irritieren lassen, und dass wir heute hier in so vertrauter Runde sitzen, ist mit dein Werk. Ich weiß, meine Mutter wäre mit dem Ergebnis sehr zufrieden. Ela, ich möchte dir von ganzem Herzen danken. " Bei den letzten Worten war er aufgestanden, ging auf Eleonora zu und drückte sie liebevoll an sich.
Alle waren gleichermaßen bewegt, das spürte Sara, und es gab nichts, was sich dazu noch sagen ließ.
Somit nahmen alle, wie Eleonora es ihnen vormachte, diesen stillen Moment des Glücks einfach hin.
„Carlos ", antwortete Eleonora nach einer Weile, „ich war nur der rote Faden, den du in deiner größten Not ergriffen hast. Deine innere Bereitschaft, etwas ändern zu wollen, kam aus dir selbst. Wir zwei sind uns zu einer Zeit begegnet, die reif dafür war. Du weißt doch, nichts geschieht aus purem Zufall. Dich heute hier strahlend und vereint mit deinem Vater zu erleben ist mehr Freude und Glück, als sich in Worte fassen lässt. " Sie blickte kurz in die Runde, ehe sie fortfuhr: „Und du wirst wie ein jeder von euch die positiven Energien wei-

tertragen, zu all den Menschen, denen ihr in eurem Leben begegnen werdet. Ihr alle habt diesen roten Faden aufgenommen. Nun ist es an euch, ihn weiterzureichen; und somit sitzen in dieser Runde schon ein paar Menschen mehr, die den positiven Butterfly-Effekt dazu nutzen, um diese Welt ein kleines bisschen besser zu gestalten. "
Sie saßen alle ganz still da und lauschten ihren Worten. Sara war sich sicher, dass die Gruppe begriff, welcher positive Plan hinter ihren Worten steckte, und ein jeder würde diesen nach bestem Wissen und Gewissen Folge leisten. Ihr selbst war in dieser gemeinsamen Zeit deutlich geworden, wie nötig Mitgefühl in dieser Welt ist und dass in jedem die Möglichkeit steckt, Teil eines großen Ganzen zu sein.
Alvaro ergriff nach der kurzen Stille als Erster das Wort. „Das ist der schönste Appell, den ich je gehört habe; und dem kann ich mich nur anschließen, auch wenn ich gestehe, dass Carlos mir weit voraus ist. Er hat sich in einem Maße geändert, was ich nie für möglich gehalten hätte, und nur seinem Handeln habe ich es zu verdanken, dass wir hier gemeinsam sitzen. Und Gott weiß, wie viel mir das bedeutet. Ich habe große Fehler gemacht. In meiner traurigen Blindheit habe ich das Wesentliche übersehen. Jahrelang hatte ich keinen Sohn, was auf die Verbohrtheit eines alten Mannes zurückzuführen ist, der sich im Recht glaubte. Carlos zeigte mir, was Demut ist und dass Leben viel zu kostbar ist, es mit Trauer, Wut, verletzter Eitelkeit und falsch verstandenem Stolz zu vergeuden. Wir haben uns nächtelang unterhalten, und er erzählte mir von der Liebe, die jeder erst einmal für sich selbst empfinden muss, ehe er andere wirklich lieben kann. Sein soziales Engagement, seine Arbeit mit Jugendlichen zeigen echtes Interesse und sein Mitgefühl für andere“, erklärte Alvaro und suchte nach weiteren Worten. „Mitgefühl, das ich nach dem Tod meiner Frau aus lauter Hass und Wut für niemanden mehr

aufbringen konnte, nicht einmal für meinen eigenen Sohn. Ich spreche hier so ungeschönt und offen, weil ihr die Wegbegleiter der letzten Jahre für ihn wart, und dafür möchte ich euch danken. "

Mit diesem ehrlichen Eingeständnis und der überraschenden Wende des heutigen Abends hatte sicher niemand gerechnet, außer vielleicht Eleonora, denn sie applaudierte voller Freude und sagte dann: „Alvaro, ich bewundere deinen Mut. Es ist nicht leicht, vermeintliche Fehler vor so vielen Menschen offen auszusprechen; und ich sehe mit großer Begeisterung, dass in Carlos mehr von dir steckt, als es dir vielleicht bewusst ist. "

Und dann, wahrscheinlich um diesen privaten Dialog zu beenden, richtete Eleonora die Worte an alle: „Den meisten Menschen fällt es sehr schwer, sich die eigenen Unzulänglichkeiten einzugestehen, aber genau das ist der Schlüssel, das Geheimnis, das zu einer starken, selbstbewussten Persönlichkeit führt. Der Mensch macht Fehler, erst das macht ihn menschlich. Darin liegt aber auch seine Stärke, es das nächste Mal anders und besser zu machen. Erst mit dem Leugnen und Vertuschen wird es zu einem Problem. Die ganze Kraft, die darauf verwendet wird, fließt in die Spirale negativer Energien. Sie dreht sich immer schneller, und mit jeder neuen Lebenslüge nimmt sie an Fahrt zu, bis man irgendwann so damit beschäftigt ist, sich in die eigenen Rechtfertigungen zu verstricken, dass kein Platz mehr für die positiven Aspekte im Leben ist. Viele sind am Ende so verbittert, dass sie die ganze Welt für ihren Misserfolg verantwortlich machen. Dabei übersehen sie jedoch, dass nicht die begangenen Fehler das Schlimmste waren, sondern deren Verleugnung. Wer zu seinen Fehlern aufrichtig und ehrlich steht, ist stark und unabhängig. Er genießt die innere Freiheit, zugeben zu können, ohne dabei um Anerkennung buhlen zu müssen. Carlos hatte den Mut, und wie ihr gerade vernommen habt, wurde er mit dem Respekt und der Liebe belohnt! – So, und damit, denke ich, ist diese emotionale Lehrstunde beendet, wir werden sonst noch viel zu theatralisch ", verkündete Eleonora lachend, „jetzt sind wir doch alle sehr gespannt, was Karsten uns mitzuteilen hat. "

Der Abschluss konnte nicht besser sein. Es gab sicher noch eine ganze Menge, was Vater und Sohn sich zu sagen hatten, aber das gehörte hier nicht hin. Jetzt ruhten alle Augen auf Karsten.

„Also ", begann er, nachdem er sich der Aufmerksamkeit der anderen sicher sein konnte aufgeregt zu berichten, „wie ihr ja wisst, bin ich jemand, der gern mit vielen unterschiedlichen Menschen zusammen ist und sich unter anderen auch mal gern an verschiedenen Musikinstrumenten vergreift. "

„Das ist glatte Tiefstapelei, Karsten", rief Carlos dazwischen, „er beherrscht fast alle Instrumente. Ich habe ihn schon etliche Male spielen gehört und kann nur sagen, er ist verdammt gut. "

„Das kann ich nur bestätigen, und da ich gesehen habe, dass er endlich einmal die Gitarre mitgebracht hat, sieht es fast so aus, als ob wir heute in diesen Genuss kommen sollten ", erklärte Eleonora und alle klopften zur Unterstützung dieser Bitte mit ihren Händen auf den Tisch.

„Na, mal sehen, wenn ihr mich so nett darum bittet. Jetzt aber erst mal die Neuigkeit. Ich habe mich letzte Woche mit meinem Hauswirt sehr nett unterhalten, und während des Gesprächs erzählte er mir, dass ihm verschiedene Häuser gehören, unter anderen auch eins im Viertel. Da mich das Viertel schon immer begeistert hat und ich dort gerne mein Bierchen trinke, habe ich mich natürlich nach dem genauen Standort erkundigt. Er erklärte mir, dass es im Ostertorsteinweg liege und er im Moment dabei wäre, einen neuen Pächter für sein Ladenlokal zu suchen. Der vorherige wollte nach zwanzig

Jahren aufhören. Ich kenne den Laden, ist eine MEGALAGE Und da kam mir spontan die Idee, ob ich das nicht selbst übernehmen könnte. Da ich ein wenig Geld gespart habe, würde ich daraus gerne einen Musiktreff machen. So wie in den Hamburger Klubs, Musiker, die für kleine Kohle gern mal vor Publikum spielen möchten. In der Woche modernes Bistro und Treff für gute Gespräche und am Wochenende Livemusik. Der Besitzer war von der Idee jedenfalls ganz angetan. – Und nun meine Frage an euch: Was meint ihr? "
„Das finde ich super, und falls du Unterstützung brauchst, ich bin dabei ", erklärte Carlos begeistert.
„Aber ist das in der heutigen Zeit nicht ein großes Risiko?", meldete sich nun auch Sara zu Wort. „Was, wenn das nun schiefgeht und du dabei dein ganzes Erspartes verlierst? "
„Aber man sollte seine Träume doch nicht so einfach aufgeben ", erklärte Benjamin, sicherlich im Hinblick auf die eigene Geschichte.
„Sicher, Benjamin, aber in deinem Fall war es nicht mit finanziellen Risiken behaftet ", gab Sara zu bedenken.
„Risiko, welches Risiko? ", fragte Maria erstaunt, „er würde NUR " – und malte dabei zur Unterstreichung zwei Gänsefüßchen in die Luft – „Geld verlieren, wenn es tatsächlich schiefgehen sollte. Geld, das er angespart hat, um sich schöne Dinge erfüllen zu können, oder aber für schlechte Zeiten. Das Musikbistro könnte die Erfüllung seiner Wünsche sein, und darüber nachzudenken, ob es vielleicht irgendwann einmal schlechte Zeiten geben könnte, ist, wie wir alle wissen, rein hypothetisch und damit uneffektiv. Außerdem finde ich diesen Denkanstoß, entschuldige, Sara, kontraproduktiv, da er nach einer selbst auferlegten negativen Prophezeiung klingt. "
„Da kann ich Maria nur beipflichten, Sara ", meldete sich Bettina zu Wort, „wer nicht wagt, der nicht gewinnt; und wenn man Pro und Kontra reell gegeneinander abwägt, ließe sich im Vorfeld sicherlich vieles klären. "

Typisch Bettina, dachte Sara. Ihre Freundin war in dieser Hinsicht überhaupt keine Sicherheitsfanatikerin. Bettina brauchte keinen doppelten Boden. Sie selbst hingegen hatte schon immer das genaue Gegenteil verkörpert. Ihr gingen finanzielle Risiken ganz und gar gegenden Strich.Sie empfand es als totalen Kontrollverlust. Bei diesem Gedanken stutzte sie. Kontrolle schien immer wieder eine zentrale Rolle in ihrem Leben zu spielen.

„Ob etwas gelingt oder nicht, erfährst du erst, wenn du es probiert hast ", durchbrach Eleonora Saras Gedanken, „und mit der selbst auferlegten negativen Prophezeiung hat Maria natürlich Recht. Wenn wir schon im Vorfeld glauben, dass es schiefgehen könnte, trauen wir uns selbst nicht über den Weg. Unser Leben ist das Produkt unserer Gedanken, hat Marc Aurel schon vor zweitausend Jahren gesagt.

Mit dem, was wir denken, steuern wir unser Leben. Bewusst oder unbewusst. Erlernen wir die Fähigkeit, bewusster wahrzunehmen, was wir denken, können wir auch Einfluss darauf nehmen, ob wir diesen Gedanken beibehalten wollen oder nicht. Erfolg oder Misserfolg sind ‚nur' Ereignisse in unserem Leben. Sie ergeben sich aus deinen Zielen und ihrer Verwirklichung. Bist du innerlich davon überzeugt, dein Ziel zu erreichen, wird sich dieser Gedanke auch in deinem Unterbewusstsein manifestieren und du wirst automatisch die dafür notwendigen Schritte tun. Unser Unterbewusstsein macht keinen Unterschied zwischen schon real oder noch in Planung. Für dein Unterbewusstsein ist ein Gedanke Fakt, als wäre es schon geschehen. Ist ein Mensch permanent damit beschäftigt, sich dauernd negative Gedanken über den rein spekulativen Ausgang einer Sache zu machen, sieht sich das Unterbewusstsein gezwungen, dieses auch zur Ausführung zu bringen. Denn so wie der Mensch über sich denkt, handelt er unbewusst, und wir können dann mit aller Wahrscheinlichkeit

davon ausgehen, dass es misslingt“, erklärte Eleonora wieder einmal völlig logisch. „Das Gute an diesem Wissen aber ist, es funktioniert ebenso umgekehrt. Wenn ein Mensch in positiver Art und Weise seinen Fähigkeiten vertraut und jeden noch so kleinen Zweifel ausmerzen kann, wird sein Denken automatisch sein Handeln beeinflussen, und es wird ihm gelingen. Wenn ihr euch Stars wie Bruce Springsteen, Nora Jones oder etliche andere große Künstler anschaut, könnt ihr ganz sicher sein: Diese Menschen haben nie an ihrem Erfolg und ihrem Können gezweifelt. Sicher, manche Dinge dürften auch bei ihnen nicht auf Anhieb geklappt haben, aber sie haben daraus gelernt, wie es besser zu machen war. Sie haben ihren Traum, irgendwann vor dem ganzen großen Publikum zu spielen, zu keinem Zeitpunkt aufgegeben. Ihr Erfolg ist das Produkt ihres Selbstvertrauens und der damit verbundenen positiven Energie. Sie mussten Erfolg haben, zwangsläufig. ”
„Echt beeindruckend, Eleonora ”, sprühte es aus Bettina heraus. „Jetzt verstehe ich Saras Enthusiasmus für euren gemeinsamen Abend. Du verstehst es, die scheinbar unbedeutenden Ansammlungen unserer Gedankenflüsse in einen großen Zusammenhang zu bringen. Dass Körper, Geist und Seele, vereint in Harmonie, Wunder vollbringen können, haben wir alle sicher schon tausendmal gehört, aber dies so einleuchtend erklärt zu bekommen, ist schon klasse.”
„Danke, Bettina, freut mich, dass dir diese Betrachtungsweise gefällt ”, sagte Eleonora, bevor sie sich dann an Karsten wandte. „Und jetzt interessiert uns noch, welches Gefühl du bei der ganzen Sache hast? Bist du von deinem Erfolg überzeugt? ”
„Im Großen und Ganzen schon, aber ich gebe natürlich zu, dass auch ich noch den einen oder anderen Zweifel in mir besiegen muss. Ich übe mich täglich darin, negative Gedanken und hypothetische Hirngespinste in den Müll zu werfen, nichtsdestotrotz habe ich manchmal mit ihnen zu kämpfen.

Die Idee als solche finde ich aber nach wie vor faszinierend und ja, tief in meinem Inneren glaube ich an den Erfolg."
„Wie wäre es ", meldete sich Carlos Vater zu Wort, „wenn ihr die gesamten Kosten, wie etwa Pacht, Umbau, Konzession, Versicherungen etc., grob kalkuliert und dann mit Karstens Ersparnissen gegenrechnet? So bekommt man schnell einen Überblick und weiß, inwieweit sich sein Plan verhältnismäßig risikoarm realisieren lässt. Außerdem bin ich gerne bereit, meine Erfahrungen und meine Beziehungen als Geschäftsmann zur Verfügung zu stellen. "
„Das hört sich doch wirklich genial an. Wir haben hier in Alvora nämlich einen außerordentlich erfolgreichen Partner sitzen", kündigte Eleonora begeistert an. „Und das nenne ich ein absolut viel versprechendes Angebot, das wir unbedingt nutzen sollten. "
Und so begann schon nach kurzer Zeit, nachdem sie alle das Für und Wider abgewogen hatten, der Traum von Karsten mehr und mehr Konturen anzunehmen. Maria kündigte an, sich um die Vertrags-, Behörden- und Versicherungsangelegenheiten kümmern zu wollen. Carlos und Benjamin versprachen, in ihrer Freizeit bei den Umbauarbeiten zu helfen, während Sara sich um die PR des Klubs kümmern wollte. Und selbst Bettina bot an, an den Wochenenden tatkräftig mit anzupacken. Alvora erklärte sich bereit, mit seiner Bank über eine günstige Kreditvergabe zu sprechen, wenn Karstens Mittel doch nicht ganz ausreichen sollten. Alle waren sich darin einig, dass es sich hier um eine kreative Gemeinschaftsproduktion handelte. Es war Karstens Traum und jeder wollte sich an der Verwirklichung beteiligten. Sie spürten alle die Euphorie, die den Raum erfüllte, und es war ein schönes Gefühl, tatkräftig daran teilhaben zu dürfen. Gemeinsam war ihnen der Erfolg sicher.

Nichts geschieht ohne Grund, dachte Sara, die ihre Bedenken bei dieser Ansammlung von positiver Energie mittlerweile längst über Bord geschmissen hatte. Sie sah in die strahlenden, vor lauter Ideen strotzenden Gesichter. Ihre Begegnung war vorprogrammiert. Sie konnten etwas bewegen, Gemeinschaft wahrhaftig leben und diesen Plan Realität werden lassen. Das Schicksal hatte sie zusammengeführt, oder? Sara wendete ihren Blick und sah eine völlig zufrieden dreinblickende Eleonora.
Als sie alles durchgekaut hatten und die Arbeitseinteilungen vergeben waren, holte Karsten wie versprochen seine Gitarre hervor, spielte, sang, was das Zeug hielt, und es dauerte gar nicht lang, da stimmten alle mit ein. Es war ein wunderbarer Abend, wie er besser nicht hätte sein können, und beim Abschied versprachen sie, alle Ideen, Möglichkeiten und Vorschläge aufzuschreiben, die jedem in den Sinn kamen, und nächste Woche mitzubringen.
Sie vergrößerten sich auf angenehme Weise fast von allein, und Bettina war begeistert, ab jetzt mit von der Partie sein zu können, und das sicherlich auch im Hinblick auf Alvora. Sara war nicht entgangen, wie gut die beiden sich amüsierten. Sie kannte Bettina gut und wusste von ihrer Vorliebe für ältere Männer, und da Alvora ein durch und durch attraktiver Mann war, konnte sie es absolut nachvollziehen.
Na, mal sehen, dachte sie, was daraus wohl wird.

Sara hatte sich für den Sonntag mit Eleonora zum Spaziergang verabredet. Sie wollte einmal wieder mit ihr allein sprechen. Nicht, dass es Geheimnisse vor den anderen gab, aber da waren doch noch ein paar Dinge, bei denen sie mit dem schon Erlernten nicht weiterkam, und so bot sich eine wunderbare Gelegenheit. Als Eleonora bei ihr klingelte, stand sie bereits in den Startlöchern und spurtete schnell nach unten. Eleonora sah wie immer lässig und gut gelaunt aus. Diese

Frau schien irgendwie kein Alter zu haben. In ihren Jeans, dem groben, dicken, wollweißen Pullover und den passenden Turnschuhen und mit ihren strahlenden braunen Augen wirkte sie sehr jugendlich, und so fragte Sara sie unvermittelt: „Sag mal, Eleonora, wie alt bist du eigentlich? Du siehst einfach klasse aus. ”
„Oh, danke für die Blumen, Sara. Für mich ist das Alter vollkommen unwichtig. Jeder hat seine eigene innere Einstellung dazu. Aber um deine Neugierde zu befriedigen: Ich bin zweiundsiebzig. “
„Unglaublich ”, sprudelte es aus Sara hervor, „das ist ja Wahnsinn. Wie machst du das? Ich hätte dir nicht mehr als fünfundfünfzig gegeben, und das ist nicht einmal geschmeichelt. Gibt es da ein Geheimnis, von dem ich wissen sollte? ”
„Sara, das ist lieb von dir, aber es wäre auch kein Problem, wenn man mir die zweiundsiebzig ansehen würde ”, erwiderte sie lachend. „Alter ist doch etwas Abstraktes. Der eine ist mit hundert noch jung und der andere mit zwanzig schon alt. Nur die geistige Einstellung ist entscheidend, das ist das ganze Geheimnis. ”
Sara hakte sich bei Eleonora unter, und so schlenderten sie in Richtung Park. Das Wetter war schon richtig herbstlich geworden. Die Blätter der Bäume fingen an, ihre Farben zu wechseln. Bald würden sie ganz kahl und knochig dastehen und darauf warten, dass sie nach dem Winter erneut erblühen können. Der Kreislauf des Lebens, ein immer wiederkehrendes Wunder der Natur.
„Nun, Sara ”, eröffnete Eleonora das Gespräch, „wo drückt der Schuh? “
„Sieht man es so deutlich? Nun ja, du sicherlich ”, gab Sara sich selbst die Antwort und stöhnte deutlich hörbar aus.

„Na, na, na, bei der Tiefe deines Seufzers muss es ja wirklich sehr tragisch sein, und deine Körpersprache spricht leider auch Bände. "
Sara rückte sich ein wenig zurecht, aber es wollte ihr einfach nicht so recht gelingen. „Weißt du, Eleonora, eigentlich geht es mir richtig gut, aber irgendwie spüre ich da auch eine innere Unruhe, und ich weiß überhaupt nicht, weshalb. "
„Das Wort EIGENTLICH spricht schon mal dagegen, dass es dir richtig gut geht. Entweder geht es dir gut oder nicht.
EIGENTLICH, ist eine Aussage, bei der zwar das Positive noch nicht ganz aus den Augen verloren wurde, aber das Negative nichtsdestotrotz schon Einzug gehalten hat. Seit wann spürst du denn diese Unruhe? ", wollte sie wissen.
„In den letzten Tagen fast immer ", erklärte Sara mit leicht wehleidiger Stimme.
„Ooohhh, höre ich da gerade eine riesen Portion Selbstmitleid? " fragte Eleonora mit gespielter Dramaturgie, „ist es wirklich IMMER in den letzten Tagen? " Und griff damit Saras letzten Satz wieder ernsthaft auf.
„Ja, eigentlich schon", gab Sara trotz der Anspielung auf ihrer Wehleidigkeit kleinlaut zu.
„Etwa gestern Abend auch? Du schienst mir bei unserem gemeinsamen Singen ganz fröhlich gewesen zu sein. "
„Na ja, da nicht", musste Sara eingestehen, „das Singen hat richtig Spaß gemacht. "
„Ach, dann wohl vorher bei unseren intensiven Gesprächen über Karstens wunderbare Idee? ", erkundigte sich Eleonora erneut.
Aber auch das musste Sara verneinen. Sie hatte ja selbst regen Anteil daran genommen und war nach anfänglicher Skepsis genauso euphorisch wie alle anderen gewesen.
„Siehst du, Sara, die meisten Menschen benutzen das Wort IMMER leider sehr schnell. Es ist ihnen nicht einmal bewusst. Sätze wie: ‚Das passiert auch IMMER nur mir', oder

‚ich habe IMMER Pech', oder, was auch gerne genommen wird, ‚ich gewinne NIE etwas', oder wie du gerade ‚in den letzten Tagen bin ich fast IMMER unruhig' – und jetzt musst du feststellen, dass es gar nicht so war. Du hast in den letzten Tagen sicherlich viele schöne Dinge erlebt, unter anderem unseren etwas schrägen Gesang", meinte sie und lachte bei der Erinnerung daran. „Das Schlimme daran ist, der Mensch benutzt Worte unbewusst, manchmal aus reiner Gewohnheit; und dadurch ist er innerlich wirklich der Meinung, dass nur ihm IMMER gewisse Dinge widerfahren. Wir gehen mit unseren Worten leider sehr fahrlässig um. Natürlich hat ein Mensch nicht IMMER nur Pech, ihm passieren genauso viele schöne Dinge. Er nimmt sie aber gar nicht richtig wahr. Deshalb habe ich bei dir nachgefragt, weil du erst in diesem Moment wirklich begonnen hast, darüber nachzudenken, und schon spürst du, dass das Wort IMMER vielleicht doch gar nicht passt. Sensibilisiere dich in dieser Richtung. Frage in deinem Inneren nach, wenn du wieder einmal dabei bist, dich zu bemitleiden, ob es denn wirklich IMMER ist oder ob dir vielleicht gerade nur etwas die klare Sicht vernebelt. "
Sara begriff, noch während Eleonora die Sätze sprach, dass es stimmte. Wie oft hatte sie früher in ihrem Selbstmitleid, weil wieder irgendetwas nicht so funktionierte, wie sie es gerne gewollt hätte, geflucht und gesagt: Typisch, das passiert IMMER nur mir, und dabei all die guten Dinge, die ihr gelungen waren, ausgeblendet. Jetzt, durch das Gespräch mit Eleonora, wurde ihr bewusst, dass dieses Klagen ihrem Leben überhaupt nicht gerecht wurde; und so sagte sie nach einer Weile des Nachdenkens zu Eleonora: „Du hast recht, Ela, ich merke es gerade selbst. Ich übersehe in meinen negativen Momenten, wie viel Raum das Positive einnimmt. "
„Dazu war diese Übung gedacht, Sara, und du hast sie verstanden. Das ist sehr gut – und nun können wir uns dem ei-

gentlichen Problem zuwenden: deiner Unruhe, denn die hat sich ja trotz der Erkenntnis nicht in Luft aufgelöst. Ich führe mit dir jetzt einen Dialog, wie du ihn mit ein bisschen Übung selbst führen kannst; und du weißt, dazu ist es notwendig, in eine nach unten gerichtete Körperhaltung zu gehen. Komm, lass uns dort hinten Platz nehmen. "
Beide steuerten auf die vor ihnen auftauchende Parkbank zu und setzten sich. Eleonora, wie immer ein wenig breitbeinig, dazu legte sie ihre Ellbogen auf die Oberschenkel, neigte den Kopf leicht nach vorn und gab Sara ein Zeichen, es ihr gleichzutun. Sara kannte diese Art schon aus den anderen Sitzungen. Anfangs erschien ihr das ein wenig merkwürdig, aber mittlerweile war es zur Normalität geworden. Die daraus resultierenden guten Ergebnisse sprachen einfach für sich.
Als sie so weit war, sah sie Eleonora an und wartete.
„Okay, dann wollen wir mal. Wann hast du die Unruhe in dir zum ersten Mal gespürt? "
Sara überlegte und suchte die Antwort in Inneren. Wann war das gewesen? Nach kurzem Zögern antwortete sie:„Vor ungefähr einer Woche im Büro. Genauer gesagt bei einem Meeting, als wir mit zehn Leuten zusammensaßen. Jörg kam etwas später. Wir besprachen den neuen Werbeetat, den wir von einem unserer Partner bekommen hatten. Ich machte einige meiner Meinung nach sehr gute Vorschläge, die Jörg aber zu missbilligen schien. Er machte so merkwürdige Bemerkungen, die wohl spaßig sein sollten. Ich habe aber jetzt gerade das Gefühl, als habe er mich damit verletzten wollen ", erklärte Sara, erstaunt über ihre eigene Analyse.
Es war tatsächlich so, dass ihr jedes Mal, wenn sie sich in diese Position begab, manche Dinge wesentlich besser auffielen.
„Wie fühlte sich das für dich an? ", fragte Eleonora erneut.
„Ich kam mir irgendwie bescheuert vor. "
„Wie hast du daraufhin reagiert? "

„Überhaupt nicht. Ich habe versucht, es ebenfalls witzig aufzufassen, aber es war nicht witzig. Ich fühlte mich vollkommen unwohl und dieses Gefühl ist bis heute geblieben. Es war nicht IMMER da, wie ich gerade gelernt habe, doch es ist seitdem hin und wieder aufgetaucht, und das gefällt mir gar nicht. ”
„Natürlich gefällt es dir nicht. Ein sehr gutes Zeichen übrigens, “ erklärte Eleonora lobend, „Zeigt es doch, dass du mittlerweile deine Sinne geschärft hast. Du hörst auf deinen inneren Zustand, du nimmst ihn ernst. Aber offensichtlich weißt du manchmal noch nicht, weshalb du dich unruhig fühlst. Und zu diesem Punkt kommen wir jetzt. – Stelle dir die Situation doch bitte noch einmal visuell vor. Welche Möglichkeit hättest du gehabt, um die Situation zu deiner Zufriedenheit zu lösen? ”
Sara dachte angestrengt darüber nach, wie sie anders hätte reagieren können. „Nun ja, ich hätte sagen können, dass ich seine Bemerkung überhaupt nicht witzig finde, aber damit wäre es mir auch nicht besser gegangen, da er mich dann als Mimose abgestempelt hätte. “
„Woher weißt du, dass er es getan hätte; und wenn dem so wäre, wie wichtig nimmst du es, in seinen Augen als Sensibelchen gesehen zu werden? ”
Natürlich, da war es wieder: rein hypothetisch. Sie konnte gar nicht wissen, was er gedacht hat, und selbst wenn, was wäre schlimm daran gewesen, dass er sie so sah? Nichts. Es konnte ihr doch nun wirklich völlig egal sein, was dieser Mann von ihr hielt, und genau so gestand sie es Eleonora auch ein.
„Weshalb mache ich das in bestimmten Situationen noch? Ich weiß doch mittlerweile, dass es bescheuert und unnötig ist, über hypothetischen Kram nachzudenken, und dennoch passiert es ”, gab Sara zu, wütend auf sich selbst. Sie müsste es doch wahrlich besser wissen.

„Ach, " lachte Eleonora auf, „ und jetzt betreibst du gleich eine Doppelbestrafung, indem du wütend auf dich selbst bist. Nicht nur, dass du in der Situation deine Verletztheit in dir ignorierst. Jetzt machst du dich zusätzlich auch noch fertig. Na bravo! Sara, du solltest gütig mit dir und deinen Fehlern umgehen. Du hast schon so viel gelernt. Und wenn es hin und wieder nicht klappt, wo liegt das Problem? Du übst noch, und jedes Mal wird es dir besser gelingen. Denke einmal darüber nach, wie es dir noch vor Monaten ergangen ist und wie sich dein Leben seitdem positiv verändert hat. Also übe dich in Geduld, Geduld für sich und andere ist ein wesentlicher Bestandteil eines glücklichen Lebens ", erklärte Eleonora mit sanfter Stimme. „Und indem du Geduld für dich und andere aufbringst, bist du der Gelassenheit schon einen riesengroßen Schritt näher.

Aber jetzt zurück zu dem Punkt, als du sagtest, du hättest auf Jörgs Bemerkung nicht reagiert, denn daher kommen meiner Meinung nach deine Wut und dein Unbehagen. Du bist nicht sauer auf ihn, sondern in Wahrheit auf dich selbst. Du hast einfach nur stillgehalten, obwohl deine innere Stimme in dir damit nicht einverstanden war. Doch du hast sie ignoriert, einfach beiseitegeschoben. Dass du keine Reaktion gezeigt hast, macht dich wütend, aber in erster Linie auf dich selbst, und genau das hält dich gefangen in deiner Unruhe. Da du nicht wusstest, woher sie kommt, konntest du sie auch nicht auflösen ", erklärte Eleonora und fragte erneut: „Wenn du in diesem Moment etwas auf seine Bemerkung hättest erwidern können, was wäre das gewesen? "

„Hast du ein persönliches Problem mit mir oder mit meinem Vorschlag, Jörg", sprudelte es aus Sara heraus. „Und genau diesen Satz habe ich in der ersten Sekunde auch gedacht, Eleonora – das ist ja das perverse –, und dann wohl aus lauter Angst verworfen. "

„Siehst du, Sara, das ist der Punkt. Du fühlst und denkst das Richtige, traust dich allerdings nicht, es auszusprechen. Stattdessen behältst du es für dich. Eventuell liegen die Gründe dafür in deiner Gewohnheit, da du es dir in den meisten Fällen verkniffen hast oder weil du dich vor der Meinung der anderen fürchtest. Leider wirst du dabei aber deinem eigenen Empfinden nicht gerecht. Du würdigst und respektierst dich selbst nicht – doch wie kannst du dann erwarten, dass es die anderen tun? Nur du allein entscheidest, was du dem anderen erlaubst und was nicht! Dein Gegenüber kann zu dir sagen, was immer er will, inwieweit du es hinnimmst, ist deine alleinige Entscheidung. Verstehst du? "
„Nur allzu gut, Eleonora. Ich habe wieder einmal die Grundregeln meiner Persönlichkeit verletzt. Nicht Jörg, sondern ich selbst. Obwohl ich die Worte in meinem Kopf hatte, habe ich sie ignoriert; und jetzt wundere ich mich darüber, dass ich bei dem Gedanken an diese Situation immer wieder Unruhe verspüre. Hätte ich die Worte ausgesprochen und auch das spüre ich jetzt , wäre alles in Ordnung gewesen. Jörg hätte seine Grenzen aufgezeigt bekommen und ich mich nicht über mich selbst ärgern müssen. "
„Genau so ist es. Du fühlst es und dein Gefühl gibt dir Recht. Fühlen, Sara, das ist das ganze Geheimnis. Fühle, wer du bist und was du bist. In deinem Inneren weißt du es. Dein Kopf versucht nur, dir deine Empfindungen mit komplexen Gedankengängen auszureden. Du hast es dir antrainiert. Dein Kopf übernimmt die Führung und in vielen Situationen mag das auch sehr sinnvoll sein, aber in dem Moment, wo du eine gewisse Unruhe in dir spürst, ist eine Kombination beider erforderlich. Dein Kopf und deine Seele im Dialog. Deine Seele, die dir sagt, was ihr nicht gefällt, und dein Geist, damit er es in Worte fassen kann. Niemand verlangt von dir, dass du im Bruchteil einer Sekunde reagieren musst. Du kannst dir

dabei ruhig ein paar Minuten Zeit lassen. Frage dich innerlich, was dir gerade nicht gefällt, und sage es deinem Gegenüber dann gerade heraus; und selbst dann, wenn die anderen in ihrem Gespräch schon längst vorangeschritten sind, kannst du noch diese Sätze äußern. Selbst Tage später. Es besteht immer die Möglichkeit, denn wenn du es tust, bekommst du deine Würde zurück, und das ungute Gefühl in dir wird sich sofort in Luft auflösen. Erst dann bist du mit dir zufrieden, und nur das ist wichtig! Wenn du es also nicht stehen lassen willst, steht es dir frei, zu jedem Zeitpunkt deiner Wahl zu sagen: ‚Hör mal, Jörg, ich hatte nach deiner Bemerkung das Gefühl, dass du entweder ein Problem mit mir hast oder mit meinem Vorschlag. Liege ich da richtig oder hast du dich nur falsch ausgedrückt?‘ Wenn du es als Frage formulierst, unterstellst du ihm keineswegs, dass es so sein muss. Auf der anderen Seite gibst du ihm, wenn dem doch so sein sollte, klar zu erkennen, dass du es bemerkt hast. Und glaub mir, er wird entweder zurückrudern, weil er sich erwischt fühlt, oder aber beleidigt darauf reagieren. Das wiederum gibt dir die Möglichkeit zu reagieren. Die Übung macht hier den Meister. Wenn es dir gelingt, in einer heiklen Situation Fragen zu stellen, bist du der Akteur. ”

„Das leuchtet mir ein. Wenn ich in einer solchen Situation wie ein Journalist die richtigen Fragen stelle, zwinge ich mein Gegenüber zu antworten ”,versuchte Sara Eleonoras Ausführungen mit ihren Worten zu erklären, „und lasse mich nicht in die eigene Rechtfertigungsschiene drücken.”

„Genau, Sara, denn das würde dich unnötig in die Defensive treiben. Für die meisten Dinge in unserem Leben sollten wir uns nicht rechtfertigen müssen, aber viele Menschen tun dies, ohne dass es ihnen klar ist.

Da sagt zum Beispiel jemand zu dir: ‚Sara unser kleines Sensibelchen.‘ Wenn du jetzt anfängst, deine Empfindlichkeit zu erklären, begibst du dich in eine Situation, die dir abverlangt,

dass du etwas rechtfertigst, was du gar nicht brauchst. Deine Empfindlichkeit gehört dir, nur du entscheidest, was dich verletzt, und niemand sollte dir vorschreiben, wie empfindlich du sein darfst! Steh einfach dazu. Menschen, die einem diese Empfindlichkeit vorwerfen, vergessen dabei, dass es diese empfindsame Ader ist, die ihnen in ihrem Kummer zuhört oder das Mitgefühl entgegenbringt, das gerade benötigt wird", unterbrach Eleonora kurz ihre Ausführungen und vergewisserte sich, ob Sara ihr weiterhin folgen konnte.
„Ein anderer Vorwurf lautet vielleicht, du liebst zu viel, zu tief und zu intensiv. Was heißt das? Können wir zu tief und zu intensiv lieben? Oder kann derjenige, der den Vorwurf erhebt, einfach nur nicht damit umgehen? Handelt es sich vielleicht um die eigene Angst vor dieser Nähe?
Du bist zu impulsiv. Wer sagt das und weshalb? Macht nicht gerade das sein Wesen aus? Wer kann sagen, was zu viel ist und was zu wenig? Wir sollten lernen, die Toleranz für jeden Menschen aufzubringen, ihn so zu respektieren, wie er ist, und diese Toleranz auch bei uns anzuwenden."
Vieles von dem gerade Gehörten hallte in Sara nach. Die einzelnen Situationen, die Eleonora da beschrieb, hatte sie schon zigmal erlebt; und auch sie neigte permanent zu Rechtfertigungen, und dies nur, um sich mit dem Ergebnis noch beschissener zu fühlen. Zuhause wollte sie diese Lektion sofort in ihr Erkenntnisbuch schreiben.
Es wird Zeit, dachte Sara, dort mal wieder intensiv nachzulesen.
„So, Sara, nun sag, wie fühlst du dich damit? " unterbrach Eleonora ihre Gedanken.
„Wesentlich besser. Ich weiß jetzt, woher meine Unruhe kommt und dass ich mir in Zukunft das Recht zubilligen sollte, auf unangebrachte Bemerkungen zu reagieren. Ich werde

mir noch überlegen, ob ich die Situation morgen noch ändere."
„Frag zuhause in aller Ruhe in deinem Inneren nach, ob du es noch benötigst oder ob es ausreicht, den Grund herausgefunden zu haben. Du wirst die Antwort spüren." Und damit erhob sich Eleonora. „Nun lass uns noch eine schöne Runde in dieser herbstlichen Luft genießen und einfach mal gar nicht reden. Geben wir unseren fünf Sinnen die Chance, voll auf ihre Kosten zu kommen."
So schlenderten sie eingehakt und schweigend noch eine Stunde durch den Park. Es tat gut, die Stille zu genießen. Es handelte sich um komprimierte Erklärungen, die Eleonora soeben zum Besten gegeben hatte, und der Geist brauchte die Ruhe, es auch verarbeiten zu können. Häufig dachte Sara, sie könne die vielen neuen Möglichkeiten, die sich ihr boten, gar nicht alle behalten, aber ihr Unterbewusstsein zeigte ihr in den unterschiedlichsten Alltagssituationen, dass die Aufnahme größer war, als sie glaubte.
Damit sie sich immer wieder auf Vordermann bringen konnte, brachte sie das Erlernte zusätzlich sofort zu Papier. Mittlerweile war ihre Kladde schon ganz schön angewachsen, und sie beschloss, all ihre Notizen häufiger durchzulesen. Sie brauchte diese Wiederholungen. Für sie waren diese Trainingseinheiten notwendig. So wie sie ihren Körper fit hielt, ging es hier um Geist und Seele. Ohne Fleiß, kein Preis. Das Schöne daran war, dass es unglaublich viel Freude bereitete. Beim Lesen wurden die vielen kleinen und großen Erfolge nochmals deutlich.
Sie horchte in sich hinein und fragte in ihrem Inneren nach, ob eine Aussprache mit Jörg noch vonnöten war oder ob die Unwichtigkeit den Sieg davongetragen hatte. Es war notwendig, sie spürte es genau. Es genügte ihr nicht, dem Grund ihrer Unruhe auf die Spur gekommen zu sein. Sie wollte die Fronten ein für alle Mal klären. Ihre Seele verlangte danach.

Sie fühlte sich durch seine Äußerung nach wie vor gekränkt. Konnte es nicht so stehen lassen. Sie wollte sich besser fühlen und spürte instinktiv, dass dies durch eine Klärung erreicht würde. Außerdem war es eine wunderbare Übung und er ein willkommener Trainingspartner. Indem sie morgen Jörg seine Grenzen aufzeigte, würde der Erfolg, denn daran zweifelte sie nicht eine Sekunde, automatisch dafür sorgen, dass sie lernte, wesentlich schneller zu reagieren.
Also du bist auf der Welt um zu lernen, sagte sie sich. Hier ist deine nächste Runde.
Natürlich würde es sie Überwindung kosten, das war ihr klar. Aber wenn sie es sich selbst nicht wert war, diesen etwas unbequemen Weg zu gehen, dann spiegelte das nur ihr mangelndes Selbstvertrauen wider. Außerdem gab es einen ganz enormen Vorteil: Sie war innerlich vorbereitet, Jörg hingegen nicht.
Als sie am nächsten Morgen aufstand, achtete sie noch sorgsamer darauf, gut gestylt zur Arbeit zu gehen. Alles sehr dezent, was anderes passte ohnehin nicht, aber doch so, dass es ihr äußerlich wie innerlich ein gutes Gefühl vermittelte. Ein letzter Blick in den Spiegel verriet ihr, dass es perfekt war.
In der Firma angekommen eilte sie auf direktem Wege in Jörgs Büro. Sie wollte das leicht mulmige Gefühl in der Magengegend sofort beseitigen. Gar nicht lange in diesem Gefühl verharren, hörte sie Eleonora sagen, sondern sofort die nötigen Schritte unternehmen. Je eher du Klarheit schaffst, desto schneller wirst du dich wieder topfit fühlen.
„Jörg, kann ich dich kurz sprechen? ", sagte Sara zu Jörg, der an seinem Schreibtisch saß.
Er sah von seinen Notizen auf und entgegnete zuckersüß, „Natürlich, komm rein. "

Wenn du wüsstest, dachte Sara und war sich sicher, dass die freundliche Ader gleich verpufft sein würde. Egal, Augen zu und durch.
Sie setzte sich ihm gegenüber auf den Sessel und brachte sich in eine aufrechte Haltung, leicht zurückgelehnt. Zur Unterstützung legte sie beide Hände auf die Oberschenkel, sodass automatisch dafür gesorgt war, nicht nach vorn zu kippen. Sie musste bei diesem Gespräch unbedingt auf der sachlichen Ebene bleiben und diese Haltung garantierte es.
„Du erinnerst dich an unser Meeting letzte Woche? ", begann Sara und schaute ihm direkt in die Augen. Als er nickte, sprach sie weiter: „Und an deine scheinbar spaßige Bemerkung meines beflügelten Ideenreichtums? "
Sie konnte förmlich spüren, wie er begann, sich unwohl zu fühlen. Er rückte seinen Stuhl zurecht, strich sich mit der Hand durchs Haar, zuckte zur Bestätigung mit den Schultern und sagte knapp: „Und ja, was ist damit? "
Er hatte keinen Schimmer, wohin das führen sollte, und das beunruhigte ihn zutiefst. Auch wenn das alles nur in Bruchteilen von Sekunden vor ihr ablief, registrierte sie dennoch jede kleine Regung, und ihr gefiel absolut, was sie dort sah.
„Kann es sein, dass du dich auf meine Kosten vor den anderen profilieren wolltest? ", stellte Sara ihre nächste Frage.
„Wie kommst du denn darauf? Das war doch nur scherzhaft gemeint", entgegnete er entrüstet, wobei er allerdings jeglichen Augenkontakt vermied.
Erwischt, dachte Sara genüsslich, er weiß genau, worum es geht.
Er wühlte auf seinem Schreibtisch herum, als würde er etwas suchen, aber damit wollte er nur von seinem Unbehagen ablenken. Sara sah ihm immer noch fest in die Augen. Sie veränderte ihre Position nur unwesentlich, und er schien die Lässigkeit zu spüren, die sie mittlerweile empfand.

„Aha, dann ist es ja gut. Falls du aber mit mir oder mit meinen Ideen ein Problem hast, würdest du es mir doch sicherlich sagen, oder? " Der Ton, den sie dabei anschlug, signalisierte ihm in aller Deutlichkeit, einen solchen Fauxpas würde sie nicht noch einmal stillschweigend hinnehmen. Sie lächelte ihn an, aber ihre Augen sprachen eine deutlich andere Sprache.
„Ich versteh überhaupt nicht, was du von mir willst. Du warst ja schon immer sehr empfindlich, aber gut. Nachdem was du durchgemacht hast, sollte ich wohl etwas geduldiger sein ", ruderte er aufgebracht in eine neue Richtung, von der er wohl annahm, er könnte sie damit verunsichern.
„Jörg ", erwiderte Sara, immer noch vollkommen ruhig und siegessicher, „schweife doch bitte nicht vom Thema ab. Es geht hier weder um meine Befindlichkeit noch um deine großmütige Geduld. Ich möchte dich in Zukunft bitten, deine Scherze entweder für dich zu behalten oder sie mit anderen zu teilen. Mein Bedarf daran ist gedeckt! Wäre das machbar? " Und dabei lächelte sie ihn süffisant von der Seite an. Sie sah ihm deutlich an, dass er vollkommen perplex war.
Aber offenbar wollte er ihren Auftritt nicht einfach sang- und klanglos akzeptieren, denn er blieb ihr die Antwort schuldig und sagte stattdessen: „Was ist los, Sara? Ist das deine Art von Rache, indem du mir demonstrieren willst, dass nun, da wir kein Paar mehr sind, ich keine Ansprüche mehr geltend machen kann. "
Sara lachte vergnügt auf. „Jörg, seit wann machen Paare Ansprüche einander geltend. Eine glückliche Beziehung beruht auf Liebe, Vertrauen und Respekt, aber mit Sicherheit nicht auf Ansprüche. Aber das ist ja auch der Grund, weshalb es bei uns fehlschlagen musste. Und Rache, Jörg, nein, Rachegefühle hege ich keine mehr. Heute bin ich dir sogar dankbar, dass du für uns beide diese Entscheidung getroffen hast. Es wäre

auf Dauer ohnehin nicht gut gegangen und wir hätten nur unnötige Zeit vertan."

Sie fühlte sich großartig und die Worte kamen ihr leichtfüßig über die Lippen. „Es geht doch bei unserem jetzigen Gespräch nur um unsere gemeinsame Zusammenarbeit und wie wir in Zukunft produktiv zum Wohle der Firma miteinander auskommen. Deshalb kann es doch deinerseits nicht so schwer sein, mir eine einfache Frage zu beantworten. Also noch einmal: Ist es machbar, dass du deine ironischen Scherze mir gegenüber unterlässt, oder sollte ich mich lieber gleich nach einer neuen Firma umsehen? "

Bei ihrem letzten Satz spürte sie deutlich, dass sie sich sehr weit aus dem Fenster lehnte, aber sie wollte ihm mit Nachdruck zeigen, dass es ihr ernst damit war. Außerdem sagte sie sich, wer nichts riskiert, kann nichts gewinnen.

Jörg war aufgesprungen und fuchtelte wie wild mit den Händen. „Muss ich ab jetzt jedes Wort auf die Goldwaage legen und abwägen, ob ich dir damit wohl zu nahe trete oder nicht? Du bist eine gute Mitarbeiterin, Sara, aber ich lasse mir von meinen Angestellten nicht vorschreiben, wie ich zu reden habe", sagte er so lautstark, dass die Kollegen durch die getönten Glasscheiben zu ihnen herüberschauten. „Und nur weil wir ein Paar waren, heißt das noch lange nicht, dass du hier irgendwelche Sonderrechte genießt. "

Die letzte Bemerkung traf sie nun doch. Sie atmete einmal tief durch, stand ebenfalls auf, sah ihn an und erwiderte: „Richtig, Jörg, ich bin deine Angestellte, die ihrem Chef mit Respekt und dem größtmöglichen Einsatz zur Verfügung steht, aber da die Sklaverei schon lange abgeschafft wurde, kann ich es ebenfalls von dir erwarten. Wenn du dich aufgrund unserer damaligen Beziehung dazu außer Stande siehst, lasse es mich bitte wissen. "

Dann schritt sie langsam zur Tür, drehte sich noch einmal zu ihm um und sagte mit fester Stimme: „Ich gehe jetzt in mein

Büro, um mich dort meiner Arbeit zu widmen, denn dafür werde ich schließlich bezahlt. Von dir erwarte ich, wenn du dich wieder beruhigt hast, um siebzehn Uhr eine Antwort auf meine Frage. Also Jörg, bis dann. " Sie lächelte ihn an und verließ aufrecht, wenn auch mit klopfendem Herzen, sein Büro.
Sie sah in die Gesichter ihrer Kollegen, einige davon starrten sie völlig entgeistert an, andere taten so, als hätten sie die lautstarke Debatte überhört; aber die meisten blickten sie wohlwollend und offen lächelnd an. Es kam schließlich nicht oft vor, das sich hier in der Firma jemand traute, Jörg offen zu widersprechen.
Sie ging an ihren Platz, setzte sich, holte noch einmal tief Luft und sagte dann laut zu sich selbst: „Die Show ist vorbei. Dann wollen wir uns jetzt mal wieder auf den Job konzentrieren. "
Sie war sehr zufrieden mit sich, auch wenn sie sich eingestehen musste, nicht mit diesem Ausbruch gerechnet zu haben. Trotzdem fühlte sie, das Richtige getan zu haben. Darüber hegte sie keinerlei Zweifel, und Jörgs Reaktion zeigte nur noch deutlicher, dass es Zeit wurde, sich nach einem neuen Job umzusehen.
Bei diesem Gedanken hörte sie Eleonora sagen: „Jedes Problem verbirgt in sich schon die Lösung. Sieh die Lösung, nicht das Problem. "
Das Problem lag in der Zusammenarbeit zweier Menschen, die einmal ein Paar waren. Die Lösung hieß Veränderung, und genau darauf sollte sie ihr Augenmerk richten. Diese ironische Bemerkung von Jörg hatte etwas ausgelöst, und auch wenn sie im ersten Moment eine Magenverstimmung verursacht hatte, lag trotz des negativen Touchs darin eine neue Möglichkeit. Die Chance nämlich, tätig zu werden, eine Entscheidung zu fällen, vor der sie sich bis jetzt gedrückt

hatte. Die innere Klarheit konnte erst durch diese Situation geboren werden. Sie wusste, dass in ihr eine gute Werbeassistentin steckte. Sie konnte etliche Erfolge aufweisen und würde mit Sicherheit auch woanders einen Job bekommen. Vor allem einen, der nicht durch eine abgehakte Beziehung vorbelastet war.
Sie würde die Firma verlassen, so oder so, und plötzlich war es gar nicht mehr wichtig, ob und wie Jörg ihr heute am späten Nachmittag entgegentreten würde.
Sie lobte sich innerlich für ihre gute, ruhige Gesprächsführung und ihre Entscheidungsfreude.Sie fühlte sich beschwingt und gut gelaunt. Die Arbeiten an ihrem Schreibtisch liefen wie am Schnürchen. Ihr Mut, zu sich selbst zu stehen, war belohnt worden. Sie spürte förmlich die Liebe in sich wachsen.
Und so sagte sie vor lauter Begeisterung zu sich selbst: „Ja, ich glaube, das ist der Beginn einer wunderbaren Freundschaft. " Vor ihrem geistigen Auge schlenderte sie mit Humphrey Bogart durch die vernebelte Nacht von Casablanca. Sie musste unwillkürlich lachen.

Kurz vor siebzehn Uhr sah sie Jörg lässig auf ihren Platz zukommen. Seine Körpersprache verhieß eine positive Wendung, das konnte Sara deutlich erkennen. Und somit war sie nicht sehr erstaunt, als er zu ihr sagte: „Sara, ich weiß, es ist für dich in letzter Zeit sicherlich sehr schwierig gewesen, und dass du trotz der Beendigung unserer Beziehung geblieben bist, zeigt Größe und Charakter. Ich habe meine Bemerkung wirklich nicht böse gemeint. Dabei ist mir aber wohl entgangen, dass es für dich nicht leicht ist, unter den gegebenen Umständen hier zu arbeiten. Ich möchte mich dafür entschuldigen. Du weißt, ich bin manchmal ein richtiger Idiot. Ich verspreche dir, dass ich in Zukunft auf meine spaßigen Redewendungen achten werde. "

„Ich nehme deine Entschuldigung an, Jörg", erwiderte Sara ruhig, „möchte aber hinzufügen, dass es nichts damit zu tun hatte, dass wir einmal ein Paar waren. Vielmehr habe ich mich dazu entschieden, dass ich in Zukunft derartiges Benehmen von niemandem mehr akzeptieren werde. Diese Zeiten sind gottlob vorbei. Außerdem habe ich nur dein Verhalten kritisiert, nicht dich als Mensch. "
Jörg sah Sara lange und eindringlich an. Es erschien ihr, als wollte er in sie hineinkriechen, um das Gesagte besser verstehen zu können.
„Du hast dich wirklich verändert, Sara, und bitte verstehe mich nicht falsch, ich meine das positiv. Du erscheinst mir wesentlich relaxter, ruhiger und das, obwohl wir uns doch erst vor Kurzem getrennt haben, " er lachte verlegen. „Fast hat es den Anschein, als seiest du froh über diese Trennung, und das macht mich ehrlich gesagt schon ein wenig traurig. "
Dabei sah er aus wie ein geschlagener Hund. Diesen Blick kannte Sara in- und auswendig.
„Jörg, lass mal den Hundeblick stecken. Anstatt darüber froh zu sein, dass ich die von dir beendete Beziehung so gut verkrafte, bist du nun auch noch beleidigt. Kann es sein, dass deine verletzte Männlichkeit gerade mit dir durchgeht? Nach dem Motto: Waren die vier Jahre denn so gar nichts wert? Wie kann sie nach einem Leben mit mir schon nach kürzester Zeit wieder so gut drauf sein? Ist sie vielleicht sogar froh, mich los zu sein? ", sprach Sara mit gespielter Mimik.
Jörg hatte sich in der Zwischenzeit auf ihren Schreibtisch gesetzt und saß in gebeugter Körperhaltung vor ihr. Er befand sich in seiner emotionalen Ebene, bemerkte Sara kurz, deshalb dieser Gefühlsakt.
Nun, mir soll es recht sein, ging ihr durch den Kopf. Diese kleine Genugtuung tat jedenfalls ungeheuer gut, auch wenn es

für sie eigentlich keine Rolle mehr spielen sollte. Aber wie gesagt, eben nur EIGENTLICH …

„Weißt du, Sara, ich wünschte, wir hätten früher begonnen, so miteinander zu reden. Du bist so klug, so schön und außerdem so viel stärker als ich. "

Au Backe, durchfuhr es sie, jetzt steigt er auch noch in die Schleimbeutelbranche ein. Wo will er denn jetzt hin?, dachte Sara amüsiert und musste grinsen.

„In meiner jetzigen Beziehung läuft es auch nicht immer so gut, wie es vielleicht den Anschein hat", fuhr er andächtig fort, wobei er sich vorsichtig nach allen Seiten umschaute, wahrscheinlich aus Angst, man könnte ihn wohlmöglich hören. Dann sagte er leise: „Sie ist so viel jünger und geistig ist sie mir natürlich auch nicht gewachsen. Außerdem geht mir das ständige Ausgehen des Öfteren auf die Nerven.“ Und dann, nachdem er sein typisches Siegerlächeln aufgesetzt hatte, setzte er noch einen obendrauf: „Wenn du mir nur ein klitzekleines Zeichen geben würdest, dass du unserer Beziehung noch eine Chance gibst, ich würde sie sofort ergreifen."

Damit hatte Sara wirklich nicht gerechnet, das konnte unmöglich wahr sein. In den ersten Wochen der Verzweiflung hatte sie gehofft, diese Worte aus seinem Mund zu hören, und nun, da es zu spät war, sprach er sie aus. Und sie, sie war zutiefst erschrocken.

Das ist doch paradox, dachte sie. Sara versuchte, sich augenblicklich zu sammeln. Erste Regel: aufrecht hinsetzen, nur keine Sentimentalität. Sie wusste heute, dass sie als Paar eine absolute Fehlbesetzung waren; aber ihre emotionale Ebene könnte sich wohlmöglich bei all dem Öl, das er gerade über sie ausschüttete, gebauchpinselt fühlen und dabei Gefahr laufen, zu übersehen, was er hier gerade veranstaltete. Das musste sie auf jeden Fall verhindern.

Sie sah ihn lächelnd und sehr ruhig an. „Also, Jörg, wenn ich dich richtig verstehe, möchtest du einen Garantieschein von mir, bevor du deine Affäre beendest. Ein Risiko einzugehen und dann alles für die Rückeroberung zu tun liegt dir ja nicht. Der Weg des geringsten Widerstandes war schon immer dein Lieblingspfad. Ist das nicht sehr erbärmlich, Jörg? Glaubst du ernsthaft, ich wäre der Typ für einen dermaßen niveaulosen Vorschlag? Du solltest mich besser kennen! Offenbar zwingt dich deine Angst vor dem Alleinsein zu derartigen Taktiken, und auch wenn ich mich natürlich geschmeichelt fühle, ändert es nichts an der Tatsache, dass ich wirklich froh bin, dass wir kein Paar mehr sind. Deine gerade vollzogene Handlung bestätigte es nur noch." Und mit weicher, freundlicher Stimme fügte sie hinzu: „Du kannst versichert sein, Jörg, dabei handelt es sich keineswegs um Rache. Es ist gut so. Das Ende unserer Beziehung war vorprogrammiert, es konnte nicht gut gehen, und darin liegt auch der Grund, weshalb ich beschlossen habe, die Firma zu verlassen. Ich kündige zum Quartalsende. "

Sara war selbst erstaunt, wie leicht ihr die Kündigung von den Lippen flutschte. Instinktiv spürte sie die Richtigkeit dieses Entschlusses. Weshalb noch mehr unnötige Zeit verlieren? Sie hegte keinen Zweifel an ihrer Entscheidung.

Jörg allerdings schien es aus den Latschen zu kippen. Er sah sie an wie ein Frettchen, schnappte nach Luft und warf ihr lautstark entgegen: „Das ist nicht dein Ernst? Das kannst du doch nicht machen, nicht jetzt. Ich brauche dich hier. Es ist ohnehin schwierig, gute Leute zu bekommen! Sara, du kannst mich doch nicht im Stich lassen. Wir haben diesen guten Deal mit dem Hundefutter dank deiner guten Idee in der Tasche. "

Dann dachte er wohl, ihm ginge ein Licht auf, denn er fragte: „Willst du mehr Geld? Willst du ein eigenes Büro? Ist es das? Auch kein Problem, daran soll es wirklich nicht scheitern! "

Sara schaute ihn ungläubig an. Sie wusste natürlich, dass sie in ihrem Job gut war, aber dass Jörg sie händeringend daran hindern würde zu gehen, war auch für sie vollkommen neu. Bis vor Kurzem hatte sie noch geglaubt, eine Gehaltserhöhung sei unmöglich, da Jörg ihnen ständig mit den zu hohen Ausgaben und dem viel zu geringen Gewinn die Ohren vollgeheult hatte, und jetzt das.

Nur noch ein weiterer Grund zu gehen, durchfuhr es Sara. Da spielt jemand unehrliche Spielchen mit dir.

Bislang hatte er sie an ihren Erfolgen nicht teilhaben lassen wollen und nur diese Konfrontation förderte es nun ans Tageslicht. Ihre Priorität hatte immer darin gelegen, für eine Firma zu arbeiten, in der Loyalität für beide Seiten gleichwertig war, und so antwortete sie Jörg mit einer Stimme, in der die Entschlossenheit nicht zu überhören war: „Es tut mir leid, Jörg, aber meine Entscheidung ist unumkehrbar. Ich werde gehen, und da ich noch vier Wochen Urlaub zu bekommen habe, werde ich Ende dieses Monats die Firma verlassen. ”

Sie sah die Wut, die Enttäuschung und den aufbäumenden Zorn in seinen Augen. Da sie ihn kannte, wusste sie, dass er das nicht widerspruchslos hinnehmen würde, zumal sie sein grandioses Angebot in den Wind geschlagen hatte. Seine Männlichkeit war zutiefst verletzt, und es gehörte nicht zu seinen Vorzügen, andere Meinungen zu respektieren.

Daher war sie innerlich darauf vorbereitet, als er sie anschrie: „Dann geh doch, ich halte dich nicht zurück! Aber glaube nur nicht, dass du wieder angekrochen kommen kannst, wenn es anderswo nicht klappt. ” Damit stapfte er laut fluchend in sein Büro zurück.

Sara grinste bei den letzten Worten in sich hinein. Wie konnte er nur auf die Idee kommen, dass sie nach seinem derartigen Verhalten auch nur das geringste Interesse haben könnte, irgendwann einmal zurückkehren zu wollen?

„Ja”, sagte sie zu sich selbst, „der Mann leidet wirklich an maßloser Selbstüberschätzung. ” Sie packte ihre Tasche, nahm ihren Mantel und schlenderte vergnügt hinaus.

Draußen an der frischen Luft sah sie in den wolkenverhangenen Himmel, atmete die kühle Herbstluft ein und klopfte sich insgeheim selbst auf die Schulter. Endlich, die Entscheidung war gefallen, gestand sie sich amüsiert ein, Jörg hatte es ihr durch seine großkotzige Art verhältnismäßig leicht gemacht. Heute Morgen hatte der Ausgang dieses Gespräches noch im Ungewissen gelegen, und jetzt, nachdem alles entschieden war, spürte sie eine wunderbare Erleichterung, die sich in ihr ausbreitete. Sie wusste zwar noch nicht, was die Zukunft für sie bereithielt, aber dass es sich dabei um eine Verbesserung handeln würde, fühlte sie instinktiv.
Zuhause angekommen nahm sie sofort den Hörer in die Hand, um Bettina über diesen ereignisreichen Tag zu informieren. Die würde ausflippen vor Freude. Bettina war immer diejenige gewesen, die ihr vehement in den Ohren gelegen hatte, dass es nicht gut war, mit seinem Partner den Arbeitsplatz zu teilen.
Nach dem zweiten Klingeln nahm sie ab.
„Hast du neben dem Hörer gesessen oder erwartest du einen Anruf? ", fragte Sara.
„Hey, Süße! Ja, ich warte auf einen Rückruf, aber das ist jetzt nicht so wichtig. Freue mich doch immer, wenn du dich meldest. Alles so weit okay bei dir? "
„Du wirst es nicht glauben, aber ich habe heute in der Firma gekündigt ", erklärte Sara in enthusiastischem Eifer.
„Ich glaube es ja nicht ", rief Bettina völlig überrascht, „Sara, das ist ja super, endlich hast du es dem Scheißkerl gezeigt. Und wie hat er reagiert? Der war doch bestimmt stinksauer, wie ich den Armleuchter kenne. "
„Natürlich war er sauer, und das Schärfste ist, er hat mir sogar ein eigenes Büro und ne Gehaltserhöhung angeboten."
„Siehste mal, wieder typisch für ihn, auf einmal geht's. Jetzt, wo ihm die Felle wegschwimmen. Der ist doch so erbärmlich.

Aber nun erzähle doch bitte mal ganz von vorn. Weshalb bist du überhaupt auf die Idee gekommen zu kündigen?
Ein Sicherheitsapostel wie du gibt doch nicht einfach seinen finanziellen Schutzraum auf. Was ist passiert? "
Da war es wieder. Sara hatte das Wortspiel „Sicherheitsapostel“ sofort bemerkt. Muss mich bei Gelegenheit mal mit meinem Kontrollzwang beschäftigen, dachte sie. Dann berichtete sie ihrer Freundin mit stolzgeschwellter Brust, dass sie mit ihrer vollzogenen Kündigung bewiesen hätte, diesem Zwang nicht immer zu unterliegen. Sie erzählte ihr jede noch so kleine Regung bis ins Detail. Nichts ließ sie aus und wurde zwischendurch nur durch Bettinas Schadenfreude und die dazu passenden bissigen Bemerkungen unterbrochen. Beide genossen den unglaublichen Spaß und Sara musste sich ständig über Bettinas Randbemerkungen vor Lachen ausschütten. Am Ende waren sich beide darin einig, dass sie sehr stolz auf sich sein konnte.
„Eleonora hat wirklich ganze Arbeit geleistet und es geschafft, bei dir die richtigen Knöpfe zu drücken ", meinte Bettina. „Sie ist schon eine außergewöhnliche Frau, und ich danke dir, dass auch ich sie kennen lernen konnte. Aber wie ich immer sage, nichts geschieht zufällig ... Ich muss dir nämlich auch etwas erzählen." Sie machte eine kleine Pause, holte hörbar Luft und stieß den nächsten Satz schnell und heftig hervor: „Ich glaube, ich habe mich verliebt, Sara. "
Kurze Stille, und in der nächsten Sekunde wusste Sara auch, in wen. „In Alvora, stimmts? "
„Woher weißt du das? Wer hat dir das erzählt? Carlos vielleicht? Aber der weiß es meiner Meinung nach doch noch gar nichts", rief Bettina völlig verdattert aus.
„Nein, den habe ich in den letzten Tagen gar nicht gesehen. Aber was ich gesehen habe, hat ausgereicht, um es mir denken zu können. "

„Echt? So offensichtlich war das? Na ja, du kennst mich eben. Was sagst du dazu, Sara? Ich kann es ja selbst kaum glauben. Seinen Anruf erwarte ich wie gesagt auch. Wir telefonieren täglich mehrmals am Tag. Er ist so witzig und charmant, so cool und doch so weltmännisch. Ach, Sara, ich habe das Gefühl, ich würde schweben ", sprudelte Bettina ihre Verliebtheit heraus.
„Das merke ich gerade. So habe ich dich noch nie von einem Mann sprechen hören. Es hat dich offenbar schwer erwischt und wie sieht es mit ihm aus? "
„Ich glaube, es geht ihm genauso. Er hat ja all die Jahre um seine Frau getrauert, und nun spürt er etwas in sich, was er schon lange nicht mehr gefühlt hat. Und weißt du, was das Verrückte ist, ich hatte noch keinen Sex mit ihm. Jetzt habe ich ein bisschen Muffensausen, dass ich es danach nicht mehr so toll und rosig sehe. "
Das war wirklich etwas ganz Neues für ihre Freundin. SEX war für Bettina der Maßstab aller Beziehungen. Ohne den Typen nicht in dieser Hinsicht auf Mark und Nieren geprüft zu haben, lief bei ihr rein gar nichts, und jetzt diese Kehrtwendung. Sie musste wirklich bis über beide Ohren verliebt sein.
Sara freute sich mächtig für sie. Sie gönnte Bettina dieses neuartige Gefühl von ganzem Herzen, und deshalb sagte sie beruhigend: „Bettina, du machst dir Gedanken über einen Zustand, von dem du nicht wissen kannst, ob er überhaupt eintritt. Du beraubst dich dadurch nur deiner positiven Kräfte. Geh es ruhig an. Überstürze nichts. Bedenke, auch Alvora befindet sich nach all den Jahren auf Neuland. Niemand drängt euch. Werft die Angst über Bord und vertraut euren Gefühlen, überlasst ihnen Kurs und Richtung. Es kommt, wie es kommt. Du weißt doch, es gibt keinen Garantieschein, und

egal, wie das Endergebnis aussieht, es ist in jedem Fall eine Bereicherung deiner eigenen Gefühlswelt. "
„Meine Güte, Sara, so viel Weisheit hätte ich dir gar nicht zugetraut. Du hast Recht, weshalb halte ich mich mit Gedanken auf, die völlig irreal sind, ich sollte mich treiben lassen und die Gefühle einfach genießen. Wahrscheinlich hat man immer erst mal Angst, wenn unbekannte Gefühle in einem auftauchen. Ich für meinen Teil kann jedenfalls sagen, dass mir eine solche Intensität noch nicht begegnet ist. " Kurze Zeit später gestand sie lachend: „Aber anstatt mich darüber zu freuen, mache ich mir vor lauter Schiss in die Hosen! "
„Mann, wie mich das freut, dass du die Hosen voll hast, und das ist keine Schadenfreude, Bettina ", erklärte Sara freudestrahlend, „sondern ein Beweis dafür, wie ernst es dir ist. Liebe ist doch das Schönste, was uns passieren kann; und dass du dich ein wenig davor fürchtest, zeigt doch nur, dass du ihr vielleicht noch nie wirklich begegnet bist. Du bist ein Glückskeks, Bettina, greife zu, mit beiden Händen. "
„Werde ich, Sara, darauf kannst du dich verlassen. Du hast meine Zweifel weggefegt. Ich danke dir fürs Kehren, bist 'ne echte Freundin, und jetzt auch noch so weise. Wow, wer hat das schon? Wie soll ich das nur aushalten. "
„Du wirst es überleben, Bettina. Aber soll ich dir was gestehen? Ich bin selbst beeindruckt über meinen Tiefgang. Habe bis eben nicht gewusst, dass ich so tolle Sachen draufhabe ", sagte sie lachend. „Es ist schon phänomenal, wie viele Kapazitäten freigeschaufelt werden, wenn man den Müll drum herum entfernt. "
„Ich glaube, ich sollte auch einmal damit beginnen. Du, Sara, sei bitte nicht böse, aber Alvora wollte mich noch anrufen, und wenn er ständig ein Besetztzeichen auf der Leitung hat, denkt er noch, er kriegt ne Quasselstrippe zur Freundin. "
„Genau das bekommt er ja auch ", konnte Sara nicht umhin, ihr zu sagen. „Es ist besser, du gewöhnst ihn gleich daran.

"Und in einem gespielt beleidigten Ton fügte sie hinzu: „Aber ich verstehe schon, jetzt, wo die Liebe bei dir Einzug gehalten hat, wird deine beste Freundin abserviert.“
„Blöde Kuh”, konterte Bettina und lachte, „ich ruf dich wieder an. Dicken Schmatz, Süße, und bis ganz bald. ” Und damit hatte sie auch schon aufgelegt.
Sara lächelte in sich hinein. War das schön, Bettina mal so richtig verliebt zu sehen. Sie sah die beiden vor ihrem geistigen Auge miteinander flirten, und dazu konnte sie nur wohlwollend nicken. Die beiden gaben ein schönes Paar ab. Ob Carlos schon etwas wusste? Egal, sie würde es früher oder später ohnehin erfahren. Bettina würde sie auf dem Laufenden halten, das war so sicher wie das Amen in der Kirche.
Nachdem sie sich in ihrer Küche einen Kaffee kredenzt und dabei ihre Beine genüsslich auf den Küchentisch gelegt hatte, ließ sie die vergangenen Stunden Revue passieren. Es war eine Menge passiert. Dieser Tag hatte es in sich gehabt und war mit seiner Fülle positiv verlaufen. Das Getöse von Jörg war nicht unbedingt angenehm, allerdings, gestand sie sich ein, gab es Schlimmeres. Er hatte doch schon immer viel Lärm um nichts gemacht und genau diesem Arbeitsfeld konnte sie bald für immer den Rücken kehren. Welch herrliches Gefühl. Ihr blieben sechs Wochen, um sich nach einem neuen Job umzusehen. Das sollte reichen.
Sie sah hinaus und entdeckte Eleonora am Fenster, die ihre beiden Daumen siegessicher in die Höhe richtete. Woher wusste sie? Nein, überlegte Sara, sie konnte noch nichts wissen. Eleonora ging wohl einfach positiv davon aus, dass ihr Gespräch gut verlaufen war, und damit lag sie mit ihrer Prognose genau richtig. Sara strahlte zurück und streckte die Daumen ebenfalls in die Siegerposition. Eleonora klatschte ihr anerkennend zu, drehte sich kurz um, hielt ihr dann eine Teetasse entgegen und gab Zeichen, ob sie nicht rüberkom-

men wollte. Natürlich wollte sie. Sara nickte eifrig und marschierte los.
Sie wollte Eleonora unbedingt den Werdegang ihres Gespräches erzählen. War es doch auch für sie selbst vollkommen anders ausgegangen als geglaubt. Mal sehen, was Eleonora zu ihrer spontanen Kündigung sagen würde.
So schnell können sich Situationen ändern, dachte Sara und begrüßte es aufs Herzlichste.
„Oh, Ela ", rief Sara aufgeregt schon im Flur – die Haustür war wie immer nur angelehnt gewesen, „du wirst es nicht glauben, aber ich habe doch tatsächlich zum Quartalsende gekündigt und ich fühle mich super gut damit. Es kam einfach über mich und es gab kein Halten mehr. “
„Gratulation, Sara, vor allem zu deinem Mut ", antwortete Eleonora, drückte sie fest an sich und blickte ihr in die Augen. „Es ist in dieser Zeit wahrlich nicht einfach, einen neuen Job zu bekommen. Aber manche Entscheidungen müssen zwangsläufig getroffen werden und haben ihre Ursache. Wenn du dir und deinen Fähigkeiten vertraust und dich davon lenken lässt, wird dein Mut auch belohnt werden. "
Die beiden saßen gemütlich am Küchentisch, und Sara konnte teilweise gar nicht so schnell sprechen, wie ihr die Worte über die Lippen rasten. Ausführlich erzählte sie Eleonora von ihrem Gespräch mit Jörg – und wie sie erhobenen Hauptes sein Büro verlassen hatte und wie unglaublich stolz sie auf sich gewesen war. Sie berichtete von seinem Wutausbruch und den daraus resultierten Auswirkungen. Wie sie plötzlich gewusst hatte, dass es Zeit für etwas Neues wurde. Dass sie sich nur selbst blockiert hätte, wenn sie bliebe, und welche innere Ruhe das Erreichte in ihr ausgelöst hatte.
Als sie fertig war, sah sie Eleonora voller Zufriedenheit an und war gespannt, was sie dazu sagen würde.
„Sara, ich bin sehr stolz auf dich. Du hast deine innere Unruhe zum Anlass genommen, um daraus einen Befreiungsschlag

zu machen. Besser können negative Energien nicht in positive gewandelt werden. Es ist eine echte Glanzleistung. Du kannst zufrieden mit dir sein. Du hast dich vertrauensvoll von deinen inneren Werten leiten lassen, und genau deshalb fühlst du dich jetzt auch so sauwohl damit. "

„Genau so ist es, Eleonora. Mein Gefühl signalisiert mir, dass ich das Richtige getan habe. In den nächsten sechs Wochen werde ich mich ganz bewusst auf neue Arbeitsfelder stürzen und sehen, was dabei auf mich zukommt. "

„Nutze auf jeden Fall dein Umfeld. Sprich mit den anderen über deine Pläne. Streue deine Arbeitssuche in alle Richtungen. Oftmals ergibt sich daraus schon wieder etwas Neues. Eine zusätzliche Möglichkeit bietet dir Alvaro. Er ist eine bekannte Größe in der Geschäftswelt und seine Beziehungen können sicherlich einige Türen öffnen. "

„Was macht Alvaro eigentlich beruflich? ", erkundigte sich Sara neugierig.

„Er hat den kleinen Familienbetrieb seines Vaters, eines spanischen Emigranten, übernommen und ihn sehr erfolgreich ausgebaut. Produkte wie Bodylotion, und so weiter. Also nutze die Gunst der Stunde. Denn du weißt ja ...", und dabei sah sie Sara herausfordernd an.

„... Zufälle gibt es nicht", fiel ihr Sara grinsend wie eine Schülerin ins Wort, die ihre Formel begriffen hatte.

„Richtig, Sara, wie das Wort schon verdeutlicht, es fällt dir etwas zu "

Bevor Sara darauf etwas sagen konnte, wurden beide durch die Türklingel unterbrochen. Eleonora erhob sich und nur Sekunden später vernahm sie Karstens Stimme. Er wollte sicherlich berichten, inwieweit er mit seinem Projekt weitergekommen war. Sie freute sich, ihn zu sehen. Die kleine Gemeinschaft, die sie bildeten, war von Wärme, Interesse und wachsender Freundschaft durchzogen. Ein Gefühl von wun-

derbarer Verlässlichkeit war ohne große Worte einfach zwischen ihnen gereift.
Als er strahlend in die Küche trat und Sara liebevoll umarmte, spürte sie, dass er es ebenso sah.
„Hallo, Zuckerstück ", betonte er, wie immer überschwänglich und mit allerhand Mimik und Gesten versehen, „schön, auch dich zu sehen. Ich brauche jetzt besondere Menschen, denen ich von der neuesten Entwicklung in Sachen Selbstständigkeit berichten kann. "
Er lebte seine Homosexualität jetzt auch nach außen. Seine weiblichen Züge hinsichtlich seines Bewegungsapparates hatten Saras Meinung nach in den letzten Wochen zugenommen. Nicht, dass es unangenehm wirkte, aber es war, im Gegensatz zu früher, klarer erkennbar. Wahrscheinlich musste diese feminine Seite in ihm so lange im Verborgenen leben, dass er es jetzt bewusst ausleben wollte. Man musste ihn einfach mögen. Sein Wesen war durch und durch herzlich. Seine Leidenschaft für Musik und sein Talent zum Entertainment waren absolut bemerkenswert.
„Also ", begann er und sah dabei Neugierde weckend, abwechselnd zwischen den beiden hin und her, „ich habe große Neuigkeiten. Erstens habe ich mich nochmals mit dem Verpächter unterhalten und er wird mir mit der Pacht entgegenkommen. Zumindest die ersten zwei Jahre. Danach sehen wir weiter. Darüber hinaus habe ich mit einigen Brauereien und Getränkeherstellern gesprochen, und auch da ist finanzielle Unterstützung möglich. "
Er führte ihnen die unterschiedlichen Modelle vor, und diese hörten sich wirklich interessant an. Die Ideen sprudelten nur so aus ihm heraus, wobei er wie ein großer Junge aussah, der kurz vor der Verwirklichung eines Traumes stand.
Sara nickte anerkennend, er hatte seine Hausaufgaben gemacht. Er wog die Risiken einer jeden Firma, die sich einbringen wollte, gegeneinander ab. Zielorientiert näherte er

sich dieser auch für ihn neuen Materie, und die vielen Informationen, die er dabei sammelte, ließen die klare Struktur deutlich erkennen.
Als Karsten fertig war, lehnte er sich zurück, verschränkte die Arme und sagte verschmitzt: „Na, ihr zwei Hübschen, nun sagt schon, seid ihr genauso begeistert von mir wie ich? "
„Aber hundert prozentig, Karsten ", stieg Eleonora humorvoll ein. „Wenn du von dir begeistert bist, können wir gar nicht umhin, es ebenfalls zu sein. Deine klare Vorstellung vom Ablauf ist bemerkenswert und zeigt nur allzu deutlich, wie sehr du nicht nur in das Gelingen deines Projektes verliebt bis, sondern auch in dich. Da kann doch gar nichts mehr schiefgehen. "
Und nachdem Sara sich dem nur lachend anschließen konnte, fuhr Karsten fort. Er berichtete voller Stolz, wie Alvaro ihm einen Termin bei seiner Hausbank beschafft hatte und wie freundlich man ihm dort begegnet war. Man habe ihm die Möglichkeit eines Kleinkredites eröffnet, für die Alvaro Mendes bereit gewesen sei zu bürgen. Die Abzahlung würde auf einer Basis erfolgen, von der Alvaro meinte, das sei absolut akzeptabel.
Diese Geste rührte Karsten am meisten. Dass Menschen sich gegenseitig halfen, ohne zu wissen, ob dieses Vertrauen auch gerechtfertigt war, schien in dieser doch kühler werdenden Welt eher ungewöhnlich zu sein.
„Dass der Grund vielleicht darin lag, den verloren geglaubten Sohn zurückgewonnen zu haben, ist nur eine Annahme, aber so weit hätte Alvaro sich trotzdem nicht einzubringen brauchen, und das erfüllt mich mit tiefer Dankbarkeit ", beendete Karsten überschwänglich seinen Satz.
„Da ist sehr schön Karsten ", erwiderte Eleonora leise.
„Aber vielleicht ist es ihm auch ein inneres Bedürfnis", versuchte Sara zu erklären. „Schließlich waren die Menschen um

Carlos herum auch wichtig und notwendig, um sich der Liebe zum Vater bewusst zu werden. Die positive Entwicklung seines Sohnes hat Alvora sicherlich tief bewegt und er möchte seine Dankbarkeit zum Ausdruck bringen. "

„Natürlich ist das möglich, Sara ", entgegnete Eleonora geduldig, „aber der Grund hierfür ist ganz nebensächlich. Er lenkt Karsten nur von seiner aufrichtig empfundenen Dankbarkeit ab. Alvaros Unterstützung galt ihm, und das ohne großes Zaudern, nur das zählt. Karsten geht es darum, dass er es zu würdigen weiß. Dankbarkeit rein und ehrlich zu empfinden, ohne dass die dahinterliegenden Gründe des Helfenden eine Rolle spielen ", erklärte Eleonora einer leicht irritierten Sara. „Dankbarkeit ist etwas, was viele Menschen verlernt haben. Sie nehmen die meisten Dinge ganz selbstverständlich hin und benutzen Alibis, um nicht dankbar sein zu müssen. Da sie glauben, sie begeben sich durch Dankbarkeit in Abhängigkeiten, lehnen sie selbst positiv gemeinte Hilfe oft ab. Dem anderen eventuell etwas schuldig zu sein ist ein Zustand, dem sie, wenn möglich, aus dem Wege gehen. Dabei ist ehrlich gemeinte Dankbarkeit sehr wertvoll. Es sollte natürlich sein, dass wir Hilfe bewusst annehmen und gegebenenfalls selbst zur Verfügung stellen. Und das NUR, weil sie gerade benötigt wird", sagte Eleonora in Saras Richtung. Wahrscheinlich, um ihr die Wichtigkeit dieses Wertes näherzubringen.

„Es verlangt dabei niemand, zum heiligen Samariter oder Mutter Theresa zu avancieren. Für die unmittelbare Hilfe in unserer näheren Umgebung sollte jeder Verantwortung übernehmen. Niemand weiß, wann er einmal Hilfe benötigt. Wenn jeder, natürlich und im Rahmen seiner Möglichkeiten, Hilfe gewährt, wird ihm Hilfe auch selbstverständlich entgegengebracht werden. Was ich damit zum Ausdruck bringen möchte: Wer wahre Dankbarkeit für die vielen oft als selbstverständlich empfundenen Glücksmomente in seinem Leben in sich trägt, dem scheint ein warmes, positives Licht direkt in seine Seele und lässt ihn leuchten. "

Sara und Karsten sahen Eleonora an. Sie bewunderten ihre wunderbare Art, die eigentlich selbstverständlichen Regeln des Miteinanders zu erläutern, ohne dabei den erhobenen Zeigefinger zur Schau zu stellen. Bei ihr wurde deutlich, dass dem menschlichen Wesen, wenn es diesen einfachen Regeln folgte, ein positives, glückliches Leben beschieden war. Erst damit war der innere Frieden wahrscheinlich hergestellt und das Leben folgte seiner Bestimmung. Sie saßen eine Weile schweigend beisammen und jeder genoss auf seine ganz persönliche Weise diesen magisch verzauberten Augenblick.

Sara spürte, welche Bereicherung ihrem Leben widerfahren war. Welch positive Veränderung sich fast täglich an ihr vollzog und dass sie in dieses Gefühl mit jedem weiteren Schritt eintauchte. Sie liebte das Leben, mehr als jemals zuvor. Sie begriff, dass Güte, Liebe und Dankbarkeit immer ein Teil ihres Innersten gewesen waren, sonst wäre die Intensität, in der sie es jetzt erlebte, nicht möglich gewesen. Dass negative Erfahrungen, abgeklärte Gewohnheiten und Mangel an Selbstvertrauen diese nur verschüttet hatten. Etwa so wie bei einem Computer, dachte Sara, auf dessen Festplatte das ganze Leben gespeichert ist, und immer wenn die Taste „Angst, Wut, Eifersucht, Neid, Hass, Selbstmitleid oder andere negative Gefühle" aufgerufen wurde, kombinierte der Hirncomputer es mit allen ähnlich erlebten Situationen. Warf es im Bruchteil einer Sekunde an die Oberfläche, und schon war das Chaos im Kopf perfekt. Je voller die Festplatte, desto langsamer würde die Lösungsfindung. Erst das Löschen der antrainierten negativen Verhaltensmuster oder die Anwendung des Papierkorbes gab den Weg frei für klare Gedankenstrukturen mit eventueller Genialität.

Als Sara an diesem Abend zu Bett ging, betete sie nach langen Jahren wieder einmal zu Gott. Ihre Kommunikationsschwierigkeit lag darin, dass ihr die eigenen Probleme zu belanglos erschienen waren, als dass sie ihn um Hilfe hätte bitten können, und komischerweise wäre sie nur dann auf die Idee gekommen. Viele Menschen neigen wohl dazu, Gott nur dann anzusprechen, wenn sie selbst nicht mehr zurechtkamen. Jetzt aber war es etwas anderes, das spürte sie. Sie wollte sich endlich einmal bedanken für all die Wege, die er bisher mit ihr gegangen war und weitergehen würde.

Die nächsten zwei Wochen vergingen wie im Fluge und Jörg ging ihr in der Firma, wenn möglich, aus dem Weg. Er begriff wohl, dass es nichts zu sagen gab, was sie umstimmen würde. Außerdem war er ohnehin nicht der Typ, der um irgendetwas bettelte. Das erleichterte die Sache für Sara ungemein, und sie war insgeheim froh, dass auf seine Verhaltensmuster Verlass war. In diesem Sinne wurde sie Nutznießer seiner negativen, selbst auferlegten Regeln.
Nichts deutete am Ende des Monats auf ihren letzten Tag hin. Außer ein paar netten Kollegen nahm kaum jemand Notiz von ihrem Ausscheiden. Die Angst, es sich mit ihrem Chef zu verscherzen, schien bei vielen wohl sehr groß zu sein, und so freute sie sich, als sie zum letzten Mal die Stufen der Firma hinabstieg.
Vier lange Jahre lagen hinter ihr. Jahre, in denen sie Erfahrungen sammeln konnte und in denen sie viel dazugelernt hatte. Nun war der Startschuss für einen Wechsel gefallen und die Vorfreude auf das noch Unbekannte verlieh ihr beinahe Flügel. Sie wusste nicht, was kommen würde, und das spielte auch keine Rolle. Dass die Veränderung auch eine große Chance auf Weiterentwicklung in sich barg, davon war Sara mehr als nur überzeugt.

Sie streute, wie von Eleonora geraten, ihre Jobsuche in alle Richtungen. Bei zwei von acht Werbefirmen war sie sofort erfolgreich und sie wurde für die nächste Woche zu einem persönlichen Vorstellungsgespräch eingeladen. Carlos gab ihr die Telefonnummer seines Vaters, da er ihm von der Kündigung erzählt hatte, und Alvaro meinte, sie solle doch mal bei ihm vorbeischauen.
Alle machten sich Gedanken über Saras neue Arbeitssituation, und Karsten schlug ihr vor, wenn gar nichts gehe, bestehe immer noch die Möglichkeit, vorübergehend bei Freunden einen Teilzeitjob zu bekommen. Sara genoss diese Hilfsbereitschaft sehr, und ihr wurde immer bewusster, wie schön es war, so unterschiedliche gute Freunde zu haben. Von Bettina hörte Sara, dass die Beziehung zu Alvaro sich mit jedem Tag vertiefte und dass sie manchmal glaubte, es wäre nur ein Traum. Alles passte, erzählte ihre Freundin euphorisch, sogar der SEX, und das, obwohl sie in diesen Dingen nicht gerade anspruchslos war. Er war aufmerksam, liebevoll und mit einer männlichen Schulter ausgestattet, an der sie sich, nach all den Experimenten, endlich einmal anlehnen konnte, ohne dass dieses als Schwäche ausgelegt wurde. Die einzige Sorge, die über dieser Verbindung lag, betraf Carlos. Noch hatte Alvaro nicht den Mut gefunden, es seinem Sohn mitzuteilen, und auch Bettina fürchtete, das gerade erblühende Pflänzchen der Vater-Sohn-Beziehung könnte durch ihr Eingeständnis Schaden nehmen, und dafür wollte Bettina auf gar keinen Fall verantwortlich sein. Sie war in dieser Gruppe so herzlich aufgenommen worden. Die Vorstellung, dass Carlos ihr mit Verachtung begegnen würde, da er eventuell das Bild seiner Mutter gefährdet sah, war für Bettina untragbar. Sie wusste nicht, wie sie damit umgehen sollte.
Sara verstand die Sorge der beiden, nichtsdestotrotz gab es ihrer Meinung nach keinen anderen Weg, als Carlos so

schnell wie möglich einzuweihen. Es wäre unfair, wenn er es von anderer Seite erfahren würde. Außerdem glaubte Sara nicht daran, dass Carlos damit Probleme haben würde. Er war erwachsener, als sein Vater und auch Bettina ihm das in ihrer eigenen Angst zutrauten. Die letzten Jahre hatten ihn so viel gelehrt, dass selbst dann, wenn diese Nachricht vielleicht im ersten Moment einen Stich bedeuten würde, er in der Lage war, den Auslöser dafür zu entlarven und zu einem positiven Ergebnis zu kommen.
Bettina beruhigte Saras Sichtweise ganz erheblich, und so versprach sie, Alvora von diesem Gespräch zu erzählen. Sollten sich seine Bedenken nicht ausräumen lassen, meinte Sara, dann gäbe es immer noch die Möglichkeit, mit Eleonora darüber zu sprechen. Sara war sich sicher, dass sie Alvaro die unterschiedlichen Möglichkeiten verdeutlichen konnte und wie wenig Sinn es machte, sich durch die eigene Angst vor Konsequenzen nur heimlich zu treffen.
Sara nahm sich jedenfalls vor, Alvaro nicht vorwegzugreifen. Es war nicht an ihr, es Carlos mitzuteilen. Allerdings fühlte sie sich in ihrer Rolle auch nicht besonders wohl, und so hoffte sie inständig, dass diese Heimlichkeit bald ein Ende finden würde. Ihr Gespräch mit Alvaro wollte sie erst danach führen, sie spürte instinktiv, dass sie sich damit wohler fühlte.
Da es ihre Zeit erlaubte, tüftelte sie mit Karsten an der Namensfindung für sein Musikbistro und an den verschiedenen Werbestrategien. Es machte ihr unglaublich viel Freude. Karstens Humor und seine Art, sich selbst auf den Arm zu nehmen, lehrte Sara, wie schön und leicht das Leben sein konnte, wenn man sich selbst nicht immer ganz so ernst nahm.
Maria erledigte nicht nur den ganzen Behördenkram, sondern auch die Vertragsformulierung und leistete dabei ganze Arbeit. Innerhalb kürzester Zeit war alles erledigt und den Umbaumaßnahmen stand nun nichts mehr im Wege. Nicht nur in

dieser Hinsicht war Maria ein reines Naturtalent. Strukturen zu finden und auszuarbeiten seien schon immer eher Ansporn als Arbeit gewesen, betonte sie in ihrer fröhlichen Gelassenheit.

Karsten war zwischenzeitlich mit einer Brauerei einig geworden, und da diese über erfahrene Gastronomieplaner verfügte, wurden die ersten Entwürfe auf Papier gebracht und begutachtet, verbessert, verworfen, begutachtet, verbessert und schließlich von ihm genehmigt.

Die Eröffnung sollte im Februar des nächsten Jahres stattfinden. Der Oktober war gerade zu Ende gegangen und dreieinhalb Monate sollten, wenn nichts Gravierendes dazwischenkam, reichen. Am Wochenende wollten sich alle in Karstens „Zukunft", so sollte sein Lokal hoffnungsvoll heißen, treffen und gemeinsam beim Entkernen helfen.

Wer hätte geglaubt, dachte Sara, dass Kastens Traum so schnell auf seine Vollendung zurasen würde. Aber, hielt sie inne, selbst bei mir ist doch in den letzten Monaten unglaublich viel passiert, wovon ich vor einem halben Jahr noch gar nicht wusste, dass ich auf eine solch positive Entwicklung zusteuern würde.

Ihr abruptes, dramatisches Beziehungsende war der Beginn eines vollkommen neuen Lebensgefühls geworden. Die Qualität hatte sich schlagartig verändert und entpuppte sich als wahres Elixier, von dem sie gar nicht genug bekommen konnte.

Mit Eleonora traf sie sich jetzt fast täglich. Ihre Spaziergänge wurden ein wunderbares Ritual, auf das Sara nur ungern verzichtete. Die Gespräche waren immer bereichernd. Egal, worum es sich drehte. Der messerscharfe Verstand und ihr Einfühlungsvermögen in alle möglichen menschlichen Schwächen verliehen ihr den Hauch des Mystischen. Eleonora lebte mit sich und der Welt im Reinen. Sie war ein Mensch, der

Toleranz, Mitgefühl, Güte, Liebe und Dankbarkeit aus vollster Überzeugung lebte, ohne auch nur in geringster Weise unterwürfig zu wirken. Ihre starke Persönlichkeit bemerkte jeder in der ersten Sekunde und Sara erinnerte sich noch sehr gut an ihr erstes Aufeinandertreffen.

Einmal erzählte Eleonora, dass jedes Baby, das diese Welt betritt, mit einem funkelnden Kristall vergleichbar sei.

„Das Licht, das ein jeder ausstrahlt, ist einzigartig und unvergleichlich. Aber durch Erziehung, Erlebnisse, Erfahrungen und antrainierte Verhaltensmuster sammelt sich bald Staub darauf, bis irgendwann das Licht nicht mehr durchscheinen kann. Es schimmert zwar noch leicht, aber das wunderbare Leuchten ist erloschen, und so sehen sich die Menschen dann irgendwann selbst. Im glanzlosen Grau – und mit der passenden Portion Selbstmitleid wirken sie dann auch genau so auf ihre Mitmenschen. Sie vergessen mit der Zeit, was sie waren, und auch, dass in ihnen genügend Mittel vorhanden sind, um den Schmutz zu entfernen, damit er wieder so einzigartig funkelt wie bei der Geburt."

Eleonora war ein solcher Kristall, und für Sara stellte sich die Frage, wann und ob auch sie regelmäßig putzen musste.

In den vielen Gesprächen mit ihr erfuhr Sara, dass sie kinderlos geblieben war, häufig ihren Standort gewechselt hatte und finanziell unabhängig war. Aber was in Eleonoras Leben eigentlich wirklich alles geschehen war, das wusste Sara nicht, und immer wenn sie wieder einmal in dieser Richtung nachhakte, antwortete Eleonora: „Mein Leben ist bis heute ein schönes Leben gewesen überall und nirgends , oben und unten, festhalten und loslassen. Mit dem meisten kann ich sehr zufrieden sein, und sollte es dennoch einmal Grund zur Klage gegeben haben, scheint es mittlerweile so weit weg und unwichtig zu sein, dass ich es längst vergessen habe. Wir leben doch im Hier und Heute, Sara, also weshalb über Vergangenes sinnieren. Die Vergangenheit ist unwiederbringlich vorbei. Sie liegt hinter mir. Ich trage sie als wertvolle Erfahrung in meinem Herzen. Mein Leben gehört ganz und gar der Gegenwart."

Sara vernahm die klare Entschlossenheit in Eleonoras Stimme, und es machte keinen Sinn, sie weiter zu bedrängen, nur um die eigene Neugier zu befriedigen. Dass Sara dennoch gern mehr erfahren hätte, ließ sie ungesagt.

An einem dieser Nachmittage fragte Eleonora sie ganz unverhofft: „Na, was sagst du zu den beiden? "

Sara wusste sofort, auf wen sich die Frage bezog. Ob Alvaro mit ihr gesprochen hätte, wollte Sara wissen.

„Nein, es war Carlos, der mir davon erzählt hat. Sein Vater war wohl ein wenig in Sorge, wie sein Sohn damit umgehen würde. Gestern hat er die Angst überwunden und es ihm mitgeteilt. Carlos war zuerst sehr überrascht; ihm war gar nicht aufgefallen, dass die beiden sich gegenseitig anziehend fanden. Im ersten Moment fühlte er sich mit dem Gefühl überfordert, dass seine Mutter verdrängt werden würde. Aber da er schon so gut in sich gefestigt und trainiert ist, ist es ihm in kürzester Zeit gelungen, das Ganze in positive Bahnen zu lenken. "

„Genau das habe ich auch zu Bettina gesagt. Ich war davon überzeugt, dass Carlos angemessen reagieren würde. Aber ich bin schon froh, dass es raus ist. Mir wäre es gar nicht recht gewesen, Carlos länger belügen zu müssen ", erklärte Sara.

„Weshalb glaubst du, Carlos belügen zu müssen? ", fragte Eleonora erstaunt.

„Weil Bettina meine beste Freundin ist und ich nichts tue, was sie nicht möchte. Auf der anderen Seite mag ich Carlos wirklich sehr. Er ist mittlerweile ein wichtiger Bestandteil meines Lebens geworden, und ihn anzusehen und diese Beziehung verleugnen zu müssen hätte mich schon belastet. "

„Moment, Sara, da gibt es aber einen großen Unterschied. Eine Information, die dir anvertraut wird, nicht weiterzugeben, ist keine Lüge. Erst wenn du direkt danach gefragt wirst und es dann verleugnest, macht sie zu einer solchen."
„Ja, aber wenn Carlos im Nachhinein gehört hätte, dass ich es schon wusste, könnte er mir das schon vorwerfen."
„Höre ich da gerade einen hypothetischen Gedankenfaden?", stellte Eleonora lachend fest, ehe sie fortfuhr: „Ich sehe keinen Grund, weshalb Carlos das hätte tun sollen. Und von welchem Vorwurf sprichst du? Dass du von deiner besten Freundin etwas erfährst und es nicht als deine Aufgabe ansiehst, es weiterzutragen? Weshalb ist das für dich ein Problem? ", wollte Eleonora wissen.
Sara bemerkte sofort den Denkfehler, dem sie aufgesessen war, und so äußerte sie schnell: „Ich merke es gerade selbst, Eleonora. In dem Moment, als deine Fragen kamen, wurde mir klar, erst wenn ich es zum Problem mache, wird es für mich auch eins. Wenngleich ich zugeben muss", betonte Sara verunsichert, „dass es mir schwerfällt, diese Dinge auseinanderzuhalten. "
„Doch nur weil du glaubst, allen gerecht werden zu müssen", erläuterte Eleonora. „Das liegt aber nun einmal nicht in deiner Macht. Dem Einzigen, dem du gerecht werden kannst, bist du und dem eigenen Anspruch. Wenn es für dich in Ordnung ist, eine Information für dich zu behalten, dann ist es deine alleinige Entscheidung, und niemand kann dir daraus einen Vorwurf machen. Ebenso wenig, wenn du der Meinung bist, es nicht zu können, da deine Gründe hierfür schwerer wiegen. Es geht dabei immer nur um dein seelisches Gleichgewicht. Du solltest dich mit deiner Wahl, welche es auch immer sein mag, wohlfühlen. Andernfalls werden Schuldgefühle, unnötige Rechtfertigungen oder auch Wut auf die Person, von der du glaubst, sie hätte dich zum Schweigen genötigt, von dir Besitz nehmen. Diese negativen Gefühlswellen sind überflüs-

sig, und die sollte sich jeder ersparen! Dass es möglich ist, hast du in verschiedenen Situationen ja schon selbst ausprobieren können. "

„Stimmt, " erwiderte Sara, „aber wie du gerade gesehen hast, unterliege ich in solchen Momenten manchmal meinen eigenen Vorgaben. "

„Das ist doch nur natürlich. Wer mit dem mentalen Training beginnt, braucht nicht anzunehmen, dass dieses immer und überall funktioniert. Die vielen antrainierten Lebensweisen, die dazu führten, dass sich negative Gefühle aufbauen konnten, sind nicht in null Komma nichts verschwunden. Sie müssen durch andere, positivere Verhaltensweisen ersetzt werden, was ein ständiges Training vorraussetzt. Aber das tägliche Training führt automatisch zu immer schnelleren Ergebnissen, mit denen du dich wesentlich wohler fühlst; und damit wirst du dem einzigen Menschen gerecht, dem du gerecht werden kannst – dir selbst. Du bist authentisch und ganz du selbst."

Sara wusste, sie musste weiterhin am Ball bleiben, denn die unbewussten Handlungen und Gedankengänge waren die Auslöser für derartige eigens verursachte Probleme. Erst wenn sie sich dieser Gedanken bewusst wurde, konnten sie daran gehindert werden, weiter zu rotieren.

Sie hatte nicht bemerkt, dass sie durch Bettinas Enthüllung automatisch in ein schlechtes Gewissen gegenüber Carlos gerutscht war und sich dadurch unwohlgefühlt. Wäre ihr klar gewesen, dass sie sich selbst da hineinmanövrierte, wäre ihr der Ausstieg ebenso schnell gelungen. Sie hätte nur für sich akzeptieren müssen, dass es in Ordnung war, wenn ihre beste Freundin einen Menschen brauchte, dem sie sich anvertrauen konnte. Es war unnötig zu glauben, Carlos wäre darüber beleidigt.

Erstens waren die Gedanken rein hypothetischer Natur, und zweitens, wenn dem so gewesen wäre, dann hätte sie dies auch nicht ändern können.
Sie war sich sicher, dass ihr noch viele solcher Irritationen bevorstanden, aber mit jeder weiteren Auflösung schaffte sie wieder Platz auf ihrer Festplatte. Lernen konnte auch richtig Spaß machen, es kam immer nur darauf an, wie erfolgreich es war.

Erfolg versprechend verliefen auch die beiden Bewerbungsgespräche. Sie war gut vorbereitet dorthin gegangen. Innerlich sehr ruhig vertraute sie bei beiden Gesprächen ihrem Bauchgefühl. Ihr wurde sehr schnell klar, dass sie instinktiv einer der beiden Firmen den Vorzug gab. Die Chemie schien einfach besser zu stimmen. Die Leiterin machte einen sehr natürlichen, sympathischen Eindruck, und dass es sich dabei um eine Frau handelte, gefiel Sara nach Jahren der Männerdomäne unglaublich gut. Sie bewegten sich auf einer Wellenlänge, und das passierte bekanntlich ja nicht so häufig. Sara erbat sich eine kurze Bedenkzeit, und damit zeigte man sich einverstanden. Sie wollte sich zumindest noch mit Alvaro treffen, ehe sie sich endgültig entschied.
Als sie am nächsten Tag zu der angegebenen Adresse ins Gewerbegebiet fuhr, war sie erstaunt darüber, wie groß seine Firma zu sein schien. Ein imposantes Glasgebäude erstreckte sich vor ihr. Über der breiten Eingangstür stand in großen Edelstahlbuchstaben der Name „Nuella Beauty".
Natürlich kannte Sara diesen Namen, benutzte sie doch selbst einige Produkte. Dass diese Firma hier ansässig war, hatte sie nicht vermutet, und Alvaro damit in Zusammenhang zu bringen wäre ihr nie in den Sinn gekommen. Ja, Eleonora hatte etwas von Kosmetikartikeln erzählt, aber diese Größenordnung hatte sie mit keinem Wort erwähnt. Typisch Eleonora,

sie würde ohnehin nur fragen: „Ist das wichtig, Sara? ", dachte sie lächelnd.
Als sie den Eingangsbereich betrat, der sich gläsern bis in die letzte Etage erstreckte und wo sich links und rechts chromverglaste Aufzugskabinen in die Lüfte schwangen, konnte sie immer noch nicht glauben, dass Alvaro hier der Chef des Ganzen war. Geschmackvolle Ledersessel in Cognac gruppierten sich um den oval geformten klassischen Empfangsbereich. Die dicken cremefarbenen flauschigen Teppiche unter ihnen gaben dem kühlen Marmorboden eine behagliche, angenehme Atmosphäre.
Eine junge Frau im Office-Bereich lächelte sie freundlich an und fragte, ob sie helfen könne. Sara erzählte von der Verabredung mit Herrn Mendes, und man teilte ihr mit, dass dieser oben im 6. Stock schon auf sie warten würde. Sie nahm nach der kurzen Wegbeschreibung eine der gläsernen Kabinen und ließ sich völlig geräuschlos hinaufbefördern. Sie hatte bis eben nicht gewusst, dass ihre mittlere Kleinstadt mit so etwas Edlem aufwarten konnte.
Oben kam ihr Alvaro, der wohl schon von ihrer Ankunft unterrichtet worden war, strahlend entgegen. Sein Lächeln war mit dem von Carlos identisch. Die jungenhafte Erscheinung ließ sich trotz des klassischen Anzugs nicht verleugnen. Sara konnte Bettinas Verliebtheit durchaus verstehen, und sie wusste insgeheim, dass es ihr ebenso hätte passieren können. Sie stand zwar nicht auf ältere Männer, aber Alvora bildete da schon eine bemerkenswerte Ausnahme.
Hör auf, ermahnte sie sich. Du möchtest einen Job, keinen Mann. Jedenfalls nicht im Augenblick.
„Hallo, Sara, ich freue mich sehr, dass du gekommen bist", begrüßte sie Alvaro mit freundschaftlicher Miene, als würden sie sich schon ewig kennen; und verrückterweise kam es ihr beinahe auch so vor. Er küsste sie in seiner südländischen Art

links und rechts auf die Wange, hakte sich bei ihr unter und bugsierte sie in sein Büro.
„Alvaro, ich weiß gar nicht, was ich sagen soll, ich wusste bis eben nicht, dass du der Chef dieses großen Unternehmens bist. Carlos und Eleonora haben nichts davon erwähnt. ”
„Na Gott sei Dank, dass sie damit nicht hausieren gehen. Ich mag es lieber, wenn man mich als Mensch wahrnimmt und nicht als Unternehmer. Was Carlos betrifft, bin ich stolz, dass er in dieser Hinsicht keinerlei Allüren hat, aber das ist der Erziehung seiner Mutter zu verdanken. Sie war eine schöne, intelligente und unglaublich natürliche Persönlichkeit, der es sehr wichtig war, Carlos so normal wie möglich aufzuziehen. Sie hat ihm zwar, auch nachdem er damals in die Krise geraten war, hier und da etwas Geld zugesteckt, aber nie in dem Ausmaß, wie sie es hätte tun können. Dafür bin ich ihr nach wie vor sehr dankbar. So, jetzt aber Schluss mit den alten Geschichten“, winkte er ab. „Ich habe von Carlos gehört, du suchst nach neuen Aufgaben? ”
„Richtig, Alvaro, ich habe aus persönlichen Gründen bei meiner alten Firma gekündigt. Wie heißt es doch so schön: Wir hatten unüberwindbare Differenzen ”, erzählte Sara lachend, „außerdem habe ich das Gefühl, es wird Zeit für etwas Neues.”
„Das kenne ich gut. Stillstand wäre mein Tod”, erwiderte Alvaro. „Ich liebe Veränderungen. Das macht das Leben so spannend. ”
Sie waren längst in seinem Büro, einem sehr geschmackvoll eingerichteten großen Raum, angekommen. Die vielen Fenster ließen eine angenehme Helligkeit hereinfluten. Sara machte es sich auf dem Sessel vor seinem Schreibtisch gemütlich. Alvaro versorgte sie zwischenzeitlich mit Espresso und Gebäck, ehe er ebenfalls Platz nahm.
Sara legte ihre Mappe mit den Bewerbungsunterlagen auf den Tisch. Sie wusste zwar noch nicht genau, was Alvaro ihr vor-

schlagen wollte, aber sie hatte sie vorsichtshalber mitgenommen. Jetzt, da sie sah, welche Größe er in der Geschäftswelt darstellte, konnten seine Kontakte wirklich sehr interessant für sie sein.

„Ah, ich sehe schon, du hast etwas mitgebracht. Ich nehme an, dort ist dein Werdegang aufgeführt ", ergriff Alvaro das Wort und zeigte auf ihre Unterlagen. „Vorbereitet zu sein ist immer gut. "

„Ja, Carlos hat mir nicht gesagt, in welche Richtung unser Gespräch laufen würde, und deshalb ...Wie du siehst, habe ich alles dabei. "

„Wie wäre es, wenn dir meine Mitarbeiterin unseren Betrieb zeigt. In der Zwischenzeit lese ich deine Unterlagen durch, damit ich mir ein Bild darüber machen kann, welche Möglichkeiten es gibt. Ich habe da nämlich eine Idee, die mir schon länger im Kopf herumgeistert. "

„In Ordnung, das ist eine schöne Gelegenheit, einen solch großen Betrieb einmal in Augenschein nehmen zu können", antwortete Sara und erhob sich.

Alvaro lächelte, drückte auf den Knopf der Sprechanlage und bat eine Frau Schimanski in sein Büro, die nur wenige Minuten später erschien. Alvaro stellte sie einander vor. Es handelte sich um eine Dame mittleren Alters, und sie schien eine Frohnatur zu sein, denn nachdem Alvaro ihr erklärt hatte, mit welcher Aufgabe er sie betreuen wollte, sagte sie verschmitzt: „Wunderbar, Chef, Sie wissen, wann ihre Lieblingssekretärin eine Auszeit vom Computer braucht. Kommen Sie, Sara, begleiten Sie mich, bevor er es sich anders überlegt und mir wieder Berge von Schreibkram auf meinen Tisch legt. "

Alvaro lachte bei der Bemerkung auf. Er schien es gewohnt zu sein, das seine Bürofee ihn hin und wieder auf den Arm nahm. Schmunzelnd nahm er Saras Mappe in die Hände und begann augenblicklich darin zu lesen.

Er ist sicher ein guter Chef, dachte Sara. So wie seine Sekretärin mit ihm spricht, herrscht hier bestimmt ein gutes Betriebsklima.
Somit machten sich die beiden Frauen auf den Weg. Fr. Schimanski erklärte ihr detailliert jeden einzelnen Schritt, vom Labor bis hin zu den Abfüllanlagen, die bis zum Endprodukt nötig waren. Es war beeindruckend, und dass sie es aus erster Hand zu sehen bekam, war eine feine Sache. Allein hierfür hatte sich der Ausflug gelohnt. Schließlich bekam man selten die Gelegenheit, so hautnah an der Herstellung der Cremes teilzunehmen, die man sich auf seinen Alabasterkörper schmierte.
In der Stimme von Frau Schimanski schwang der ganze Stolz mit, den sie für diese Firma empfand. Sara vermutete, dass sie schon viele Jahre hier tätig war. Es dauerte sage und schreibe fast eine ganze Stunde, ehe sie zurück in Alvaros Büro begleitet wurde. Sara bedankte sich für die nette Führung und setzte sich erneut auf ihren Platz.
Alvaro legte ihre Unterlagen beiseite und sagte: „Ich bin beeindruckt, Sara, du hast eine Menge Erfolge aufzuweisen. Ich kenne all diese Produkte, die du vermarktet hast, und dass der Slogan für Fensterglas „Bei uns behalten Sie den Durchblick" von dir ist, zeigt Qualität. "
„Danke ", antwortete Sara knapp. Sie war es nicht gewohnt, dass ihre Arbeiten so positiv bewertet wurden.
Jörg hatte grundsätzlich mit Lob gegeizt. Er war wohl der Meinung, dass die Angestellten dadurch vielleicht auf die Idee einer Gehaltserhöhung kommen könnten. Dass es nicht immer nur um Geld ging, würde er nie begreifen.
„So, Sara, und nun will ich dich nicht länger auf die Folter spannen ", begann Alvaro das Gespräch. „Normalerweise vertraue ich die Vermarktung unserer Produkte Fremdfirmen an, aber in letzter Zeit ist immer wieder der Gedanke aufgetaucht, doch selbst eine eigene Werbeabteilung im Hause zu

gründen. Durch die Vielfalt der unterschiedlichsten Produkte würde sich eine solche Investition auf Dauer rechnen und die schnellere Entscheidungsmöglichkeit der Vorschläge und Entwürfe spräche ebenso dafür. Außerdem ist Unabhängigkeit ein großer Aspekt. Wenn es nur irgendwie geht, liebe ich es, vom Beginn bis zur Fertigstellung eines jeden Produktes alles in der Hand zu haben", erklärte er. „Als mir Carlos von deiner Jobsuche erzählte und ich dich in der schönen Runde bei Eleonora ja schon ein wenig kennen lernen durfte, dachte ich, es sei vielleicht ein Wink mit dem Zaunpfahl. "

„Das heißt, du suchst jemanden für deine eigene Firma?", sagte Sara erstaunt. „Ich bin bislang davon ausgegangen, du wolltest eventuell deine Beziehungen für mich spielen lassen."

„Wenn dir das lieber wäre, ließe sich in dieser Richtung natürlich auch etwas machen. Meine Kontakte sind weit verbreitet, aber nachdem ich mir deine Unterlagen angesehen habe, bin ich selbst auch sehr interessiert. "

„Nun, ich muss zugeben, dass ich ein wenig überrascht bin. Damit habe ich nicht gerechnet. Aber ich gebe zu, es hört sich interessant an", gestand sie und fügte hinzu: „Ich habe zwar noch einen anderen Interessenten in der Tasche, aber ich würde mir dein Angebot natürlich sehr gerne anhören."

Also begann Alvaro, ihr seine Vorstellungen zu unterbreiten. Er würde ihr gern die Leitung dieser kleinen hauseigenen Werbefirma übertragen. Zwei Assistenten sollten sie dabei unterstützen, die Auswahl bliebe ihr überlassen. Im Großen und Ganzen hätte sie freie Handlungsfreiheit und nur er wäre ihr direkter Vorgesetzter. Das Gehalt bewegte sich deutlich über dem der von ihr favorisierten Firma und auch die Arbeitszeiten waren besser. Urlaubs- und Weihnachtsgeld gehörten selbstverständlich dazu.

Sara erschien das Ganze so unglaublich, dass sie nach dem Haar in der Suppe suchte. Bettina, schoss es ihr durch den Kopf. War sie der Grund für dieses überaus gute Angebot?
Da sie ihn aber weder verletzen noch etwas unterstellen wollte, benutzte sie die erlernte Fragetechnik. „Alvaro, ich habe gerade das Gefühl, du machst mir dieses Angebot, weil ich die beste Freundin deiner Freundin bin? Stimmt das oder irre ich mich? "
Er errötete leicht beim Erwähnen von Bettinas Namen und lächelte sie verlegen an.
Wie süß, dachte Sara, er scheint genauso verliebt zu sein wie sie. Nichtsdestotrotz war die Antwort für sie wichtig. Sie wollte in dieser Hinsicht keine Gefälligkeit.
„So habe ich es noch gar nicht betrachtet, Sara. Schon möglich, dass auch dieser Aspekt unbewusst mit einfließt, aber das ist nicht meine Hauptmotivation. Als Carlos mir erzählte, was du beruflich machst, dass du darin sehr gut bist und eine Veränderung ansteht, war der Gedanke einer eigenständigen Werbeabteilung schon längst gereift. Es fehlte mir nur noch der letzte Anstoß, und da schien es mir logisch, dich anzusprechen. Du willst einen neuen Job und ich möchte einen vergeben. Ich finde, es ist die perfekte Kombination, um einem Bedarf gerecht zu werden. "
Mit dieser Antwort konnte sich Sara zufriedengeben. Dass er die Möglichkeit nicht ausschloss, auch seine Beziehung zu Bettina könnte da mit hineinspielen, war in Ordnung. Dass aber die anderen Aspekte bedeutender waren, schien ihr verständlich und logisch.
Sara holte einmal tief Luft und sagte ehrlich: „Nun ja, ich gebe zu, dein Angebot ist sehr verlockend. Ich möchte es nur noch einmal in Ruhe überschlafen. Ist das in Ordnung? Wenn meine Entscheidung steht, gebe ich dir umgehend Bescheid. "
„Das ist in Ordnung, Sara, lass dir Zeit. Jetzt kommt es auf ein paar Wochen mehr oder weniger auch nicht mehr an. Ich

möchte dir aber noch von einer anderen Idee erzählen, die ich eventuell in deine Arbeit, sofern du zusagst natürlich, einfließen lassen möchte, " erklärte Alvaro.
Aha, jetzt kommt der Haken, dachte Sara und ging automatisch in ihre HABACHT-POSITION. Aber nur wenige Sekunden später schleuderte sie diesen Gedanken schnurstracks in den Müll. Reine Spekulation und überflüssig. Ich hatte nur versehentlich den falschen Knopf gedrückt, gestand sie sich ein, und schon spürte sie in der nächsten Sekunde ihre innere Gelassenheit zurückkehren. Es war schon toll, wie schnell sie es nun bemerkte und wie flink sich die Situation verändern ließ, wenn man die Mechanismen kapierte.
„Also, Sara ", begann Alvaro, „ich habe, nachdem glücklicherweise mein Sohn in den Schoß der Familie zurückgekehrt ist, überlegt, was ich denn tun könnte, um meinen Beitrag des Dankes zu leisten. Und da kam mir folgende Idee: Ich möchte ein Produkt auf den Markt bringen, dessen Einnahmen ausschließlich auf ein Sonderfondskonto fließen. Dieser Fond soll zur Unterstützung von Jugendlichen eingesetzt werden, die durch ihre Drogenabhängigkeit nicht so viel Glück hatten wie Carlos. Das Marketing dieses Produktes müsste werbewirksam sehr gut platziert werden, damit genügend Geld für den Fonds zur Verfügung steht. Denn es soll keine kurzfristige Angelegenheit werden, sondern eine Dauereinrichtung. Was meinst du, Sara, traust du dir das zu? "

Sara war hin und weg. Sie fand die Idee nicht nur fantastisch und sinnvoll, sondern es verschlug ihr schlicht den Atem.
Dass Alvaro sich dermaßen ins Zeug legte und es nicht nur als einmalige Spende verstehen wollte, zeigte die große Herzenswärme dieses Mannes. Er liebte seinen Sohn über alles und sah darin eine Möglichkeit, anderen jungen Menschen eine Chance zu bieten, zurück ins Leben zu finden. Sie war

zutiefst berührt. Für ein solches Produkt Werbung machen zu dürfen und dafür auch noch ein Gehalt zu bekommen war mehr, als sie je zu träumen gewagt hatte.
Sie sah Alvaro beeindruckt an und die Worte sprudelten begeistert heraus: „Alvaro, die Idee ist einfach umwerfend, und wenn ich bis vor ein paar Minuten noch geglaubt habe, noch etwas Zeit für meine Entscheidung zu benötigen, so weiß ich jetzt, dass dies genau der Job ist, den ich will."
Und so ging sie unversehens auf ihn zu, reichte ihm zur Besiegelung die Hand und sagte: „Alvaro, ich bin deine neue Werbestrategin. "
„Das freut mich wirklich, Sara. Ich bin überzeugt, dass du die Richtige für diesen Job bist ", erklärte er strahlend, und dabei kam wieder der große Junge zum Vorschein.
In der nächsten Stunde besprachen sie die üblichen Modalitäten und einigten sich darauf, dass sie zum nächsten Ersten beginnen sollte. Innerlich sprühte Sara nur so vor kreativen Ideen, die mit dieser Aufgabe verbunden waren, und sie hätte am liebsten sofort begonnen. Doch Alvaro erklärte ihr, dass noch einige Umstrukturierungen nötig seien, damit auch die passenden Räumlichkeiten dann zur Verfügung standen.
Als er sie zum Ausgang begleitete, war sie überglücklich, nahm ihn zum Abschied in den Arm und sagte: „Alvaro, ich danke dir für dein Vertrauen und verspreche dir, dich nicht zu enttäuschen. "
„Davon bin ich überzeugt, Sara. Carlos hat dich als einen feinfühligen, intelligenten und sehr begeisterungsfähigen Menschen beschrieben, und ich sehe, er hat vollkommen Recht. Willkommen im Team. "
„Danke ", erwiderte Sara gerührt und war schon fast an der Tür, als sie Alvaro hinter sich sagen hörte: „Und mit Bettina meine ich es wirklich ehrlich. Sie ist eine wunderbare Frau, mit so unglaublich viel Humor und Temperament. Ich habe es

nicht für möglich gehalten, dass ich mich noch einmal verlieben würde. ”

Sara nickte ihm lächelnd zu und war überzeugt davon, dass jedes Wort aus tiefstem Herzen kam. Allein die Tatsache, dass er ihr versicherte, Bettina sei kein Spiel für ihn, machte ihn zu einem ganz besonderen Mann, und Sara räumte dieser Verbindung eine gute Chance ein.

Auf der Rückfahrt erklang im Autoradio der Song „What a wonderful World “ spürte instinktiv, dass dies kein Zufall war, und so sang sie heiter den Text mit.

Ja, dachte sie, die Welt ist wunderschön, wenn man sie mit liebevollen, gütigen Augen zu sehen vermag. Es ist nicht alles gut und richtig, was auf Erden passiert, aber ein positiver Mensch kann mit seinen Mitteln mehr erreichen als jemand, der nur pessimistisch und zynisch in die Zukunft sieht. An Alvaros Beispiel wird deutlich, was der Mensch zu bewegen vermag, wenn er nur bereit ist, mit seinen Möglichkeiten die Dankbarkeit für die schönen Aspekte in seinem Leben positiv zum Ausdruck zu bringen, dachte Sara. Und plötzlich sah sie im nächsten Moment ihre Eltern vor ihrem geistigen Auge auftauchen. Sie war sich des Appells aus ihrem Unterbewusstsein sicher. Es war an der Zeit, sich selbst einmal für alles bei ihnen zu bedanken. Sie nahm sich vor, gleich nach ihrer Rückkehr einen langen Brief an ihre Eltern zu schreiben. Normalerweise telefonierten sie gelegentlich miteinander, und die Initiative ging leider, wie Sara soeben bemerkte, meist von ihnen aus. Sie wohnten fünfhundert Kilometer entfernt im Süden Deutschlands und die Besuche fielen daher eher selten aus.

Als Einzelkind war der elterliche Wunsch, die Tochter näher bei sich zu haben, mehr als verständlich, aber wie das Leben manchmal spielt, hatte sie das Studium in den hohen Norden

verschlagen. Sie hatte sich hier auf Anhieb wohlgefühlt, und so war sie eben geblieben.
Ihr Vater würde in zwei Jahren in Pension gehen, und da ihre Mutter nur einem Teilzeitjob als Sekretärin nachging, würden sich ihre Besuche bestimmt ausbauen lassen. Damals hatte sie unbedingt raus gewollt aus dieser für sie empfundenen bürgerlichen Enge ihres Dorfes und war froh, als sich im Norden Deutschlands ein Studienplatz ergeben hatte. Der Mutter fiel es sehr schwer, sie ziehen zu lassen, und Sara verdankte es nur dem Einsatz ihres Vaters, dass sie ohne Schuldgefühle gehen konnte. Sie war immer schon ein Papakind gewesen. Er war ein Mann mit Weitblick, Toleranz und Güte, und es gab fast nichts, was Sara ihm nicht hätte entlocken können.
Sie musste lächeln, als sie an ihre Jugend dachte und wie schwer sie es den Eltern manchmal in ihrer pubertären Phase gemacht hatte. Wie zickig und aufmüpfig sie jedes Gespräch abgewürgt und ihnen Spießigkeit vorgeworfen hatte. Ihre Mutter schien manchmal am Ende ihrer Nerven gewesen zu sein, und wie der Vater sie immer wieder humorvoll mit den Worten aufgebaut hatte: „Du wirst schon sehen, Mutter, eines Tages werden wir belohnt und wissen, wozu all das gut war. "
Ja, Papa, nun ist es an mir zu zeigen, dass du mit deinem Verständnis für mich richtig gelegen hast.
Daher nahm sie nach ihrem Eintreffen zu Hause Block und Stift und machte sich ans Werk. Sie brachte die Ereignisse der letzten Monate detailliert zu Papier, erwähnte Jörg und das Ende ihrer Beziehung, erzählte von dem Glücksfall, Eleonora begegnet zu sein, und wie sie dank ihrer Hilfe, dabei war, ihre negativen Betrachtungsweisen zu verändern. Berichtete, wie wichtig ihr die Menschen geworden waren, die sie in diesem Zusammenhang kennen gelernt hatte. Sprach von Karstens Traum und dessen Verwirklichung, an dem sich alle beteilig-

ten, und natürlich von ihrer wunderbaren neuen Herausforderung durch Alvaro.
Sie spürte beim Schreiben ihre physische Nähe und das Verlangen, sie an ihrem Leben teilhaben zu lassen. Sie dankte ihnen für die Geduld, die sie oft strapaziert hatte, und gab ihnen das Gefühl aufrichtiger inniger Liebe. Zum Abschluss versprach sie ein baldiges Wiedersehen.
Als Sara die Zeilen nochmals durchlas, wurde ihr klar, dass sie niemals zuvor einen solch intensiven, liebevollen Brief geschrieben hatte. Traurig genug, dachte sie und ersetzte diesen Gedanken sofort durch „Aber besser spät, als nie ".
Freudig vor Erregung steckte sie ihn in den Umschlag. Sie wollte, dass er sie so schnell wie möglich erreichte, denn je eher ihre Eltern diesen Brief in Händen hielten, desto schneller würde das Gefühl, das sie damit verband, auch zu ihnen gelangen; und dass sie überglücklich darüber sein würden, daran bestand für Sara kein Zweifel.
Dass sie aber nicht nur ihren Eltern mit ihrem positiven Bericht eine Freude machen würde, sondern auch sich selbst, war eine weitere Erkenntnis auf ihrem Weg. Wer Freude schenkt, beschenkt sich selbst. Wie wahr diese Worte waren, merkte sie ganz deutlich in diesem Augenblick.

Am Samstag trafen sich alle wie verabredet in Karstens Bistro. Selbst Benjamin war angerückt, obwohl dem Jungen nur wenig Freizeit blieb. Seine Pferde kannten ja auch kein Wochenende. Sie brauchten tägliche Pflege, das Training, und das wäre auch vollkommen in Ordnung, erzählte er ihnen. Er liebte seinen Beruf und ging vollständig darin auf. Weil er seiner Berufung gefolgt war, war ihm keine Arbeit zu viel oder zu schwer.

Dennoch wollte er es sich nicht nehmen lassen, für seinen guten Freund auch einen Betrag zu leisten. Wofür sonst wären Freunde da, kommentierte er bei seinem Eintreffen.
Sie begrüßten sich wie immer herzlich und sahen sich dann im zukunftsträchtigen Lokal um. Die Räumlichkeiten im vorderen Teil, in dem das Bistro entstehen sollte, waren sehr großzügig angeordnet. Daraus konnte wirklich etwas Tolles entstehen. Das Inventar war sehr alt und dunkel. Dem Tresen, der in der Mitte des Raumes stand, konnte man einen gewissen Charme nicht absprechen, aber Karsten erzählte ihnen, dass er ihn durch helleres Holz, kombiniert mit moderner Edelstahleinfassung, ersetzen wolle. Der Laden sollte freundlich und mit einer Fülle warmen Lichts ausgestattet werden. Es sollte gemütlich werden und zum Verweilen einladen.
Er erklärte ihnen, wo die kleine Bühne stehen sollte, an denen Musiker, Komiker und auch Literaten Platz finden würden. Er zeigte ihnen die fertigen Pläne und erläuterte bis ins Detail, wie es später einmal aussehen sollte. Der Enthusiasmus, den er dabei verströmte, schwappte automatisch auf alle anderen über. Einen Großteil der Inneneinrichtung hatte er übers Internet schon verkaufen können. Da es immer Menschen gab, die das eine oder andere brauchen konnten, wollte jemand, der seinen Keller zum Partyraum umfunktionierte, die alte Bar im Laufe des Tages abholen. Und der Container für den Rest stand auch schon vor der Tür.
So packte jeder an, soweit er konnte, und schon zwei Stunden später wirkte der Raum durch die zunehmende Leere erheblich größer. Carlos betrachtete diese Arbeit als ein Trainingsaufbauprogramm seiner Muskulatur. Er schleppte, was das Zeug hielt, und ließ sich nur selten bei den schweren Teilen von Benjamin helfen. Die Mädels nahmen sich die leichteren vor, während Eleonora die ganze Zeit für das leibliche Wohl sorgte. Sie hatte Kaffee, Tee in Thermoskannen zubereitet

und Sandwiches in fast jeder Geschmacksrichtung standen zur Verfügung. Somit war die Teamarbeit perfekt, und gegen Abend, als so gut wie alles entsorgt war, kam auch Alvaro vorbei.
Er wäre gerne früher gekommen, aber geschäftliche Termine hätten ihn davon abgehalten. Da er wenigstens einen kleinen Beitrag leisten wollte, erklärte er, die ganze Truppe zum Pizzaessen beim nahe gelegenen Italiener einladen zu wollen. Karsten stemmte sich vehement mit dem Argument dagegen, Alvaro habe ihm nun wahrlich schon genug geholfen. Als Carlos ihm daraufhin erklärte, dass sein Einwand ziemlich chancenlos sei und dass er bei der Eröffnung ohnehin noch seinen Obolus leisten müsse, stimmte er, wenn auch widerwillig, zu.
Sie hatten Glück, denn es konnte in kurzer Zeit ein Tisch für acht Personen gefunden werden. Das Essen schmeckte lecker, und das Gefühl, schon eine Menge geschafft zu haben, ließ sie alle, zwar ein wenig erschöpft, aber doch zufrieden strahlen. Jeder schnabulierte mit jedem und das Durcheinander erinnerte an eine südländische Großfamilie. Carlos, der Sara gegenübersaß, wollte von ihr wissen, wie sie sich mit der Entscheidung, für seinen Vater zu arbeiten, fühlte, und sie ließ ihrer Begeisterung darüber freien Lauf. Sie erzählte ihm von der grandiosen Idee eines Fonds für drogenabhängige Jugendliche, und das sie dafür die Werbestrategie entwickeln sollte. Die Chance, etwas wirklich Nützliches mit dem Angenehmen zu verbinden, sei für sie das Nonplusultra in diesem Job. Mittlerweile hörten ihr alle zu, denn die neueste Entwicklung in dieser Richtung kannten die meisten noch nicht. Carlos, der neben seinem Vater saß, klopfte ihm anerkennend auf die Schulter. Offenbar war diese Information auch für ihn neu, und so wollte er von ihm wissen, wann er denn darauf gekommen sei.

„Nachdem wir zwei uns ausgesprochen hatten ", sagte Alvaro. „Die Freude darüber, meinen Sohn zurückzuhaben, war Anlass genug, und da du dich in dieser Hinsicht so enorm engagierst und aus erster Hand weißt, welche Hilfe hierbei benötigt wird, wollte ich dich bitten, die Leitung dieses Fonds zu übernehmen. "
Einige Sekunden herrschte absolute Stille und alle Blicke richteten sich auf Carlos und dessen Reaktion. Dieser schien so perplex über das Angebot zu sein, dass er sich fast an seinem Bier verschluckte.
Voller Enthusiasmus entgegnete er: „Logisch will ich. Meine Arbeit mit den Jugendlichen bereitet mir unglaublich viel Spaß, und wenn ich jetzt noch Gelder freimachen kann, um Projekte, die mir schon lange im Kopf herumgeistern, mit Leben zu füllen, wäre das einfach genial. "
Alle spürten und sahen die Intensität, die sich gerade zwischen Vater und Sohn abspielte, und jeder von ihnen konnte erahnen, welche Bedeutung dieses Angebot für Carlos darstellte. Miterleben zu dürfen, wie die Liebe über alle Zweifel siegte, war ein bewegender und sehr intensiver Moment.
Eleonora meldete sich als Erste zu Wort: „Ich freue mich sehr zu sehen, dass ihr es nicht nur geschafft habt, eure Missverständnisse aus dem Weg zu räumen, sondern gleich bei eurem Neubeginn eine Vertrauensbasis geschaffen habt, die das A und O einer für beide Seiten befriedigenden Beziehung ist. Die Idee deines Vaters ist fantastisch, und dass du daraus etwas machen wirst, davon bin ich überzeugt. "
Es wurde applaudiert, auf den Tisch geklopft und mit den Füßen getrommelt, jeder wollte das eben Gehörte lautstark unterstreichen. Als Carlos sie dann noch bat, dieses Projekt mit ihm gemeinsam umzusetzen, war es um Sara geschehen. Ihr liefen, ohne dass sie es verhindern konnte, Tränen der Freude übers Gesicht, und sie gab sich keinerlei Mühe, diese zurückzuhalten. Erst als Eleonora hinzufügte, dass es im Le-

ben doch so viele wunderbare Momente gäbe, die Anlass für Freudentränen böten, wischte sie sich die Tränen fort.
Sara reichte Carlos beide Hände über den Tisch und sagte aus tiefsten Herzen: „Nichts lieber als das, Carlos." Und schon tobte ihr Tisch erneut.
Es war ein bewegender Abend geworden und auch Alvaro und Bettina gaben sich ganz ungezwungen ihren Gefühlen zueinander hin. Er legte liebevoll den Arm um sie, und
Bettina genoss die Situation, dass es nun kein Geheimnis mehr war. Carlos, den Sara dabei aus dem Augenwinkel
beobachtete, wirkte ebenfalls zufrieden. Dass es offensichtlich auch für ihn kein Problem darstellte, machte sie sehr zufrieden.
Als sie sich trennten, teilte Karsten ihnen mit, dass jetzt erst einmal alle Umbauarbeiten von professionellen Firmen übernommen würden und somit ihre Hilfe nicht erforderlich wäre, aber dass er sich melden würde, sobald er sie wieder benötige. Nichtsdestotrotz, betonte er, würde er sich aber über jeden Besuch in der „ZUKUNFT" freuen. Er würde dort sicherlich täglich mit seiner Anwesenheit glänzen und jede kleine Ablenkung sei ihm willkommen.

Als Sara in ihrem Bett lag, ließ sie noch einmal den Abend Revue passieren. Dass Carlos ihr die Mitarbeit angeboten hatte, machte sie unglaublich stolz, und dieser liebevolle Blick, mit dem er sie ansah, war einfach zu süß.
Was empfinde ich eigentlich für ihn?, fragte sie sich.
Er ist gut aussehend, humorvoll und steckt voller wunderbarer Überraschungen. Sie konnte mit ihm über alles reden, und es kam ihr manchmal so vor, als würden sie sich schon aus einem anderen Leben kennen. Eigentlich war er ein Typ wie aus dem Märchenbuch, so richtig zum Verlieben. Und doch spürte sie tief in ihrem Innersten, dass er mehr der Bruder

war, den sie nie hatte, und sie hoffte inständig, er würde es ebenso sehen.
Halt, halt, bremste sie ihre Gedanken aus. Rein hypothetisch und außerdem gab es in dieser Richtung keinerlei Anzeichen. Ihre enge Zusammenarbeit würde es ohnehin automatisch ans Tageslicht bringen, und erst dann brauchte sie zu reagieren. Vorher waren diese Ängste nichts als Blödsinn. Trotzdem war es gut, dass sie ihre Gefühle gegenüber Carlos so deutlich benennen konnte, und den Rest würde die Zukunft zeigen. Darauf wollte sie vertrauen.

Die Tage und Wochen gingen ins Land und Weihnachten stand vor der Tür. Ihre Eltern fragten leise an, ob sie denn nicht dieses Jahr zu ihnen kommen wolle. Der Brief, den Sara ihnen geschrieben hatte, wurde wieder und wieder gelesen. Die Freude darüber, dass es ihrer Tochter so gut ging, brachten sie telefonisch immer wieder zum Ausdruck, und so nahm Sara kurz entschlossen an. Es würde eine schöne Erfahrung werden, ihnen auch körperlich nahe zu sein.
An ihre neue Aufgabe zur Bildung einer Werbeabteilung in Alvaros Firma ging sie mit großem Eifer und Enthusiasmus. Es machte ihr unglaublich viel Spaß, wobei Alvaro ihr, wie versprochen, völlig freie Hand ließ. Ihre Assistenten suchte sie aus einem Wust von Bewerbungen gewissenhaft heraus. Sie bestellte jeden zu einem persönlichen Gespräch, da sie der Meinung war, dass Zeugnisse und Diplome ohnehin nichts aussagten. Ihr war es wichtig, dass die Chemie zwischen ihnen stimmte und Kreativität, Humor und Sensibilität gut gemischt waren. Sie wurde sehr schnell fündig. Ihrem Instinkt folgend entschied sie sich für eine junge Frau von achtundzwanzig Jahren, die vor südländischem Temperament nur so sprühte, dass es die wahre Freude war, und einen Mann mittleren Alters, von dem Ruhe, Gelassenheit und Zielstrebigkeit ausgingen, Sie empfand es als gute Dreiersymbiose und er-

wartete von den unterschiedlichen Charaktereigenschaften eine gute Mischung kreativer Zusammenarbeit. Darüber hinaus entschied sie sich für ein Großraumbüro, obwohl Alvaro ihr ein separates angeboten hatte. Ihrer Meinung nach galt es, Hierarchien zu vermeiden. Sie alle sollten sich als Teil des Teams verstehen, was der Zielsetzung nur nützlich sein konnte, und so lagen schon nach kurzer Zeit die ersten Entwürfe auf dem Tisch. Daran wurde so lange gefeilt, bis sie gemeinsam der Ansicht waren, es ihrem Chef präsentieren zu können.

Alvaro zeigte sich begeistert, und so konnte sie das Ganze den unterschiedlichsten Frauenmagazinen druckfertig übergeben und die Platzierung besprechen. Sie genoss das Gefühl, an vorderster Front zu stehen, mit Verlagen zu verhandeln, über eventuelle Fernsehspots Angebote einzuholen, ohne dass ihr jemand dazwischenquatschte.

Das Projekt „Fonds für jugendliche Drogenabhängige" sollte ihr Baby bleiben, sie fragte ihre Assistenten zwar um deren Meinung, aber an den Entwürfen legte nur sie Hand an. Es war ihr ein inneres Bedürfnis, dieses allein zu bewerkstelligen. Nur Carlos zog sie in die Entwicklung mit ein. Er schaute in letzter Zeit häufiger in der Firma vorbei, und beide brüteten darüber, wie und in welcher Art dieses Produkt zu vermarkten sei, damit möglichst viele Menschen es kauften.

Ein Doppelpack von Duschgel und Bodylotion sollte es werden, und wenn alles gut laufe, sei die Serie auch ausbaufähig, versicherte Alvaro.

Aber zuerst hieß es, dass Geld in die Kasse fließen musste, und zwar so viel, dass sich daraus auch nach und nach Carlos' Projekte finanzieren ließen. Sara erinnerte sich daran, dass der Schauspieler Paul Newman ebenfalls mit nur einer Soße begonnen hatte und heute eine ganze Soßenfabrik betrieb, deren Erlös ebenfalls für Drogenabhängige verwendet wurde. Sein

Sohn war leider an den Folgen dieser Sucht gestorben, und dennoch tat er in seiner Trauer, in seinem Schmerz etwas, um andere davor zu bewahren. Eine wahre Charaktergröße, die sich nicht nur auf seine große Schauspielkunst reduzieren ließ.
Ihre Zusammenarbeit mit Carlos klappte hervorragend, und nichts deutete darauf hin, es könnte sich dabei um mehr handeln. Sara war erleichtert. Es wäre schade gewesen, wenn ihre gut funktionierende Freundschaft einer solchen Prüfung ausgesetzt gewesen wäre. Genau „SO" war es wunderbar, und als Carlos eines Tages kam und ihr ausführlich von einem zauberhaften Mädchen berichtete, in das er sich verliebt hatte, freute sie sich sehr für ihn auch wenn sie dabei den leichten Stachel der Eifersucht spürte. Sara wusste die Gründe dafür heute nur wesentlich besser zu deuten. Ihr eigener Egoismus spielte ihr einen Streich. Sie wusste mit seiner Ankündigung instinktiv, dass die gemeinsame Zeit, die sie sehr genossen hatte, jetzt reduziert werden würde, und genau das passte ihr nicht. Mit Liebe hatte das gar nichts zu tun …
Der Frage-und-Antwort-Strategie, dem Eigendialog war es zu verdanken, dass sie nicht mehr auf ihr eigenes Gedankenchaos hereinfiel. Sie spürte, wie wichtig es war, sich den falschen Gefühlen nicht mehr bedingungslos auszuliefern. Oberste Regel dabei lautete allerdings: absolute Ehrlichkeit sich selbst gegenüber. Am Anfang war ihr das noch schwergefallen, die wahren Gründe für die unterschiedlichsten Gefühle zu erkennen, aber das ständige Training verbesserte von Mal zu Mal ihre Urteilskraft. Sie konnte fühlen, wann die Enttarnung gelungen war, und damit wuchs automatisch ihr Selbstvertrauen.
Das Leben fühlte sich leicht und beschwingt an, wenn es gelang, der ständigen Gedankenrotation ein schnelles Ende zu bereiten, und positive Energien konnten ungehindert fließen. Wäre jemand auf die Idee gekommen, Sara das vor einem

Jahr zu erzählen, sie hätte die Person als spirituellen Spinner abgetan.

Zum Heiligabend fuhr Sara wie versprochen nachhause und blieb dort bis in den Januar hinein. Es war eine wunderschöne Zeit, und Sara hätte nicht geglaubt, dass sie sich so wohlfühlen würde. War ihr die häusliche Bemutterung sonst erdrückend erschienen, genoss sie nun diesen Zustand, und sie wusste, dass es nur ihrer veränderten, positiven Betrachtungsweise zu verdanken war.
Ihre Eltern waren überglücklich, dass aus ihrer sonst eher introvertierten Tochter eine offene, fröhliche junge Frau geworden war, und das Miteinander klappte hervorragend. Natürlich nervte sie die eine oder andere Angewohnheit ihrer Mutter manchmal, aber sie konnte heute mit einem wohlwollenden Lächeln darüber hinweggehen. Es war für Sara vollkommen logisch, da Sie sich verändert hatte, veränderte es automatisch auch das Miteinander.

Als sie Mitte Januar zurück war, trafen sich alle wie immer bei Eleonora. Die meisten hatten die Weihnachtstage zuhause verbracht, nur Karsten war zur Überwachung der Bauarbeiten geblieben, und so hatte er diese Tage mit Eleonora verbracht, die, wie er berichtete, eine besonders leckere Weihnachtsgans auf den Tisch gezaubert hätte.
Carlos und Alvaro hatten den Heiligabend zu zweit verbracht. Bettina war der Meinung gewesen, dass Carlos nach all den Jahren die Priorität gehörte, für sie beide gäbe es noch viele andere Tage.
Die Umbauarbeiten von Karstens „Zukunft " kamen zügig voran, und nachdem Sara bei ihm vorbeigeschaut hatte, konnte sie sich mit eigenen Augen davon überzeugen, dass erstaunlich gute Fortschritte gemacht worden waren. Der Eröff-

nung im Februar stand nach ihrer Einschätzung nichts mehr im Wege. Zwischenzeitlich lernte sie die Freundin von Carlo kennen und musste anerkennend gestehen, dass es sich nicht nur um eine bezaubernde Schönheit handelte, sondern ihre offene, direkte und spontane Art absolut zu ihm passte. Sara fand sehr schnell Gefallen an ihr, und so traf man sich auch häufiger nach Feierabend.
Alvaro zeigte sich mit ihrer Arbeit sehr zufrieden und eigentlich ging ihr das meiste auch schnell und gut von der Hand. Aber immer wieder schlich sich bei Sara auch Kritik über noch nicht erreichte Ziele ein. Sie spürte dann ganz deutlich ihre Ungeduld, der sie nicht Herr werden konnte, und die Wut darüber, es immer noch nicht, trotz besseren Wissens, verändern zu können.
Als sie Eleonora davon erzählte, lachte diese und sagte:
„Jeder kennt das Gefühl, Sara. Immer wieder meldet sich dieser Kritiker zu Wort. Er erinnert dich daran, dass du dieses und jenes noch nicht erledigt hast. Dass dieses oder jenes nicht gut genug geworden ist. Dass der Berg, der vor dir liegt, permanent zunimmt. Dass die Zeit nicht ausreicht, um das alles erledigen zu können, und dass du nicht weißt, was du zuerst bewältigen sollst. Er kritisiert dich mit der permanenten Aufforderung, dich zu beeilen. Er ist selten zufrieden zu stellen, hält dich dauernd auf Trab … Entziehe ihm die Macht über dich. Sage ihm, dass es unnötig ist, dich zu kritisieren. Du benötigst seine Kritik nicht. Mach ihm klar, dass du dich von deinem positiven Gefühl leiten lässt und dass dein Inneres schon weiß, wann, wo und wie. Wenn du dir ins Bewusstsein rufst, dass du es wieder einmal nur mit deinem inneren Kritiker zu tun hast, bekommst du automatisch die Kontrolle über deine Gedanken zurück, und er ist entmachtet. "
Sicher, fiel es Sara wie Schuppen von den Augen, all diese Gefühle ließen sich einordnen. Sie musste nur wissen, in wel-

che Kategorie. Wenn sie dem Gefühl einen Namen gab, war das schon die halbe Lösung.
Bei einer anderen Gelegenheit sprachen sie über die Ungeduld. Sara fühlte sich sofort angesprochen. Geduld war etwas, was nicht gerade zu ihren Stärken zählte. Sie konnte schnell mal ausrasten, wenn ihr etwas nicht schnell genug ging. Eleonora erklärte ihr, wie wichtig es sei, liebevoll und geduldig mit sich und anderen umzugehen.
„Ungeduld ist eine Macht, die das Leben enorm erschwert. Beobachte dich genau dabei, wenn du gedanklich feststeckst und nicht vor und zurück kannst. Wenn du dem Kreisel in deinem Kopf nicht zu entfliehen vermagst, hängt es eventuell mit deiner Ungeduld zusammen. Da also Geduld nicht deine Stärke ist, wird dir deine Ungeduld auch immer mal wieder einen Strich durch die Rechnung machen wollen. Das Erlernen von Geduld, vor allem mit dir selbst, wird sicher deine größte Herausforderung werden. Erst wenn du akzeptierst, dass deine Ungeduld daran schuld ist, wenn du dich wieder einmal im Kreise drehst, kannst du ihr freundlich entgegentreten und hast sie eigentlich schon fast überwunden. Du solltest dir dann nur humorvoll die Frage stellen: ‚Na, bin ich gerade mal wieder etwas ungeduldig mit mir oder anderen?‘ Und schon wirst du spüren, ob es so ist.
Liebevolles Handeln ist ein ganz wichtiger Schritt, um die positive Energie nicht vollends aus dir herauszuschleudern. Erinnere dich daran, was du in den vergangenen Monaten schon alles zur Verbesserung der eigenen und der unmittelbaren Umgebung erreicht hast, und sei zu Recht stolz auf dich. Die Bewertung deines eigenen Erfolges ist dein Kapital, mit dem du in nicht so glatt funktionierenden Situationen arbeiten kannst. Sei dankbar, zuversichtlich und zufrieden mit dir, und du wirst spüren, wie die Schwere weicht und die Leichtigkeit dich zurück ins Leben trägt. ”

Nicht allein deshalb waren Sara die Spaziergänge, die sie aus Zeitgründen auf die Wochenenden verlegen mussten, so wichtig. Ihre Gespräche waren für Sara unglaublich lehrreich und interessant. Es schien wie ein Puzzle zu sein, in dem nach und nach die richtigen Teile hinzugefügt wurden, die Aufschluss darüber boten, wer sie war. Hatte sie noch bis vor Kurzem geglaubt, sie sei introvertiert und sehr kontrolliert, wusste sie heute, dass sie es sein konnte, aber nicht nur. Ihre früher festgelegte Meinung über sich und ihr Charakter war aufgeweicht worden. Sie konnte alles sein, wenn sie es wollte. Temperamentvoll oder ruhig, spontan oder zögerlich, besonnen klug oder übermütig albern. Es steckte in ihr. Sie hatte die freie Wahl.

Niemand war festgelegt auf anerzogene oder antrainierte Eigenschaften, die im Laufe des Lebens erlernt worden waren, sondern es gab die Wahl der völlig freien Entfaltung. Das Überprüfen der eigenen Interessen, Wünsche und Grenzen führte zu einem respektvollen Umgang mit sich selbst und automatisch auch mit anderen.

Sara glaubte, das war die innere Freiheit, die sich insgeheim viele wünschten. Dass sie es nicht immer umzusetzen vermochte, war sicherlich ihrer Ungeduld zu verdanken, aber sie war bereit, es mit ihr aufzunehmen.

Die Eröffnung von Karstens Bistro war ein voller Erfolg und auch die nachfolgenden Monate liefen für ihn wie geschmiert. Es schien so, als hätten diese Stadt und seine Menschen auf eine solche Institution gewartet, und alle waren zuversichtlich, dass Karsten eine ganz spezielle Marktlücke schloss.

Der Traum vom eigenen Laden war erreicht. Er hatte sich nicht irritieren lassen, sondern war seiner Idee treu geblieben. Eleonora behielt wie immer recht. Er war ins Gelingen verliebt, und das war entscheidend.

Bettina hatte ihre häusliche Freiheit aufgegeben und war mit Alvaro zusammengezogen. Sie wollten so viel Zeit wie möglich miteinander verbringen, und das war Saras Meinung nach sicher eine gute Voraussetzung für eine bestehende Beziehung. Sara war aufgefallen, dass ihre Freundin wesentlich weicher und weiblicher geworden war, und das nicht nur äußerlich. Ihre knallharte Art, mit Männern umzugehen, hatte sich in ein respektvolles Miteinander verwandelt. Sie liebten es, sich gegenseitig zu verwöhnen, berichtete Bettina entzückt, und sie könne sich gut vorstellen, dass Alvaro ihr letztes Experiment sein würde. Ihre Freundin war der felsenfesten Überzeugung, ihr sei mit Alvaro die wahre Liebe begegnet.

Sara öffnete die Augen und sah in den Himmel. Strahlend blau lag er über ihr. Unendlich und voller Schönheit. Die Sonne streichelte ihr Gesicht und der Wind spielte in ihren Haaren. Sie wusste nicht mehr, wie lange sie auf der Wiese lag, und es spielte auch keine Rolle.
Die letzten Monate waren an ihr vorbeigezogen wie im Flug. Der Film, der vor ihrem geistigen Auge abgelaufen war, gefiel ihr. Sie hatte eine Menge erreicht, eine Menge verändert und konnte mit dem Ergebnis sehr zufrieden sein.

Die wahre Liebe war ihr in dieser Zeit noch nicht begegnet, dafür wäre zugegebenermaßen auch kein Raum gewesen. Sie wollte ihren Weg, zu sich selbst zu finden, alleine gehen. Eine Partnerschaft hätte sie eventuell nur davon abgehalten. Die Erfahrungen und Erkenntnisse, die sie in dieser Zeit gemacht hatte, ließen sie voller Freude in die Zukunft blicken, und sie war sich ganz sicher, der Mann ihrer Träume wartete schon irgendwo auf sie. Sie würden sich geradewegs in die Arme laufen.

Sara setzte sich aufrecht hin und nahm die Zeilen, die Eleonora ihr geschrieben hatte. Sie war eines Tages von der Arbeit nachhause gekommen und Eleonora war fort gewesen, ohne eine Adresse oder Telefonnummer zu hinterlassen. Die Wohnung stand leer. Sie schien sich einfach in Luft aufgelöst zu haben. Mit keinem Wort hatte sie ihren Auszug irgendjemandem gegenüber erwähnt. Anfangs hatte Sara gar nicht glauben können, dass ihre so lieb gewonnene Freundin nicht mehr da war, bis sie den Brief in ihrem Kasten fand.

Meine liebe Sara,

nun ist die Zeit gekommen, weiterzuziehen an den nächsten Ort, wo neue Aufgaben mich erwarten. Die Menschen, die in den letzten Jahren mein Leben bereichert haben, habe ich sehr lieb gewonnen. Ich werde die Erinnerungen an sie immer in meinem Herzen tragen. Ein jeder von euch hat seine Träume verwirklicht, Krisen bewältigt, Möglichkeiten genutzt, Veränderungen gesucht und herbeigeführt. Ich bin sehr stolz auf euch.
Nun ist es an euch, die erlernte Kraft weiterzutragen, anderen bei ihrer Suche hilfreich zur Seite zu stehen, damit die Liebe in dieser Welt ihre bedeutende Wirksamkeit entfalten kann. Jeder noch so kleine Beitrag dient dem großen Ganzen.
Deine Bereitschaft für Veränderungen steckte in dir, und so mussten wir uns einfach nur finden. So wie du ab jetzt wieder anderen begegnen wirst. Deine Aufmerksamkeit dafür hast du geschult, dein Handwerkzeug trägst du in dir, und ich bin mir ganz sicher, du wirst sehr viele Menschen positiv motivieren.
Unsere intensiven Gespräche haben mir unglaublich viel Freude gemacht, und es war ein echter Spaß, miterleben zu dürfen, wie aus der kratzbürstigen Zicke eine in ihren Bewegungen geschmeidige, temperamentvolle, kluge Katze geworden ist.

Sei nicht traurig, dass ich fort bin, sondern dankbar für die Zeit, die unsere war. Alles steckt in dir, was auch immer du benötigst, und solltest du doch einmal kurz rotieren, frage dich innerlich: „Was würde Eleonora jetzt sagen? "
Und du wirst die Antwort kennen.
Im Geiste werde ich bei dir sein, wo auch immer ich bin.
Genieße dein Leben voller Optimismus und Zuversicht. Lasse dein positives Denken wachsen, gedeihen und erblühen, an jedem Tag, in jeder Stunde, jeder Minute – und das Leben tanzt sich selbst.

Sara las die Zeilen wieder und wieder. Ließ sie auf sich wirken, und fast war es so, als spürte sie ihre Anwesenheit. Sie wusste nicht, wer oder was Eleonora war, aber sie wurde das Gefühl nicht los, ihr sei ein Engel begegnet.
Sie musste lächeln, als sie an die Übersetzung von Eleonoras Namen dachte, den sie kürzlich bei ihrer Recherche im Internet gefunden hatte. Dort stand:

Eleonora: Herkunft griechisch –
Bedeutung: Gott, mein Licht

Na, wenn das kein Zufall war.

Ein ganz herzliches Dankeschön gilt meinem Ehemann und Freund, für sein unendlich humoristisches Wesen, unter anderem für die Tage und Nächte die ich vor dem Computer verbrachte.
Sowie unseren Kindern Gina und Daniel,
die stets ganz wunderbar dazu beitragen, dass unser Leben spannend bleibt.
Und meiner Lieben Freundin Barbara für den 22.10.1994 .